天地之中說聊齋

魯樞元 著

生靈萬物×女性獨立×鄉土之美，
成就文學與自然的跨時代對話

▶ 天地與我並生，萬物與我為一
▶ 遣春溫於筆端，藏仁心於字裡

穿越三百年，《聊齋志異》被賦予的新視角
帶你走進蒲松齡筆下充滿靈性與荒野之美的天地萬物

目錄

前言

序言

蒲文指要

中原板蕩 ………………………………… 016

鄉先生 …………………………………… 024

蒲家莊與畢府 …………………………… 035

南遊淮揚 ………………………………… 043

荒野情結 ………………………………… 050

萬物有靈 ………………………………… 057

狐之本尊 ………………………………… 065

鬼是何物 ………………………………… 073

喜人談鬼 ………………………………… 079

人鬼情未了 ……………………………… 083

雅是情種 ………………………………… 089

愛慾與情色 ……………………………… 098

目 錄

齊人之福 …………………………… 106

為女性造像 ………………………… 115

為鄉土代言 ………………………… 122

封建與迷信 ………………………… 132

雍容與孤憤 ………………………… 140

文言與俚語 ………………………… 146

聊齋歌 ……………………………… 153

大荒堂主 …………………………… 160

蒲門傳承 …………………………… 166

名篇賞析

王六郎 ……………………………… 172

蛇人、義鼠、蠍客 ………………… 177

九山王、遵化署狐 ………………… 184

柳秀才 ……………………………… 189

石清虛 ……………………………… 192

雷曹 ………………………………… 199

阿纖 ………………………………… 204

罵鴨 ………………………………… 212

陸判 ………………………………… 215

翩翩 ………………………………… 221

小翠 ………………………………………… 227

阿繡 ………………………………………… 238

後記

參考文獻

天地與我並生,而萬物與我為一。

《莊子‧齊物論》

前言

　　本書希望在生態文化的範圍裡，參照生態批評的方法對中華民族的文學瑰寶《聊齋志異》做出新的闡釋。書中展現了偉大作家蒲松齡為女性造像、為鄉土立言、守護人類天性、善待自然萬物的純樸人格與博大情懷。本書作者相信，《聊齋志異》這部誕生於 300 年前的中華典籍，將有益於世界營造良好的精神狀態，從而推進人類生態文明的健康發展。

　　本書採取「隨筆」、「漫談」、「劄記」的書寫方式，行文亦莊亦諧，會意觸類旁通，既悉心於史實的考訂、原著的點評，又留意滲入作者個人的閱歷與現實生活中的見聞，盡力為讀者提供立體的閱讀空間。

前言

序言

「你也說聊齋,我也說聊齋,喜怒哀樂一起都到心頭來」,這首《聊齋歌》可以說人人耳熟能詳。蒲松齡的《聊齋志異》,雖然至今仍然不在中國古典小說四大名著之列,但是其普及及受人愛戴的程度,並不亞於四大名著。

海內外眾多專家對《聊齋志異》的研究旁徵博引、妙論迭出,令人敬佩。其中,兩位當代小說家對《聊齋志異》的評論,卻格外激發起我的共鳴,一位是蒲翁的同鄉人莫言,一位是我的同鄉人閻連科,他們都是當今文壇的翹楚,同時又都是《聊齋志異》的忠實讀者、蒲松齡的追慕者、聊齋精神的傳承發揚光大者。

莫言榮獲諾貝爾文學獎之後,到世界各地都在講《聊齋志異》。他說,對他影響最大的還不是西方的加布列・賈西亞・馬奎斯(Gabriel García Márquez),而是家鄉的蒲松齡。幾百年前,蒲松齡寫出了這樣一部光輝著作,把人類和大自然連繫起來。《聊齋志異》提倡愛護生物,讓人類不要妄自尊大,在大自然中人跟動物是平等的,小說裡有很多狐狸變身而成的美女智慧超人。莫言還說《聊齋志異》是一部提倡婦女解放的作品,小說中塑造了很多自由奔放的女性形象,他的《紅高粱》中「我奶奶」這個形象,就是因為看了《聊齋志異》才有了靈感。

近年來,閻連科的小說在大半個地球非常有名,美國、英國、澳洲、日本、韓國、越南、法國、義大利、西班牙、挪威、瑞典、丹麥等國都

序言

有他的讀者,而他卻稱自己是蒲松齡的崇拜者,《聊齋志異》是他最景仰的偉大作品,希望自己這輩子也能夠寫出一部《聊齋志異》來。閻連科斷言,《聊齋志異》的偉大在於寫「鄉土」,鄉村與土地是這部偉大經典生長的廣袤土壤,《聊齋》中幾乎所有的經典故事都離不開鄉村的荒野、茅舍、明月、蓬蒿。就連書中刻劃的陰曹地府,也仍然在鄉村的土層下面。書中支撐起整體建構的狐狸、鬼怪和異物,皆來自林野與荒郊。

這些年,我的大部分精力都放在關注生態文學與生態文化,在我看來,兩位大作家從蒲松齡的《聊齋志異》中接收的,實則是一種生態精神。莫言對《聊齋》的闡釋觸及當代生態運動中的兩個重大命題:「非人類中心主義」與「生態女性主義的批評」。他同時還得出一個結論:蒲松齡是一位古代環保主義者。

閻連科的講述觸及世界生態運動中的核心:「人與大地的關係」、「生靈萬物與大地的關係」,《聊齋志異》中充滿大地倫理學的精義。莫言、閻連科兩位作家都出生在農村的貧寒之家,自幼割草放牛、拾柴火種地,養育他們的是廣大的山川土地,他們與蒲松齡是血脈相連的。

蒲松齡,是一位紮根於鄉野民間、生長於皇天后土的傑出文化人;《聊齋志異》是一部寫在天地間的皇皇巨著,書中卷帙繁密、深沉蘊藉、芬芳醇厚、感天動地的人與其他動植物悲歡交集、生死與共的故事,正是中華民族傳統生態文化菁華的藝術呈現!《聊齋志異》,不但是屬於人類的,也是屬於大地曠野的,屬於生靈萬物的。

《文心雕龍》:「文之為德也大矣,與天地並生者何哉!」《聊齋志異》的偉大,是因為它是與天地並生的精神之花,是蒲松齡的「生態精神」綻開的文學奇葩。

通觀全書,《聊齋志異》中的生態精神表現在以下幾個面向:

天地與我並生,萬物與我為一,人類與天地萬物是一個有機整體;萬物有靈,禽獸可以擁有仁心,人類有時也會喪失天良;

善待萬物,並不單以人類的價值尺度衡量萬物存在;

鍾愛荒野、紮根鄉土,守護人類質樸、本真、善良的天性;

尊重女性,視女性與自然為一體,讚美女性的獨立、自由;

認為健康的性愛是婚姻的基礎,維護家族、社會的和諧的重要因素。

蒲松齡並沒有現代人那種「人類至上」的觀念,而總是站在「寬容、厚道」的立場上善待其他物種;他也不具備現代生態女性主義的理念,卻能夠以「溫和、柔軟、博愛」的心腸與女性相知相交;他從不曾像奧爾多・利奧波德(Aldo Leopold)那樣對「土地倫理學」做出過周到的論證,但他深知鄉土與田園是他安身立命的根基,也是生靈萬物相依共存的家園。此外,他在文學創作中運用嫻熟的「神話思維」,也為現代生態運動中「祛魅」的呼籲增添了歷史的迴響。

替書取個好名字很不容易。這本書最終命名為《天地之中說聊齋》,我想有下列幾層含義。

其一,《聊齋志異》是蒲松齡寫於天地之間的一部大書。

蒲松齡的文化思想源自《易經》,而《易經》就是中華民族的古代菁英對於自然與人文充滿溫情的體察與遐想,並由此繪製出的一幅整體宇宙影像:

《易》與天地準,故能彌綸天地之道。仰以觀於天文,俯以察於地理,是故知幽明之故;原始反終,故知死生之說;精氣為物,遊魂為變,是故

序言

知鬼神之情狀。與天地相似，故不違；知周乎萬物而道濟天下，故不過；旁行而不流，樂天知命，故不憂；安土敦乎仁，故能愛。範圍天地之化而不過，曲成萬物而不遺，通乎晝夜之道而知，故神無方而《易》無體。

《易經》以天地運行的規律為準則，將天地間的所有道理圓滿地包容其間。抬頭可以仰觀天文，低頭可以細察地理，從而知曉天地間那些或明或暗的奧祕，追溯萬物的源頭，回顧萬物的去向，明辨生死的原委。精氣注入形體成為有生之物，精神遊離於體外生成變異，由此可以洞察幽微之中鬼神靈異的活動。《易經》中的智慧遍及萬物，足以惠濟天下。天地萬物演化有序，樂天知命才不至於憂心忡忡。棲居在大地上心懷寬容與敦厚，就能夠博愛萬物。包容天地而不踰越，成全萬物而不遺漏，通曉幽明、死生、鬼神變化，方可感悟到造化的變幻無形、玄妙無際。由此看來，涵容了天文地理、人類萬物、愛恨情仇、生生死死、神出鬼沒、陰間陽世的天地境界根本就在《易經》裡。

在整個科舉時代，《易經》被尊為六經之首，乃知識分子首要的必讀書。蒲松齡一生鑽研舉業，皓首窮經，《易經》讀了一輩子。最終的收穫卻不在舉業、科場，反而落實到了他的文學創作中。

「天地之中說聊齋」，首先就是要從蒲松齡字字珠璣的篇章之中讀懂中華古文化中天地宇宙的微言大義。

其二，《易經》中的「乾坤」就是「天地」。宋代哲學家張載對此有一段絕妙的闡發：

乾稱父，坤稱母；予茲藐焉，乃混然中處。故天地之塞，吾其體；天地之帥，吾其性。民吾同胞，物吾與也。

翻譯成白話：「天是我的父親，地是我的母親，我個人雖然渺小，卻

能夠與天地渾然一體。天地間的生機與精氣生成了我的身體與性情，所有人都可以視為我的同胞，其他物種都是我的親密夥伴。」

張載的這段話，生動地體現了生態學的第一法則：世界是一個運轉著的有機整體，萬物之間存在著永不止息的連結，從日月、星辰、風雨、雷電、山川、河流、森林、土地，到包括人類在內的動物、植物、微生物等一切生物，都是這個整體中合理存在的一部分，都擁有自己的價值和意義，都擁有自身存在的權利。

這裡的天地幾乎與「自然」等同，所謂天地與我並生，萬物與我為一，近乎現代生態學中的「生物圈」、「生態系統」。「天地之中說聊齋」，就是嘗試運用生態文化的觀念解讀蒲松齡的這部偉大作品。

其三，「天地之中說聊齋」，意味著我個人解讀《聊齋》的立足點。我出生及常年生活、工作的地方屬於「大嵩山」的方域。「五嶽」之中，嵩山位其中，被稱為「中嶽」，在古代被視為「天下之中」。現代地質考古學家認定，26億年前，整個地球的表面還沉浸在一片混沌的「原始湯」中，而第一個露出水面的陸地就是嵩山，在地質構造運動中稱之為「嵩陽運動」。中嶽嵩山猶如地球的「肚臍」，照此一說，大嵩山真可以算得上「天地之中」了！

在天地之中的這塊土地上，仰韶遺址、殷墟古城、啟母闕、函穀關、少林寺、中嶽廟、風陵渡、東壩頭、桃花峪、柳園口的山光水色；商山四皓、竹林七賢、官渡之戰、澶淵之盟、竊符救趙、文姬歸漢的歷史典故；夸父追日、嫦娥奔月、葉公好龍、杞人憂天之類的神話傳說，作為中原人民的文化遺存、心理累積，也都是與《聊齋志異》中的青林黑塞、鬼狐花妖、仁人志士、螻蟻蒼生、恨愛情仇、悲歡離合一脈相承的。

序言

「天地之中說聊齋」，還意味著一個中原「土著」，在天地之中的嵩山腳下對於《聊齋》的閱讀與品味。

本書採取「隨筆」、「漫談」、「劄記」的書寫方式，並非嚴格意義上的學術著作，為的是讀起來更輕鬆一些。篇目看去鬆散，倒也大致呈現出《聊齋志異》創作的時代背景、生態環境、作者行狀、創作意向、思想主旨、素材來源、題材內涵、審美意趣、書寫風格、成書過程，以及後世的接受與創新。

我自己對於這本小書的出版還是懷有期待的，期待對蒲松齡、對《聊齋志異》的解讀有新的發現，卻又擔心會做出過度的闡釋，這一切尚有待讀者朋友的關注與指教。

據說，《聊齋志異》在世界各國已經被翻譯成20多種語言、近百種版本。生態無國界，我想，從生態文化的視野解讀《聊齋》，或許能匯聚更多的讀者。

魯樞元

蒲文指要

蒲文指要

中原板蕩

中嶽嵩山,號稱古陸之最,天下之中。

嵩山的右側為西嶽華山,左鄰是東嶽泰山,一條黃河浩浩蕩蕩從三山身旁流過。河山一統,這就是人們所說的大中原。

考古發現,距今4,000餘年的龍山文化的分佈,從山東淄博河流域的桐林遺址,到河南三門峽陝州區廟底溝,再到陝西渭河流域的客省莊,縱橫千里,應是大中原的原始版圖。

儒、道、釋,這裡還是中華民族精神文化的發源地。

當孟子、鄒衍、慎到、淳於髡、申不害在淄博的稷下學宮開堂授徒時,登封嵩陽書院山坡上的那棵大柏樹已經綠雲鬖鬖,在恭候千年後程顥、程頤、司馬光、范仲淹的到來。

從萬里以外的太空看地球,那只是一個漂浮在星海裡的藍色球體,一位生物學家說遠遠看去像一個單細胞,單純而美麗。那也就是著名哲學家老子讚頌的化生萬物的「一」,萬物歸一的「自然」。

但是,如果潛入地球上的人世,其複雜性就立刻超過宇宙間人們所能觀察到的任何星球。

僅僅從五千年有文字記載的歷史看,在大中原這片土地上,就曾經演繹出多少時代變遷、王朝更替,記載了多少盛世光景、離亂血淚,累積多少文化典藏、情緒記憶!

我們這裡將要說到的《聊齋志異》,就是中原沃土培植的一枝文學奇

葩，而出生於山東臨淄縣的作者蒲松齡先生，就是大中原養育出的一位文化奇人。

小說家對於中華社會的評價是「分久必合，合久必分」；史學家的判斷是「從治到亂，從亂到治」。

西元十七世紀中期，蒲松齡出生時的前後正是一個改朝換代、戰亂頻仍、中原糜爛、生靈塗炭的時代，也是一個漸進由亂到治的時代。

在那時，在中原大地上角逐較量的是三股政治軍事力量。

一是位居正統、老態龍鍾，貌似龐大實則已經人心渙散、危機四伏、內裡完全腐敗蛀空的朱姓王朝；

一是由努爾哈赤統領的崛起於東北邊地的滿族部落，其兵強馬壯、野心勃勃，正揮師南下，志在消滅明朝以代之；

一是長期遭受壓榨、奴役，掙紮於死亡邊緣的底層百姓，他們懷著對官府的深仇大恨揭竿而起，如燎原烈火般摧毀著明王朝統治的根基。

三股力量狼奔豕突、燒殺擄掠，遂將中原大地變成一座人間地獄！西元 1627 年秋，蒲松齡出生前 13 年。信王朱由檢繼皇帝位，年號崇禎。新皇帝上位後立即處死老皇帝的親信寵臣魏忠賢，並將屍體肢解，將人頭割下示眾，引起朝野震動。

1630 年，滿族鐵騎由皇太極統領揮師南下，長驅直入兵臨北京永定門外。忠臣良將袁崇煥受誣被崇禎皇帝淩遲處死，家產抄沒，家人流徙三千里，宮掖噤若寒蟬。

1636 年，皇太極稱帝，建都盛京，國號大清。

1640 年，蒲松齡誕生。清軍攻陷山東 16 城，入濟南，俘虜德王朱由

樞。同年，河南、山東等地遭遇旱災、蝗災，「年大飢，人相食」、「樹皮皆盡，發痤肉以食」。

1641年，蒲松齡2歲。李自成攻克河南洛陽，殺福王朱常洵；攻佔南陽，殺唐王朱聿鏼。張獻忠攻取湖北襄陽，殺襄王朱翊銘。據說，義軍還將福王的肉割下與鹿肉一起燉而食之，戲稱「福祿宴」，以宣洩淤積已久的仇恨。

1642年，蒲松齡3歲。清軍突破長城南侵，連破67城，直抵山東兗州。明朝上將洪承疇、祖大壽兵敗投降清軍。李自成強攻河南開封，圍城5月不克，挖開黃河堤防。河決，大水由北門入，城中水深數丈，浮屍如魚，30餘萬生靈葬身水底。

1644年，蒲松齡5歲。明朝政府軍開赴東北抗清前線，死傷慘重。

4月25日子夜，李自成趁機攻取北京。絕望的明朝崇禎皇帝朱由檢先是命皇后、嬪妃自殺，然後親手砍死兩個女兒，自己則吊死在皇宮的一棵歪脖樹上，多位大臣從死。戍邊大將吳三桂降清。6月3日，李自成稱帝，國號大順，第二天便率軍隊出離北京。5日，多爾袞入主北京，並派大軍追擊西撤的李自成。

同年，朱由崧在南京繼皇帝位，佞臣馬士英勸進有功深受皇帝重用，東林黨人受挫，宮廷內鬥更加激烈。

1645年，蒲松齡6歲。5月20日，揚州失守，史可法被捕拒降遇害，清軍屠城十日，城裡居民死傷殆盡。接著南京淪陷，臨時皇帝朱由崧被俘喪命。清軍下江陰，屠江陰民眾十餘萬。6月，清軍擊潰大順軍隊，李自成落荒而逃，在湖北九宮山遇害。7月，清廷在南京釋出剃髮令。

1646年，蒲松齡7歲。清軍攻取福州，明朝第二任臨時皇帝朱聿鍵被

捕殺。南安侯鄭芝龍叛變投清，其子鄭成功苦諫不成泛海走廈門。農民起義領袖張獻忠焚毀成都，逃離四川，被清軍狙殺。

1658年，蒲松齡19歲，得中秀才。南明王朝苟延殘喘，永曆皇帝朱由榔攜殘部數百人潛逃緬甸，三年後被緬王交付清朝藩王吳三桂。皇帝連同小兒子被吳三桂用弓弦勒死。在臺灣，39歲的鄭成功有志難酬，英年早逝。

持續300年的明王朝至此徹底滅亡，清王朝的統治地位日益牢固。[01] 對於這場社會變革、生靈塗炭、蔓延近半個世紀的大動盪，蒲松齡的《聊齋志異》中時有披露。

〈鬼隸〉篇中講述了一個故事：濟南歷城縣的兩個衙役，年底外出辦公差，返家路上碰到兩個衣著打扮也像是公差的人，自稱濟南城的捕快，實乃城隍廟的鬼隸，要去泰山東嶽大帝處投送公文。說是「濟南大劫，所報者，殺人之數也。」衙役驚問將死多少人，鬼隸說：「恐近百萬。」衙役又問時間，回答是「正朔（大年初一）」。「未幾，北兵大至，屠濟南，扛屍百萬。」二衙役聽從鬼隸們的勸告逃避他方躲過一劫。故事裡講述的雖是鬼話，濟南屠城卻是真實的歷史。崇禎十二年（西元1639年），十萬清軍進攻濟南，用炮火和雲梯向城區猛攻。守城軍民拚死抵抗，終因孤立無援，寡不敵眾，在堅守了九個晝夜後，於第二年的正月初二全城淪陷，清軍大開殺戒，城中積屍十三萬餘。

小說中說「扛屍百萬」為文學渲染。

〈採薇翁〉開篇寫道：「明鼎革，干戈蜂起」，有槍便是草頭王，山東

---

[01] 以上史料參考白壽彝主編《中國通史》，上海人民出版社，1996年版；牟複禮、崔瑞德主編《劍橋中國明代史》，中國社會科學出版社，2007年版；柏楊：《中國歷史年表》，海南出版社，2006年版；路大荒撰《蒲松齡年譜》，齊魯書社，1986年版。

蒲文指要

鄒平境內民間聚眾數萬人,「烏合之群,時出剽掠」,軍中驕兵悍將抄人家財,搶奪民女,為害一方。

〈阿英〉中描述:「適土寇為亂,近村裡落,半為丘墟」、「一夜,噪聲四起,舉家不知所謀。俄聞門外人馬鳴動,紛紛俱去。既明,始知村中焚掠殆盡。盜縱群隊窮搜,凡伏匿巖穴者,悉被殺擄。」

〈亂離二則〉如實記錄了順治初年清兵南侵之際百姓妻離子散、家破人亡的悽慘遭遇:「值薑瓖之變,故里陷為盜藪,音信隔絕。後亂平,遣人探問,則百里絕煙,無處可詢消息」、「時大兵凱旋,俘獲婦口無算,插標市上,如賣牛馬。」文中提到的薑瓖實有其人,初為明朝總兵,後投靠李自成,李自成兵敗,薑瓖降清,順治五年又叛清,終為部下誅殺。僅從此人反覆無常,也可以看出那個時代的變亂詭異。

順治四年(西元 1647 年),蒲松齡 8 歲,山東高苑人謝遷揭竿造反,一度占據臨淄縣。官軍前來圍剿,雙方激戰,殺人如麻。蒲松齡的族人曾參與此役,對此應有深刻記憶。〈鬼哭〉篇中寫道:謝遷起事後,所有達官貴人的宅第都變成「賊窟」。學政提督王昌胤家「聚盜尤眾」,官兵城破後,殺人無數。王宅庭院的臺階下堆滿屍體,血從門洞裡流出。王提督搬走屍體,洗刷血跡後,往往白天見鬼。到了夜間床下磷火紛紛,牆角有鬼直喊:「我死得苦!」於是滿廳堂鬼的哭聲連成一片。

順治七年,清廷立足未穩,山東半島由明朝武舉於七領導的民間造反隊伍與官兵之間持續爭鬥,屍橫遍野。〈野狗〉一篇中寫道:鄉民李化龍夜間逃亡路上正碰上過大兵。情急之中便臥到死人堆裡裝死屍。大兵過後,李化龍睜眼一看,滿地斷手臂斷腿的屍體全都站了起來,其中一具屍體,斷了的頭仍連在肩膀上,嘴裡說道:「野狗子來,奈何?」

中原板蕩

群屍紛紛呼應道：「奈何？」

康熙元年（西元 1662 年），於七的造反隊伍被清政府血腥鎮壓，蒲松齡這年已經 23 歲。當年的情境若非親睹，亦應親聞。〈公孫九娘〉是他 35 歲時寫下的篇章，十二年前的慘案仍歷歷在目：「於七一案，連坐被誅者，棲霞、萊陽兩縣最多。一日俘數百人，盡戮於演武場中，碧血滿地，白骨撐天。上官慈悲，捐給棺木，濟城工肆，材木一空。以故伏刑東鬼，多葬南郊。」

俗謂「板蕩見忠臣」，板蕩其實也見「詩人」與「文人」。大動盪的歲月，苦難多、故事多；詩人、文人敏感，心靈承受的磨難更多，這就為文學創作提供了豐富的素材與充盈的動力。

在明末清初的社會大動盪中，可以與蒲松齡創作《聊齋志異》相提並論的文學史大事件，一是錢謙益與柳如是的相愛；一是侯方域與李香君的苦戀。前者在 300 年後被現代史學家陳寅恪撰寫為百萬字的史學鉅著《柳如是別傳》；後者則被蒲松齡的同代劇作家孔尚任寫進萬古流芳的名劇《桃花扇》。

西元 1640 年春天，蒲松齡在滿家莊呱呱墜地。這年秋天，江淮名妓柳如是女扮男裝、青衣小帽從蘇州城裡乘船到常熟拜訪東林黨魁、文壇領袖錢謙益。「春前柳欲窺青眼，雪裡山應想白頭」，一年後二人結為夫妻。

我曾到虞山錦峰拂水岩下憑弔柳如是遺蹤，其墓地就在錢謙益墳塋的西側，墓邊石亭有楹聯：「淺深流水琴中聽，遠近青山畫裡看。」

創作《桃花扇》的孔尚任是蒲松齡的同鄉人，生於西元 1648 年，比蒲松齡年輕 8 歲，不過孔尚任是孔子的六十四代孫，出身自然名貴。

《桃花扇》的成書時間比《聊齋志異》晚了近 20 年。

蒲文指要

　　劇中主角李香君（西元 1624-1654 年），蘇州人，出生於閶門楓橋。父親原為東林黨人，被魏忠賢陷害家道敗落，八歲時候淪落煙花，音律詩詞、絲竹琵琶無不精通，成為南京秣陵教坊名妓。剛滿十六歲的時候，遇明朝戶部尚書侯恂之子侯方域，一見傾心。時逢兵荒馬亂、山河破碎、奸臣當道、朝綱昏瞶，香君忍辱負重、艱辛備嘗、歷經曲折終於與侯方域得以團聚，回到侯方域的老家河南商丘。當公爹侯恂知道香君秦淮歌伎的真實身分後，當即將香君趕出家門。李香君再次蒙受精神打擊，日久成病，三十一歲便死在商丘城外的李姬園。

　　此時的蒲松齡剛滿 15 歲。

　　紅顏薄命，孔尚任的《桃花扇》與十九世紀法國作家小仲馬（Alexandre Dumas fils）的《茶花女》（The Lady of the Camellias）有許多相似之處。比之《茶花女》，《桃花扇》應該說更為蘊藉深沉、魅力四射。

　　侯家老宅又名「壯悔堂」，坐落在商丘古縣城北門裡的一條小街上。我曾多次來這裡憑弔這對苦命的戀人。

　　我特別喜歡這座古色古香的小小城池，這裡有商代觀星的遺址閼伯臺，有安史之亂中守城捐軀的張巡的祠堂，有范仲淹執教的應天書院。

　　1640 年代，即蒲松齡出生的時代，在中國，是一個大動盪的時代。在歐洲，值得一說的是英國的艾薩克·牛頓（Isaac Newton），1643 年出生，比蒲松齡小 3 歲。他也是一個鄉下孩子，但是喜歡冥思不喜歡農活。他的父親在他出生前三個月就已經去世，母親拋下他改嫁，他一心想把母親與繼父還有繼父家的房子一起燒掉！他對女人沒有興趣，不會談戀愛，獨身終老。他脾氣也不太好，幾乎和所有同行都不往來。總之，他是一個特別過硬的「理工男」。但這一切都不影響他成為全世界最有成就的偉大科學家！

不過，後來英國人民投票選舉一位最能夠代表英國的英國人，牛頓卻意外落選，被威廉·莎士比亞（William Shakespeare）搶了風頭。看來，比起物理學，傳統的英國人更看重的還是戲曲和詩歌。

康熙五十一年（西元1712年），蒲松齡73歲。這年夏天，在歐洲的日內瓦，一個渾身矛盾、自命不凡的偉人降生在一個鐘錶匠的家裡，他就是尚－雅克·盧梭（Jean-Jacques Rousseau）。

至於北美洲，美國的開國總統喬治·華盛頓（George Washington）則是在蒲松齡去世17年之後方才出生。

蒲文指要

鄉先生

　　中華歷史上每逢改朝換代，總是為各類人物粉墨登場提供了寬闊舞臺，十七世紀中期的明清易代也是如此。

　　就明朝一方而言，有史可法、鄭成功、張煌言這樣英勇抗擊異族入侵的民族英雄；有黃宗羲、顧炎武、顏元、魏禧在時局危困之際獨立門戶、建樹學派的思想家；還有忠於舊主不與新朝合作的知識界菁英。如陝西學者李顒在社會上享有盛名，明亡後不願為新政權效力，康熙皇帝傳旨召見，他還是不給面子，仍以年老多病搪塞；又如泰州士子許元博不剃髮易服，被新政權捉拿歸案，剝衣用刑時發現其身上竟文有「生為明人、死為明鬼、無愧本朝」的字樣。

　　蒲松齡不屬於上述人物類型，與上述英雄豪傑、思想菁英相比，他似乎顯得很平凡，甚至還有些世俗。然而，最終他還是在中華民族的精神文化史上占據輝煌的一席之地。如果僅就對於後世的持續影響而言，並不亞於上述人士。

　　在古代小說家裡，與比他晚出生半個多世紀的曹雪芹相比，蒲松齡的研究資料保留下來的要多得多，從族譜、墓地到信劄、手稿，到生前使用過的銅鏡、端硯、酒壺、菸袋、圖章、燭臺，甚至寫真的肖像，全都保存完好。這對於蒲松齡本人來說並非全屬美事，因為這樣一來他的優點與缺點就會如實呈現出來。而對於曹雪芹，人們如同霧裡看花、水中望月，可以憑空想像出許多美妙。

　　蒲松齡，生於西元1640年6月5日，卒於西元1715年2月25日。濟

南府淄川人,字留仙,一字劍臣,別號柳泉居士,自稱異史氏,世稱聊齋先生。有明一代,蒲氏家族世居臨淄,以耕讀傳家。松齡的高祖、曾祖曾經得中秀才,他的祖父、父親飽讀詩書、滿腹經綸卻始終未能跨進科舉制度的最低門檻。

松齡兄弟四人,他排行老三,還有一個妹妹。時值社會板蕩、戰亂頻仍,又逢連年水旱災荒,田畝歉收,這個人口眾多的家庭已陷入貧困之中。松齡兄弟們無錢延師入學,只能在家中由父親開蒙授課。

在如此艱難的條件下,蒲松齡十九歲那年在縣、府、道三級會考中以三個第一名得中秀才。德高望重的主考官施閏章對蒲松齡的文章極為欣賞,贊為「空中聞異香,下筆如有神」、「觀書如月,運筆如風」。其中固然有主考官的偏愛,同時也足見蒲松齡天資卓越、根器不凡。

「朝為田舍郎,暮登天子堂」,少年得志對於以讀書求仕為最高理想的蒲氏家族是多麼大的鼓舞,對於一位農家子弟又是多麼大的誘惑!

此時的蒲松齡意氣風發、躊躇滿志,與鄉間幾位年齡相仿、志趣相投的好友結郢中詩社,終日吟詩作賦、讀經會文、制藝擬表,「相期矯首躍龍津」,似乎舉人、進士已經指日可待。

然而,好事也就到此為止。

蒲松齡23歲時,兩位嫂嫂攪家不賢導致弟兄分家,松齡受到不公待遇,僅分得薄田、敝屋、破舊農具、傢俱,生活陷入極端貧困。為了養家餬口,松齡選擇了坐館授徒的教書生涯,束脩尚且不足以養家,還不時要靠賣文補給。妻子勤儉持家,紡紗織布經常通宵達旦。

更讓他受挫的是此後數十年內,年年備考、應試竟然全都名落孫山。冀博一第,終困場屋,「十年塵土夢,百事與心違」、「生涯聊復讀書老,

蒲文指要

事業無勞看鏡頻」。心底蒼涼，由此可見。

蒲松齡自己說，他是僧人轉世。母親在分娩前夢見一位貧苦病弱的和尚來到家中，這和尚袒露一條手臂，胸前貼了一張膏藥。他出生後，胸前果然有一塊黑痣，似乎是前生的印記。蒲松齡很在乎這個說法，還特意將其寫在《聊齋自序》裡。

究竟有無生死輪迴的轉世之說，現代科學不相信，佛教則視為根本教義。與蒲松齡同代的金聖歎說自己是和尚托生，前世為天臺宗祖師智顗的弟子。金聖歎卻在54歲那年被加上「反清」罪名斬首於市；蒲松齡則像母親夢裡的那位病和尚、苦行僧，孤寂一生，困苦一生。

秀才不是官階，不能養家餬口，要生活下去還是需要選擇別的門路。

科舉制度自隋代以來延續1,000多年，歷代文人學士將科考得中比作「魚躍龍門」，躍過的便成了龍子龍孫，為官為宦、享不盡的榮華富貴；落第的儘管學富五車、才高八斗仍是布衣白丁，不得不沉淪底層、自食其力。

那些科考落第的平民知識分子，在被斷絕了仕途之後，能夠選擇的謀生之道有以下幾種：經商做買賣、官衙做幕僚、懸壺做醫生、設帳做教師，另外也有為僧、為道、占卜、扶乩、相面、測字、看風水的，這在當時都屬於正當營生。

士農工商，商雖然仍排在末位，但是在明代已經不再被歧視，蒲松齡的父親就曾做過一段時間的商人。

蒲松齡31歲時曾到好友寶應縣知縣孫蕙那裡做過一年的幕僚，時間雖然不長，對於他的文學生涯卻產生極其重要的影響。

大多數人的選擇是在民間私塾做教書先生，時謂「鄉先生」。

鄉先生，語出《儀禮》：「奠摯見於君，遂以摯見於鄉大夫、鄉先生。」鄉先生原指告老還鄉的官員及在鄉間私塾任教的文化人，宋代以後就專指鄉間私塾教師。所謂「鄉先生」，既不是官辦學府教職人員，也不是書院裡的經師、教習，說白了就是「鄉村私立小學教師」。

由於古時農村文化人少，更由於統治者倡導尊師重教，「鄉先生」不但或多或少有一份體面的經濟收入，社會地位要比現在的「鄉村私立小學教師」高出許多，平日受人尊重，死後還能夠在鄉裡社廟中享受祭祀。據《聊齋志異》中的描寫，章丘那位迂執的朱先生對學童要求嚴格，看不慣主母護犢子，一怒之下竟將戒尺打在主母的屁股上！

蒲松齡得中秀才後，除了在寶應一年多的時間，曾先後在淄川城郊王家、高家、沈家坐館教書多年，40歲受聘於望族畢家做西席，至71歲辭職居家，教書生涯前後40餘年，稱得上資深「鄉先生」。

道光年間的翰林院編修、兩淮鹽運使、蒲松齡的崇拜者但明倫在評論《聊齋志異》的文章中，也總是親切地稱呼蒲松齡為「鄉先生」。東家畢際有為清初拔貢，官至江南通州知州，父親畢自巖乃明末戶部尚書，其家宅就是一座環境優雅的園林，其中有石隱園、綽然堂、效樊堂、萬卷樓。

畢家對蒲松齡很尊重，待他亦賓亦友，園中風華盡他觀賞，家中藏書供他瀏覽，課堂就設在綽然堂，常年就讀的有七八個年齡不一的子弟。

由於畢家世代官宦，蒲松齡在畢家坐館就有機會交結一些上層人士、社會名流，如對《聊齋志異》做出高度評價的文壇領袖、刑部尚書王士禎，就是畢家的姻親。

蒲松齡對於這裡的自然環境、人文環境都是滿意的。他與教過的學生「一往情深」，許多年過後相逢仍親如家人：「宵宵燈火共黃昏，十八年來

類弟昆」、「高館時逢卯酒醉，錯將弟子做兒孫」。

康熙三十二（西元 1693 年）年畢際有去世，蒲松齡難掩悲慟，寫下八首七律痛哭老東家，其中有句：

今生把手願終違，零落山邱對晚暉。海內更誰容我放？泉臺無路望人歸。

此時的蒲松齡，家中已經有四個兒子、一個女兒，孫子輩也陸續出生。儘管畢家友善，他一人在外，常年不能與家人團聚，難免悽清孤寂。更讓他難過的是，終年教授別人家的子弟，自己的孩子卻荒廢了學業。他曾寫詩給兒孫表達自己悔愧無奈的心情：

我為餬口耘人田，任爾嬌惰實堪憐。幾時能儲十石粟，與爾共讀蓬窗前。

要求不高，卻到老也未能實現。直到七十歲前，他仍舊迎風淩霜跋涉於百里山道上。

身為一位讀書人，與許多明代遺老遺少不同，蒲松齡並沒有強烈的民族意識。無論是朱家皇帝掌權，還是愛新覺羅氏入主中原，社會體制如昔，他只是鄉村社會一個普通百姓，嚮往的是天下太平、國泰民安。

「血沃中原肥勁草，寒凝大地發春華。」戰亂的血汙洗滌後，百姓的日子總還是要過下去。康熙皇帝主政後，軟硬兼施、恩威並加，社會日趨穩定，就連抗清意識強烈的江南地區百姓也已歸附清廷。康熙二十三年（西元 1684 年）九月，愛新覺羅・玄燁南巡，駐蹕蘇州虎丘，千人石上人山人海，民眾載歌載舞，皇上親自打鼓，君民同樂，其樂融融。百姓高呼我皇萬歲，皇上回應百姓多壽，亡國之痛已飛往九霄雲外。「城郭猶在，人民

已非」，奈何？這就是無情的現實。

這一年，蒲松齡35歲，正在全力趕場應考。

他渴望透過科舉改變自己及家庭的命運，不排斥追求出人頭地、榮華富貴，也不排斥著為時政效力、一展宏圖。

《蒲松齡集》中，存有大量為科舉應試擬寫的奏章樣本，即所謂「擬表」，多為表忠頌聖、獻計獻策的文字：「茲伏遇皇帝陛下：『德邁堯勳，功高禹績』」、「皇仁廣被，千里沾雨露之恩；翠華遙臨，萬姓慰雲霓之望」、「歌功舞德，軼前徽於七十二君；武德文謨，永寶命於萬八千歲！」文辭雖繁，但是不過是些哄最高統治者開心的空話。

儘管蒲松齡為進階仕途付出如此多的努力，卻幾乎一無所獲。

他的才華，或許已經超過許多高中的舉人、進士。他沒有得到賞識，或許與科場黑暗、考官貪腐有關，一如他在小說中時時揭露的。但是即使在那個時代，考場也並不全是暗無天日，考官中也不是沒有伯樂，進階的生員中也還是有不少具有真才實學的菁英，可惜蒲松齡在求仕途中沒有遇到這樣的機會。

在他那個時代，不少設帳課徒的鄉先生自己雖然只是白髮童生，但是教出的弟子不乏金榜題名、月中折桂、位列顯宦者，這自然也是鄉先生自己的功績與榮耀，會受到全社會的熱捧。

可憐的蒲先生不但自己科場失意，他一生教過的學生，包括自己家的子姪，連舉人也不曾出過一個，這讓他更加鬱悶與憤慨。

這一切似乎只能歸結到「命」！

蒲夫人是認命的，也深知丈夫的能力。當蒲公五十歲過後仍要趕考時，

夫人勸他：「君勿須復爾！倘命應通顯，今已臺閣矣。」即，先生不要再去應試了，如果命裡該有，您早就當上部長、總理了！

懷才不遇與時不我與，社會的不公加上命運的不公，成為蒲松齡心中「塊壘」，即現代心理學中謂之「情結」，這也就成了蒲松齡日後從事文學創作的內驅力。

文人憎命達，不平則鳴，何況蒲松齡對於文學有著天生的熱愛與強韌的執著精神。他青年時代就熱衷於文學創作，與友人結郢中詩社。只不過那時還寄厚望於科舉，將「時藝」，即時文、八股文作為分內的「正經」，將文學創作視為「魔道」，視為「酒茗」之類的偏好。

不料，隨著舉業受挫，這副業卻日益產生不可抗拒的魔力，「遄飛逸興，狂固難辭；永託曠懷，癡且不諱」。對於文學的癡迷，讓他整天陷入情天恨海、魂牽夢繞、神與物遊、恍惚迷離的創作心境之中，就像一條在江湖中漫遊的魚，距離那「龍門」只能越來越遠了。

朋友們勸他集中精力應對科考，憑老兄的聰明才華拿個舉人如囊中取物，只是不要再在聊齋裡白白做夢了！對於友人的規勸，他曾寫詩作答：「憎命文章真是孽，耽情辭賦亦成魔。」文學是孽緣，寫作成魔道，怕是出不來了！

「我有迷魂招不得，雄雞一聲天下白」，四十歲時《聊齋志異》已經初具形制，在社會上不翼而飛，一部享譽世界的文學名著呼之欲出。莫言曾經對此寫詩讚嘆：「一部聊齋傳千古，十萬進士化塵埃。」從歷史角度看，蒲松齡一生科場不得意，反倒是上天成就了他。

興盛於唐宋的科舉制度到了明代，已經漸漸變味。隨著皇權專制的一再強化，科舉制度遴選人才的功能日益削弱，為統治者培養奴才的目的日

益加重。諤諤之士常遭剔除，有清一代的數十位狀元多是乖兒子，更次一等的則流於為虎作倀。蒲松齡流芳百世，可以說是文學成就了他！

寫出《聊齋志異》的蒲松齡，已經不是一般的鄉先生，既不是學究先生、冬烘先生，也不是道學先生、理學先生，而是一位文學先生，一位除了教書課徒還關注世情、關注人心、熱心鄉治、關愛民生的鄉先生！

知其父者莫如其子，蒲松齡的長子蒲箬曾對《聊齋志異》一書作出如下評價：

《誌異》八卷，漁搜聞見，抒寫襟懷，積數年而成，總以為學士大夫之針砭；而猶恨不如晨鐘暮鼓，可以破村庸之迷，而大醒市媼之夢也。又演為通俗雜曲，使街衢裡巷之中，見者歌，而聞者亦泣，其救世婆心，直將使男之雅者、俗者，女之悍者、妒者，盡舉而陶於一編之中。嗚呼！意良苦矣！

這裡說的很清楚，《聊齋志異》並不是專為揭露、批判官場而作，作者更多的用心是面向底層，向「村農」及「市媼」普及文化、彰顯倫理、提升情懷。為此，作者不惜更下功夫，將文言改寫成「通俗雜曲」。

蒲松齡與《聊齋志異》，是屬於鄉土、屬於市井的。

按照現代學者費孝通先生 [02] 在《鄉土中國》書中的說法，傳統社會是鄉土性的，「鄉先生」應該屬於鄉土社會中「士」的階層。士與大夫常常連用，稱作「士大夫」。但是士與大夫其實不同，大夫是官員，有實際的行政權，拿朝廷俸祿，效忠皇權；士，仍然屬於民眾，與勞苦鄉民不同的是他們有知識、有文化、有一定的社會地位，因此在社會生活中有一定的

---

[02] 費孝通（西元 1910-2005 年），享有國際聲譽的社會人類學家，先後在雲南大學、西南聯大、清華大學任教，一生以書生自任，出版有《江村經濟》、《鄉土中國》、《中國士紳》等著作。

蒲文指要

話語權。於是，這個由平民知識分子組成的「士紳」階層，就成為統治者與底層被統治者之間的一個夾層，一個緩衝、過渡、調協、溝通的重要環節。

從《蒲松齡集》中收集的文獻來看，蒲松齡除了創作《聊齋志異》，還為一方鄉土做了大量有益於改良生產、改善民生、開發民智、淨化民風的事情。如編纂《農桑經》、《藥祟書》、《家政編》、《婚嫁全書》、《日用俗字》、《省身語錄》、《循良政要》等鄉村生產、鄉民生活的實用書籍，從稼穡養殖、湯頭歌訣到煉銅冶鐵、脫坯燒窯無所不包。同時，他編寫了許多唱本、俚曲，如《牆頭記》、《姑婦曲》、《窮漢詞》、《磨難曲》等，寓教於樂，親力親為，取得良好效果。

康熙四十三年（西元1704年），淄川遭逢旱災、蝗災，「禾麥全無，赤地百里，民之餓死者十之三，逃亡者又倍之」。此時的蒲松齡已經六十五歲，生靈塗炭，感同身受，毅然挺身而出，以千言〈救荒急策〉上書山東承宣佈政使，同時提出五項救災具體措施。今天讀來，急人之難、紓解民困的拳拳之心仍躍然紙上。

好友孫樹百在京做高官，其家奴僕從狗仗人勢禍害鄉裡，村民們忍氣吞聲，唯松齡拍案而起，寄信樹百直言利害，促其嚴治惡奴，維護四鄉平安。

蒲松齡的言談話語深得家鄉民眾的尊崇與信賴，「凡族中桑棗鵝鴨之事，皆願得其一言以判曲直，雖有村無賴剛愎不仁，亦不敢自執己見以相悖逆」。

蒲松齡作為一位資深鄉先生，他能夠與底層民眾同呼吸、共患難，休戚與共、同舟共濟，不惜「滾一身泥巴」，這「泥土性」最終也成了他文學生命的基因、《聊齋志異》的命脈。

鄉先生

在中外古今文學史上，這樣的文學家還真是絕無僅有。蒲松齡與他同時代的作家孔尚任、洪昇、曹雪芹、紀曉嵐都不相同，他命中不屬於廟堂、臺閣，他是生長於鄉間原野上的一棵大樹，在泥土中紮根，在原野中生長，映藍天白雲，沐陽光雨露，伴鳥獸蟲蟻，在村落、市井、人世間開花結果。

康熙五十四年（西元 1715 年），蒲松齡 76 歲。這年的春節，他自卜不吉，仍親自帶領兒孫到祖墳祭奠，由此感染風寒，患病在床仍手不釋卷。晨起盥漱、稀粥兩餐，解手仍堅持自己走到百步開外的茅廁，不肯牽累他人。

早春二月十二日（陽曆 2 月 25 日）的黃昏，他獨坐窗前溘然去世。這哪裡像是一位偉大作家？分明就是一位莊戶老漢！

令人驚異的是，蒲松齡竟然還留下一幅 74 歲時的寫真畫像。畫作出自江南名畫家朱湘鱗之手，縱軸絹本，高 258 公分，寬 69 公分，上有蒲公親筆題款，為蒲公所認可。

蒲公在題款中評價自己「爾貌則寢，爾軀則修」，援引的是《晉書》中的典故，說的是西晉時代臨淄同鄉，由〈三都賦〉引發「洛陽紙貴」的著名文學家左思：「貌寢，口訥，而辭藻壯麗」，「寢」是面貌醜陋。從畫像看，蒲公自道醜陋顯然是自謙，而辭藻之壯麗應不亞於左思。

我看畫像，蒲公乃莊稼人的相貌，健壯樸實、厚道謙和；卻有著詩人的慧心，思緒靈動綿長、情懷蘊藉深沉。

在蒲公生前好友張篤慶的姪子張元為先生撰寫的〈墓表〉中，我得到了印證：「先生性樸厚，篤交遊，重名義，而孤介峭直，不阿權貴。」學者目不見先生，但讀其文章，意其人必雄談博辯，風義激昂，不可一世；及接乎其人，則恂恂然長者；聽其言則訥訥如不出諸口；而窺其中則蘊藉深

遠，文章意氣可耀當時而垂後世。

　　至於那身曾經讓蒲公渴慕過的官服頂戴，此時已被先生笑指為「世俗裝」。先生在畫像的題款上還特別交代清楚，穿上它留影，是家人的提議，實非自己的本心，希望百世後人不要因此嘲笑他。

　　臨終前的自白，表明了這位鄉先生最後與功名利祿的決絕。

蒲家莊與畢府

蒲家莊，位於淄川縣城東七裡許。村頭有泉，泉畔垂柳成蔭，故稱柳泉。泉深丈許，水滿而溢，故又名滿井。這裡就是蒲氏家族世代聚居的村莊，蒲松齡一家就住在村東一座並不寬敞的莊稼院裡。

畢府，是坐落在淄川城西鋪村的畢自巖府邸。畢家世代官宦，畢自巖官至戶部尚書。畢府五進十三院，建有振衣閣、綽然堂、萬卷樓、效樊堂、家眷樓、霞綺軒，宅後為占地四十畝的私家園林石隱園。畢府雖然比不上《紅樓夢》裡的賈府，無疑也是世代簪纓之族、鐘鳴鼎食之家。

蒲松齡從四十歲到七十一歲，應徵畢府設帳，常年教授畢家子弟。蒲家莊距畢府近35公里，中隔奐山、淄水。蒲松齡曾在詩中寫道：「十年驢背奐山道，不記經由第幾回。」說這話後，又走了二十年。

三十年裡，一條風雲變幻、溝壑縱橫、荊榛叢生、狐兔出沒的山路，一端連著四季辛勞、災害頻仍、貧寒度日的鄉村父老；一端繫著詩書萬卷、錦衣玉食、車馬盈門的貴族府邸。

對於蒲松齡來說，荒涼的山路是他面對的自然；貧瘠的鄉村是他置身的社會；菁英薈萃的畢府則是他的精神寄託。

這就是蒲松齡生活、讀書、寫作的環境，也可以說是蒲松齡生命活動的生態系統。在這個循環的系統中培育出蒲松齡獨特的人生價值、文化品味、文學風格。

蒲松齡之所以能夠在畢府一待三十年，自有不同尋常的因由。首先是與東家氣味相投。

蒲文指要

　　在蒲松齡出生的前兩年，畢府老主人，崇禎朝重臣畢自巖已經去世。當時的大家長是自巖公的兒子畢際有，曾任山西稷山知縣、江南通州知州，後因不滿官場黑暗罷歸西鋪故里，復修園林，詩酒自娛。他器重蒲松齡的道德學問，對其優渥有加。少東家畢盛鉅與蒲松齡為同代人，兩人志趣相投、親如兄弟。他教有七八個學生，一心向學。

　　環境清靜高雅。

　　畢家敬重這位才華橫溢的教書先生，為蒲松齡提供了舒適優雅的教學環境，平時起居、授課在綽然堂，炎炎夏日便移居霞綺軒。畢府藏書豐富，據說僅次於寧波範家的天一閣，這對於嗜書如命的蒲松齡自然如魚得水，教書的同時也在讀書自學，不斷充實自己。

　　畢府石隱園占地 40 畝，園中流水潺潺，奇石環列，林木蓊鬱，藤蘿葳蕤，荒草埋徑，狐兔出沒，鳥雀繞樹，魚蝦戲渚。蒲松齡曾在詩中描述園中風光：「淨天孤月小，深樹一燈明。」這應是深夜讀書的最好心境。「雨過松香聽客夢，萍開水碧見雲天。老藤繞屋龍蛇出，怪石當門虎豹眠。」這該是創作聊齋故事的極佳環境。《聊齋志異》中〈絳妃〉一篇中就曾特別點出：「綽然堂畢家花木最盛，院內住有花神絳妃。」

　　畢府擁有廣泛的社會關係、濃郁的文化氛圍。

　　畢家一門三進士，世代為官，當地縉紳、下野高官、文化名流、知識菁英均是他家的常客，有些還是親眷。蒲松齡在畢家的職守不止於教書，甚至還兼職幕賓，參與諸多賓客接待、文牘往還、節慶應酬的社交活動，並由此得以結識不少文壇前輩、朝廷命官、當代鴻儒、飽學之士。

　　如清順治六年（西元 1649 年）進士、翰林院檢討唐夢賚（西元 1628-1698 年），為人坦誠正直、關心政事民風，因仗義執言陷入朝中派系鬥

爭，罷官後回歸淄川鄉裡，寄情山水，棲心莊禪，著書立說，成為民間傳奇般人物。

明崇禎十六年（西元 1643 年）進士，清順治朝國子監祭酒、刑部左侍郎高珩（西元 1612-1697 年），為官清正，德高望重，尤工詩文，體近元、白，生平所著，不下萬篇。

唐、高二人對寒士蒲松齡的才學格外看重，康熙二十三年（西元 1684 年）重陽節，唐夢賚、高珩遊北山歸，特地夜訪蒲松齡於西鋪齋促膝長談。事後松齡有詩記載：「午夜敲門貴客踐，登堂喧笑禮儀寬。未分勝友名山座，猶得奚囊妙句看。」

兩位前輩對於《聊齋志異》的寫作都全力支持、高度讚揚，並分別為《聊齋志異》撰寫序言。

唐序中寫道：「自小儒『人死如風火散』之說，而原始要終之道，不明於天下；於是所見者愈少，所怪者愈多」，留仙所著「最足以破小儒拘墟之見，而與夏蟲語冰也」。

高序指出：「佳狐、佳鬼之奇俊者，降福既以孔皆，敦倫更復無斁，人中大賢，猶有愧焉。」他呼籲：「吾願讀書之士，攬此奇文，須深慧業，眼光如電，牆壁皆通，能知作者之意。」他甚至還將《聊齋志異》的初稿帶入宮內，擴大其影響。

高、唐二位都是蒲松齡的前輩鄉黨，康熙三十一年（西元 1692 年）的山東按察使喻成龍則是陝西人，且與松齡同年。喻成龍剛剛到任，慕蒲松齡的文名，便飭令淄川縣令陪同蒲松齡來濟南府聚談。蒲松齡開始以長途奔波身體不適為由推辭，後經畢家父子勸說前往，且居停數日，受到盛情款待，據說喻成龍還要出重金購買《聊齋志異》的著作權。蒲松齡雖然婉

蒲文指要

言謝絕了喻成龍,卻對這位禮賢下士、旨趣高雅的朝廷大員充滿好感,多次寫詩讚嘆。

至於蒲松齡與當時文壇領袖、刑部尚書王士禛(西元 1634-1711 年)的交往,更是《聊齋志異》創作史上色彩濃重的一頁。王士禛是畢際有夫人的從姪,因此得以與蒲松齡有較多的過從。

王士禛曾主動致函蒲松齡,借閱《聊齋志異》稿。王士禛在閱讀了《聊齋志異》的稿本後評點了部分篇章,並寫下那首著名的《戲題蒲生〈聊齋志異〉卷後》詩:

故妄言之故聽之,豆棚瓜架雨如絲。料應厭作人間語,愛聽秋墳鬼唱詩。

蒲松齡隨即依韻作答:

誌異書成共笑之,布袍蕭索鬢如絲。十年頗得黃州意,冷雨寒燈夜話時。

蒲松齡創作《聊齋志異》始終得不到郢中詩社「髫小」們的支持,被認定為不務正業。看到王士禛的褒獎之後,蒲松齡吐出一口長氣,頓感無限欣慰:「此生所恨無知己,縱不成名未足哀!」

蒲松齡自尊自重卻又是一位深知感恩的人,王士禛彌留之際,他曾在夢中前往探訪,醒來無限悲傷,寫詩哀悼:「昨宵猶自夢漁洋,誰料乘雲入帝鄉。海嶽含愁雲慘淡,星河無色日淒涼。儒林道喪典型盡,大雅風衰文獻亡。薤露一聲關塞黑,鬥南名士俱沾裳!」

在蒲松齡四十歲初期,《聊齋志異》已經初具形制,此後在畢府良好的寫作環境裡添補加強、悉心思索。據考證,畢府家人、親友曾為此書提供

了諸多素材。如〈楊千總〉篇是畢際有提供的素材,〈鴝鵒〉、〈五羖大夫〉兩篇是在畢際有初稿基礎上加工而成的;〈狐夢〉中畢際有的從姪畢怡庵成了小說的主角;〈馬介甫〉篇末有畢家族人畢公權新增的文字。〈泥鬼〉、〈雹神〉是關於唐夢賚的傳奇;〈齙石〉、〈廟鬼〉、〈四十千〉、〈王司馬〉等篇記述的則是王士禎家族的傳聞。

走出畢府,回到蒲家莊的家裡,又是一幅迥然不同的景象。

康熙元年（西元 1662 年），蒲松齡二十三歲，因家務糾紛而兄弟分家。蒲松齡夫婦脾氣好、顧大局、能忍讓，僅分得村頭破敗的三間場屋和一些破舊的傢俱、農具。孩子一個接一個地出生，年邁的父母還需要他來照應，日子過得很艱難。直到五十八歲時，才蓋起一所面積窄狹的房屋，即所謂「聊齋」:「聊齋有屋僅容膝，積土編茅面舊壁」、「斗室顏作面壁居，一床兩幾地無餘」。這與畢府的綽然堂、霞綺軒簡直是天差地別。

蒲家莊畢竟是他的生養之地，鄉親們與他有著手足之情。每每回到村子，蒲松齡便一如既往地為村民們多方施助，憑藉自己豐富的知識指導村民們種稻植桑、薦藥處方、斷文識字，為鄉親們撰寫春聯、喜帖、婚約、碑文。此時的蒲松齡又完全成了農民階層的一員，成為農夫、村媼的知心人。

年成好時，蒲家人尚且能維持溫飽，遇上災荒年，也和底層民眾一樣忍饑挨餓。蒲松齡曾在詩中多次寫到鄉親們飢寒交迫、賣兒賣女、掙紮在死亡線上的悲慘情景:「男子攜筐妻負雛，女兒賣別哭嗚嗚」、「何處能求辟穀方，沿門乞食盡逃亡。可憐翁媼無生計，又賣小男易鬥糠。」

與畢府的衣食無憂相比，家裡經濟捉襟見肘，妻子持家辛苦操勞，孩子們飢腸轆轆，總讓他無比憂傷:「抱病歸齋意暗傷，呻短榻倍淒涼。

家貧況值珠為粟，兒懶何堪婦臥床。」「傴塞風塵四十秋，長途款段不能休。」「家門暫到渾如客，甕米將空始欲愁。」

在〈日中飯〉一詩中，他生動地描述了由畢府歸來一家人吃午飯的情境：

黃沙迷眼驕風吹，六月奇熱如籠炊。午飯無米煮麥粥，沸湯灼人汗簌簌。兒童不解燠與寒，蟻聚喧譁滿堂屋。大男揮勺鳴鼎鐺，狼藉流飲聲桹桹。中男尚無力，摧盤覓箸相叫爭。小男始學步，翻盆倒盞如餓鷹。弱女踟躕望顏色，老夫感此心煢煢。於今盛夏旱如此，晚禾未種早禾死。到處十室五室空，官家追呼猶未止！甕中儋石已無多，留納官糧省催科。官糧亦完室亦罄，如此嬛嬛將奈何？

除了幾個生僻用字，全詩的內容並不難看懂。人多粥少，幾個男孩兒敲盆打碗、你爭我搶，女孩兒怯生生地望著大人的臉色，此情此景怎不叫人心酸！

面臨年饉饑荒，官府徵稅催糧卻變本加厲。蒲松齡曾屢屢上書有司呈報災情、申請免徵，救民於水火。官僚老爺們還不相信：「大旱三百五十日，壟上安能有麥禾？報到公庭仍不信，為言廳樹尚婆娑。」強徵橫斂不得稍減，「吏到門，怒且呵，寧鬻子，免風波。」底層百姓已經無路可走。

蒲松齡在畢家坐館三十年，按照規矩，每年的五節，清明節、端午節、中秋節、十月初一、春節均為休假日，可以返家探望。每次往返則跋山涉水一百數十裡，在《蒲松齡集》中留下了許多題為「奐山道上」的記述。

有時是鶯歌燕舞、馬蹄飄香的春明景和：

吟鞭蕭摵過長橋，三尺紅塵小駟驕。十裡煙村花似錦，一行春色柳如腰。榆錢雨下黃鶯老，麥信風來紫燕飄。遊客登山真興寄，海棠插鬢醉吹簫。

有時是暮色蒼茫、星月闌珊的古道西風：

暮雲遙接青山嘴，荒草歧分古道叉。月暗明河星瑣碎，風搖岸柳樹橫斜。

有時是暮雨瀟瀟、歸雁南飛的青林黑塞：

暮雨寒山路欲窮，河梁渺渺見飛鴻。錦鞭霧溼秋原黑，銀漢星流野燒紅。

有時也會遇上突發的極端天氣，步步驚心，無處躲避：

霹靂震轂裂空山，碎雹彈射千冰丸。風吹岡平拔老樹，橫如百尺蛟龍蟠。馬蹄斜竄頻傾側，幾幾下墮深崖間！左手抱鞍右提笠，一步一尺愁心顏。

即使行走在山路原野中，仍然不忘農民稼穡之苦、官府徵斂之苛：

飛蟲撲面柳含煙，麥子埋頭未出田。儉歲老農何所望？清明時節雨連綿。

青苗滿野麥連阡，何事相逢盡黯然？路上行人多問訊，傳言夏稅要徵錢。

三十年來，從蒲村到畢府，從綽然堂到莊稼院，近乎從天上到地下，處境與心境都相差千丈。

蒲松齡的生活是流動的、循環的，遊走、求索於天地的交錯與變換中。「上窮碧落下黃泉」，對於蒲松齡來說並非「兩處茫茫皆不見」，而是一處「天光雲影共徘徊」，一處「水深火熱苦掙紮」，對於二者他都有著刻骨銘心的感受與體驗。這對於一個人的正常生活，或許是一種遺憾，對於一位作家無疑是命運的珍貴餽贈。

蒲文指要

　　在成書後的《聊齋志異》五百篇中，我們總會時時看到蒲松齡獨特生命活動中的情境與影像。正是因為作家有了這樣的生命體驗，我們在這部百讀不厭、日久彌鮮、輝耀世界的名著裡，才可以品味到發生在自然層面、社會層面以及人類精神層面的古今奇觀。

南遊淮揚

蒲松齡在三十一歲那年，有一次出遊，從家鄉山東淄川出青石關，過沂州，渡黃河[03]，到揚州府治下的寶應、揚州、高郵，大約不到一年的時間。

這段旅途若乘坐高鐵，不過兩個多鐘頭，對於現代人來說幾乎不值一提。即使古代，遠些說如「五嶽尋仙不辭遠，一生好入名山遊」的李白，晚近的如「一簫一劍平生意，負盡狂名十五年」的龔自珍，也不算什麼。

然而對於蒲松齡來說，這是他畢生唯一一次跨省遠遊，他在詩中寫道：「漫向風塵試壯遊，天涯浪跡一孤舟。」就其個人內心的體驗與感受而言，這次「天涯壯遊」絕不亞於當代人去一次羅馬，去一次巴黎！

說是壯遊，更多的倒是感傷、蒼涼。

說是宦遊，還能沾上些邊，畢竟是到衙門裡做事。

但又不是自己為官為宦，是同窗好友孫蕙得中進士外放寶應知縣，邀他入幕隨行幫辦，因此多少總會有些失落。

蒲松齡十九歲鄉試奪魁後，聲名鵲起，轟動士林，自己也躊躇滿志；不料造化弄人，此後十年接連受挫，看著同邑友人接連高中，自己總是榜上無名，早先的銳氣、英氣已經消散多半，三十未立，前景莫測，上有老母臥床，下有幼子待哺，家中生計日益艱難，吃飯已經成為難題，這次離家遠遊實為生活所迫。

---

[03] 金章宗明昌五年（西元1194年），黃河從陽武光祿村決口，洪水吞沒封丘縣城，向東南奔瀉，途經宿遷、淮安侵奪淮河的河道入海。清朝初年，淄川遠在黃河之北，寶應、高郵在淮安之南。

上路之後所觀所感，便是滿目的悽苦與迷茫：

螢流宿草江雲黑，霧暗秋郊鬼火青。萬裡風塵南北路，一蓑煙雨短長亭！

人家綠樹寒煙裡，秋風黃流晚照餘。釣艇歸時魚鳥散，西風渺渺正愁予。

所幸孫蕙不忘舊情，仍以同懷視之，出入相攜如手足，私下仍能敞開心扉，這帶給了蒲松齡不小的安慰，讓他盡心盡力為孫蕙操辦許多繁雜公務。

不久，孫蕙調任高郵州署。寶應、高郵當時均為南北交通要道，過往官員頻仍，雜務繁多。當代學者統計，蒲松齡在不到一年的時間裡代孫蕙擬寫書啟、文告九十多篇。多為寫給省、府上司與州縣官員、親朋故舊的書劄，內容涉及河工、賑災、徵糧、驛馬以及迎送、賀慶、請託等。另有一些是縣、州官方釋出的呈文、諭文，內容涉及救災勸諭、驛站補給、安民守法、防盜緝匪、整肅法紀、策勵士風等，協助孫蕙取得一定政績。

對於這樣的官場生涯，僅僅幾個月的時間，蒲松齡就感到很不適應，難以忍受，時時表現出不如歸去的負面情緒，他寫詩給孫蕙：

故人憔悴折腰苦，世路風波強項難。吾輩只應焚筆硯，莫將此骨葬江幹。

但餘白髮無公道，只恐東風亦世情。我自蹉跎君偃蹇，兩人蹤跡可憐生。

蒲松齡似乎有些自作多情，他和孫蕙雖是好友，卻並非同路人，孫蕙很會做官，此後由地方到京城，平步青雲並不偃蹇。倒是他自己不能適應官場生態，蹉跎一生。

儘管如此，在官場一年時間的「掛職鍛鍊」，還是讓他深入瞭解到官場的內幕，洞察到官員們的內心世界，為《聊齋志異》的寫作累積了感性經驗。

　　這次為期一年的南遊淮揚，還遠不止於官場體驗。從創作心理學的意義上判斷，這次南遊對於《聊齋志異》的寫作是一次茅塞頓開、靈光閃現，使他由此進入一種樞機方通、萬途競萌的境界。

　　雅愛搜神、喜人談鬼，是他從少年時代就已經養成的興趣，而真正把寫作《聊齋志異》作為畢生事業，《聊齋志異》有望成為文學史上的曠世傑作，或許就是從蒲松齡南遊淮揚開始的。

　　生活環境的改變，尤其是自然風物的轉換，很容易激發文學創作的靈感。傷春、悲秋不過是囿於季節的轉換，就已經催生多少優秀詩篇！

　　蒲松齡這次由山東到江淮，由中原大地到江南水鄉，人物、景物都呈現出迥然不同的風采，途中所見就已經讓他激動不已：

　　青草白沙最可憐，始知南北各風煙。途中寂寞姑言鬼，舟上招搖意欲仙。馬踏殘雲爭晚渡，鳥銜落日下晴川。一聲欸乃江村暮，秋色平湖綠接天。

　　繼而，登北固、涉大江、遊廣陵、泛舟高郵湖，南方水鄉的湖天浩渺、沙鷗漁火，南方原野的雨細風輕、綠肥紅瘦總能引出他的詩興大發、妙詞連篇。殘留下來的〈南遊詩草〉，尚有七十八首，表明這段時間幾乎每三、五天就有新作：

　　布帆一夜掛東風，隔岸深深漁火紅。浪急人行星漢上，夢迴舟在月明中。

　　近城風細水如羅，蓮幕生寒渺碧波，花落已驚新歲月，燕歸猶識舊山河。

蒲文指要

　　他還曾經和孫蕙討論過「江南之水北方山」，得出「乃知北方士，自不善標榜」的結論，可見江南獨特的風物以及南方文人學士對待風景的態度讓蒲松齡留下很深刻的印象。

　　基於這樣的感受，《聊齋志異》書中就出現了不少以南方風物為背景的篇章，如〈五通〉、〈青蛙神〉、〈白秋練〉、〈王桂安〉等。

　　對於蒲松齡來說，比南方風景印象更深的是南方女性。

　　明朝末年的戰亂已經過去二十多年，揚州一帶作為農業社會的「經貿特區」已經恢復往昔的繁盛，運河碼頭帆檣如雲、貨積如山，府城州城車水馬龍、遊人如織，花街柳巷香霧繚繞、俊男靚女三五成群。年輕的蒲松齡從蒲家莊來到揚州地，就像是劉姥姥進了大觀園。

　　而此時的上司孫蕙，時值少壯，正血氣方剛、精力充沛，不但官運亨通，而且情場得意，加之本性風流，樂享奢侈豪華，因公因私常常出入青樓勾欄、歌榭華宴，蒲松齡作為好友、幕僚，每每隨侍左右，便得以見識許多風月場面：

　　小語嬌憨眼尾都，霓裳婀娜綰明珠。樽前低唱伊涼曲，笑把金釵扣玉壺。

　　笙歌一派擁紅裝，環珮珊珊紫袖長。座下湘裙已罷舞，蓮花猶散玉塵香。

　　孫蕙四十歲生日宴會，邀請揚州戲班前來寶應獻歌獻舞，場面極其豪華，蒲松齡曾在詩中記述了當時的盛況：「簾幃深開燈輝煌，氍毹瞑鋪畫錦堂」、「藕絲搖曳錦繡裳，黃鸝趺舞帶柔長」、「芙蓉十騎踏花行，鬢多嬌容立象床」。

　　揚州地區水陸交通發達，商業貿易繁榮，與封閉的北方相比，受儒家

倫理道德約束較少，女性參與社會交往比較開放，個性也就比較主動、張揚。這些青春、靚麗、開朗、豪爽的淮揚女孩子，在《聊齋志異》中便被蒲松齡與「花妖狐鬼」捏合在一起，成為超拔的文學形象。

說不清是哪次聚會，在這紅粉佳人隊伍中，蒲松齡被一位聰明伶俐、能詩會文、才貌俱佳的妙齡少女所吸引，竟一見鍾情，終生難忘。這位少女名叫顧青霞，又名粲可、可兒，時年15歲。遺憾的是青霞隨即被漁色獵豔的老手孫蕙納為侍妾，帶入公館，雖然蒲松齡與青霞見面的次數多了許多，但是相愛的機會卻隔下萬水千山。

這種求之而不得的情愛，更是讓人輾轉反惻、魂牽夢繞。他們之間的感情究竟走到哪步田地，這是蒲翁至死堅守的祕密，對於我們來說也成了一個最終無解的謎。

後來的研究者，如路大荒先生為蒲松齡撰寫《年譜》，連孫蕙為其老母請誥封的事都有記載，對於顧青霞卻隻字不提，似乎在「為尊者諱」。這是否恰恰反證了我們的這位「尊者」還真的存在什麼忌諱呢？對照蒲松齡先後為顧青霞寫下的8題13首詩，可以發現《聊齋志異》中不少天真可愛的少女形象都隱隱顯露出顧青霞的身影。無論如何，結識顧青霞都是蒲松齡這次南遊淮揚的一大收穫，不論是情感上還是精神上。

後面，我們還會說起這件公案。

科場連連失意，搜神錄鬼的興致越來越濃；搜神錄鬼的興致越來越濃則必然導致科場更多的失利，蒲松齡已經陷入這種「惡性」循環之中不能自拔，或許這就是宿命！

蒲松齡旅途寫下的詩中「途中寂寞姑言鬼」的句子，並非虛說，而是紀實。事出他在沂州為雨所阻，於旅社中聽一位姓劉的旅客講鬼故事，這

則故事被他演繹後成為《聊齋》的名篇〈蓮香〉。在高郵,他將紫霞老先生講述的鬼狐故事鋪陳成篇,就是《聊齋》中的名篇〈巧娘〉。

　　當代寶應人看重文化、看重文學,對蒲松齡這位文學家由衷愛戴,將蒲松齡在寶應的一段生活視為自己家鄉的驕傲。當地學者對此進行過大量考據、研究。其中有學者考證,《聊齋志異》中上百篇小說都與寶應一帶發生的故事有關,都和他的南遊經歷有關。如〈蓮香〉、〈巧娘〉、〈伍秋月〉、〈張老相公〉、〈新郎〉、〈棋鬼〉、〈造畜〉、〈彭海秋〉、〈豬婆龍〉、〈俠女〉、〈雷曹〉、〈金陵女子〉、〈青梅〉、〈庫官〉、〈珠兒〉、〈吳令〉、〈吳門畫工〉、〈陸判〉、〈鳳陽士人〉、〈葉生〉等。而〈秦檜〉、〈席方平〉、〈聶小倩〉、〈夢狼〉、〈嬌娜〉、〈伍秋月〉等作品涉及的人事,在寶應、高郵的地方誌中均有相關文字記載。

　　這些考證工作不一定很精確,但是這次南遊讓蒲松齡大開眼界,拓展了創作的視野、豐富了創作的題材則是毫無疑義的。

　　從庚戌年秋天到夏末秋初,至多不過一年時間,蒲松齡在淮揚就已經待不住了,這多少有些令局外人匪夷所思。江南江北風光好,主官孫蕙待其不薄,身邊還有一位討人憐愛的小美人,為何就不肯待下去了呢?

　　「江城何處吹楊柳,望斷關山客夢長。」是想念家中的妻兒老母了?「湖海氣豪常忤世,黃昏夢醒自知非。」是厭倦了官場歪風、衙門惡習,要復演陶淵明的歸去來兮?

　　「只恐薄言逢彼怒,泥中惱亂鄭康成。」[04] 還是因為自己暗戀的女子與他人結為伉儷,實在難以繼續做個「吃瓜群眾」?

---

[04]　詩中用了鄭玄的典故。鄭玄,字康成,漢代名儒,經學的集大成者。鄭玄家中一位婢女因違逆鄭玄,被罰跪在階前。另一位婢女戲言:「胡為乎泥中?」(語出《詩經・風・式微》)答:「薄言往愬,逢彼之怒。」(語出《詩經・風・柏舟》),鄭府婢女亦才女也。

無論什麼原因，反正就是不願再在南方待下去了！

「歸途過黃河，一葉大如掌。颶颱西南風，飽帆蕩雙槳。船小隨帆側，高低任俯仰。」蒲松齡這次南遊，往返都要渡過黃河。一隻巴掌大的小船，載著這位未來的文學大師，風急灘險，高低俯仰，也只能交給命運了！臨近青石關，眼看已到臨淄界，又遭逢山雨傾盆、雷電交加，時近黃昏，投宿無門，荒野之中雨水漫過馬膝，渾身上下淋得全溼，折騰到半夜才回到家中。

終究還是「苦行僧」的命。

返家後直到進入畢府設帳課徒，這將近十年的時間，對於蒲松齡身世的研究像是一個盲點，看來仍是在不停地「蹉跎」、「偃蹇」。

文人憎命達，就是在這十年的「蹉跎」、「偃蹇」中，光耀世代的《聊齋志異》已經煥然成型。

淮揚南遊，不能說不是一個關鍵的出發點。

蒲文指要

荒野情結

《聊齋志異》書成，蒲松齡似乎並沒有表現出多少喜悅之情，反而在短短的自序裡寫下這樣幾行淒涼、痛切的文字：「嗟乎！驚霜寒雀，抱樹無溫；吊月秋蟲，偎闌自熱。知我者，其在青林黑塞間乎！」

在這裡，漸入老境的蒲松齡把自己比作霜天寒林中的鳥雀，比作秋夜殘月下的蟲蟻，生命如逝水，一生之力作尚無力刊行。未來的知己在哪裡？或在「青林黑塞」中。

「青林黑塞」，出自杜甫懷念身在遠方李白的一首詩：「魂來楓林青，魂返關塞黑」，一般的解釋只說是「成語，指朋友的住所」，未免太籠統、太直白、太無趣了！友人的住處為何是「青林黑塞」，而不是廣廈高樓、深宅大院？特別指出友人身處幽幽山林、漠漠邊塞，明明是表達了一種蒼涼、沉鬱的情感，一種如同荒野一般無邊無際的思緒。從上文提到的蒲松齡以寒林鳥雀、秋夜蟲蟻的自喻，我們也很容易產生置身荒野的感受。

蒲松齡而立之年前往寶應老友孫蕙處應幕，離家六十裡路過青石關，曾有詩紀行：

身在甕盎中，仰看飛鳥渡。南山北山雲，千株萬株樹。但見山中人，不見山中路。樵者指以柯，捫蘿自茲去。句曲上層霄，馬蹄無穩步。忽然聞犬吠，煙火數家聚。挽彎眺來處，茫茫積翠霧。

詩中所寫，一派濃鬱的「青林黑塞」情境。

細審之，不難發現《聊齋》中的許多故事都發生在荒野之中。即使發生在市井鄉鎮，甚至官廳宮掖裡的那些故事，其主角的本尊除了野鬼、妖

狐之外，還多為魚龍、虎狼、大象、獐鹿、蟒蛇、猿猴、龜鱉、鼠兔，以及螳螂、蜂蝶、蟋蟀、蜘蛛，所有這些也都應是來自曠地荒野的生靈。

小說中故事發生的環境，也多是曠野疏林、荒村頹寺、老宅廢墟、古墓野墳。

我有些懷疑，蒲松齡早年生活的環境幾近如此。

老輩人說：凶年長好樹。可以在杜甫的詩中得到印證：「國破山河在，城春草木深。」草木深，野生動物自然也就多起來。

明清換代，江山易主，多年戰亂之後，原本的村落田園也大多變成人煙稀少的荒原。

蒲松齡似乎對荒野擁有切身的、獨特的感受。

與兄長們分家後，他只分得村頭三間「場屋」，且四壁皆無，晨曦晚霞、朝雲夕霧、星斗銀漢、荒草煙樹，儘可一收眼底。垂暮之年，他在悼念亡妻時回憶當年的境況：「時僅生大男箬，攜子伏甚題之徑，聞蛩然者而喜焉。一庭中觸雨瀟瀟，遇風喁喁，遭雷霆震震謖謖。狼夜入則塒雞驚鳴，圈豕駭竄。兒不知愁，眠早熟，績火熒熒，待曙而已。」

其居家環境，竟與《聊齋》故事中鬼狐出沒的曠野相差無幾。

蒲翁在畢大官人家坐館時起居、課徒三十多年的石隱園，本就是一個荒草埋徑、雜花生樹、亂石堆疊、風清月冷的林子。他曾在〈石隱園〉詩中描述荒原的景象：「紅點疏籬綠滿園，武陵丘壑漢時村。春風入檻花魂冷，午晝開窗樹色昏。書舍藤蘿常抱壁，山亭虎豹日當門。蕭蕭松竹盈三徑，石上陰濃坐不溫。」其中雖有詩人的渲染，荒涼野曠的氣息仍撲面而來。

蒲文指要

　　蒲翁坐館的西鋪村距離蒲家莊六十多裡地，為了生計三十多年來獨自一人在外，58歲那年曾在詩中寫道：「久已鶴梅當妻子，直將家舍作郵亭。」常年與鳥獸花木為伴，家反而成了偶爾棲身的逆旅與驛站，其孤寂的心情可想而知。

　　「晴空一鶴排雲上，便引詩情到碧霄。」荒野的景象，往往能夠激發人的詩情畫意。

　　「敕勒川，陰山下。天似穹廬，籠蓋四野。天蒼蒼，野茫茫。風吹草低見牛羊。」遊牧民族的馬上歌手如此詠嘆荒野。

　　「前不見古人，後不見來者。念天地之悠悠，獨愴然而涕下！」文人在幽州臺上的寥寥數語，成為吟誦北地大野的千古絕唱。

　　荒野，為何如此深入人心？

　　蜚聲學界的美國華裔人文地理學家段義孚[05]在威斯康辛大學教書時曾經在課堂上做過一個實驗——讓學生們在卡片上寫下自己最喜歡的居住地。他說，卡片收上來之後他驚訝地發現學生們選擇的竟然是鄉村或荒野！他懷疑學生們是否因為受到亨利·大衛·梭羅（Henry David Thoreau）[06]的《湖濱散記》（*Walden*）和奧爾多·利奧波德（Aldo Leopold）的《沙鄉年鑑》（*A Sand County Almanac*）的影響。

　　實際上不只如此，荒野之於人還有更悠久、更深遠的原因。

　　被譽為荒野哲學之父的霍姆斯·羅爾斯頓三世（Holmes Rolston III）教

---

[05] ［美］段義孚（西元1930-2022年），華裔人文地理學家，美國藝術與科學院院士和英國皇家科學院院士，先後在芝加哥大學、威斯康辛大學、多倫多大學、明尼蘇達大學任教。

[06] 亨利·大衛·梭羅（Hemry David Thoreau，西元1817-1862年），美國作家、自然主義哲學家，提倡回歸本心，親近自然。曾在瓦爾登湖畔隱居兩年，自耕自種自食其力，體驗簡樸自然的生活，以此為題材寫成的長篇散文《湖濱散記》，成為生態文學的經典之作。另有《論公民抗命》、《麻塞諸塞自然史》、《緬因森林》等著述。

授[07]指出:「荒野是一個偉大的生命之源,我們都是由它產生出來的。這生命之源不僅產生了我們人類,而且還在其他生命形式中流動。無論是在感受、心理,還是生物的層次,人類與其他生物體之間都存在著很大的相似。」

這就是說,荒野是人類的生命之根、心靈之源,是深藏於人類精神深處的意象與情結。

英國歷史學家基斯・湯瑪斯[08](Keith Thomas)指出:「荒野的價值不只是消極的;不只是提供一個私密的地方,一個自省與獨自幻想的機會;荒野還有更正向的作用,它帶給人慈善的精神力量,成為精神洞察力的泉源。」

美國生態文學家華勒斯・史達格納(Wallace Stegner)[09]指出:「荒野可以為人施行精神的洗禮,人們需要做的,是對包含自身在內的大自然表示接納,是融入自然並進行徹底的精神洗禮。而能幫助人們實現這一目的的最佳場所就是沒有遊樂園,沒有推土機,沒有柏油路,遠離人類文明喧囂的荒野。」

美國生態運動的先驅默里・布克欽(Murray Bookchin)[10]也曾說過:「如何對待荒野,顯然是個社會問題,人類對待自己的同類的態度,總是與對待非人類的生物形態和荒野環境的態度相對應的。」

---

[07] [美] 羅爾斯頓(Holnes Rolston,西元 1933-),美國科羅拉多州立大學哲學教授,著有《環境倫理學》、《哲學走向荒野》等,被譽為生態倫理學之父。

[08] [英] 湯瑪斯(Keith Thomas,西元 1933-),英國社會科學院院士,牛津大學現代史教授,代表作有《宗教與巫術的衰落》、《人類與自然世界》等。

[09] [美] 史達格納(Wallace Stegner,西元 1909-1993 年),美國著名作家,創作了多部小說和自然散文,代表作有《荒野信箋》。

[10] [美] 布克欽(Murray Bookchin,西元 1921-2006 年),作家、歷史學家,生態運動先驅,代表作有《自由的生態學》、《生態運動何去何從?》。

蒲文指要

環境美學的創始人之一、芬蘭約恩蘇大學教授瑟帕瑪（Yrjö Sepänmaa）[11]認為：「對荒野自然的普遍輕蔑是西方尤其是歐洲傳統的特徵；中國和日本在古代便開始了對荒野自然，尤其是山巒風景的讚美。」中國古代留存下來的數以千萬計的「山水畫」、「田園詩」、「邊塞詩」足以作為瑟帕瑪這段話的註腳。

類乎中國古代陶淵明的美國當代詩人蓋瑞・史耐德（Gary Snyder）[12]呼喚：「詩人要成為荒野自然的代言人。」

三百多年前的蒲松齡，就已經是荒野自然的代言人，為山野鳥獸昆蟲代言，為荒原林木花草代言，為大地自然萬物代言。這位活著的時候看似尋常的鄉村塾師，因為一部《聊齋志異》享譽人間，與青林黑塞共存宇內。

《聊齋志異》問世後，評論的文字便接踵而來，其中透遞出某些「生態精神」的，是乾隆年間青柯亭初刻本的總編纂餘蓉裳的那篇序言。

這篇序言首先渲染了他自己讀《聊齋》時的野曠心境：「郡齋多古木奇石，時當秋飆怒號，景物睊霓，狐鼠晝跳，鴞獍夜嗥。把卷坐斗室中，青燈睒睒，已不待展讀而陰森之氣逼人毛髮。」

接下來抒發他讀《聊齋》的心得：「嗟夫！世固有服聲被色，儼然人類，叩其所藏，有鬼蜮之不足比而豺虎之難與方者。」「不得已而涉想於杳冥荒怪之域，以為異類有情，或者尚堪晤對；鬼謀雖遠，庶其警彼貪淫。」翻譯成白話：人類並不比其他生物優秀，世上那些相貌堂堂的人類，究其

---

[11] [芬蘭]瑟帕瑪（Yrjö Sepänmaa，西元1945-），芬蘭約恩蘇大學教授，中國黃河科技學院名譽教授，環境美學的創始人之一，曾任國際環境美學學會主席。著有《環境之美》、《對環境的文明態度》等。

[12] [美]史奈德（Gary Snyder，西元1930-），20世紀美國著名詩人、散文家、環保主義者，美國詩人學院院士。出版有十六卷詩文集，《龜島》獲得了1975年度普利策詩歌獎。

形骸之內所藏的邪惡，卻是鬼蜮豺虎都難與比並的。倒是那些被視為異類的荒野中的神靈怪物，反而擁有更多的人的天性。

蓉裳先生是詩人又是畫家，才子心性放蕩不羈，他能夠獨具慧眼地看出《聊齋》的真意與蒲翁的良苦用心。

有研究者指出：「蒲松齡的一生，始終在『入仕』及『在野』之間糾結、掙紮。具體表現是屢屢應試屢屢落第，不甘在野而在野終生。」

從個人的天性、旨趣、情懷來說他熱愛詩詞歌賦文學創作，尤其熱衷於「搜神」、「談鬼」，悉心蒐羅，集腋成裘、蔚為大觀；從功名利祿、光宗耀祖的實際利益考慮，他又不得不皓首窮經、揣摩聖意、炮製味如嚼蠟的八股文。

有人說，他正是因為心繫荒野，才終究進不了仕途。

有人說，以他的學識才華如果集中全力面向科場，舉人、進士恐怕早已收攬囊中！

回頭看去，唐宋元明清歷代出了多少舉人、進士，甚至狀元、榜眼，而能夠創作出《聊齋》這部曠世傑作的作家，只有蒲松齡一人。說到底，又還是「青林黑塞」的荒野成就了他。是非成敗命註定，青山依舊在，幾度夕陽紅。

最後，容我再多嘴幾句，美國自然資源部的一項最新研究發現：人們在野外的山地或森林裡散步時，會有一種心曠神怡的感覺，這是因為人從心理上對大自然景觀有著根本的需求與深刻的依戀。研究結果還顯示，荒野對生命健康有正面影響，在荒野中生活對心肺健康、皮膚護理以及認知敏感的提升均大有益處。

俄羅斯生物學界的一項研究結果證實，野外條件下的赤狐可以活 12

> 蒲文指要

到 15 年。在歐洲，近年來由於房地產開發占奪去野生動物的生存領地，一些狐狸開始轉移到城市，這些狐狸大多只能活上三五年，其中一半死於神經緊張、消化不良與交通事故，而高達八成的狐狸幼崽會早早夭折。

人在大都市的生活其實也不容易。如果不是貧富差異與醫療條件的差異，位於大自然懷抱中的鄉村生活應該是更有益於長壽的。

蒲松齡活了七十六歲，這在古代的人口統計中絕對算是高齡了。我想，這也是他立足大自然、從身體到精神紮根原野、融入鄉土的結果。

萬物有靈

《聊齋志異》中寫人類之外的生物，似乎並不比人類少。粗略瀏覽一下，便可以發現植物中有松、柏、槐、榆、楊、柳、桃、杏、梅、竹、牡丹、菊花、荷花、海棠以及蓬蒿、薜蘿、苔蘚、藻荇；動物中有狐狸、白兔、獅子、大象、老虎、黃犬、灰狼、香獐、猿猴、蟒蛇、青蛙、老鼠、龜鱉、白鰭豚、揚子鱷以及鸛雀、仙鶴、烏鴉、蜜蜂、蝴蝶、蜘蛛、螳螂、蝗蟲、蠍子、蚰蜒等。如果用一句生態學的專業術語形容，那就是「書中的生物量[13]很充足」。

由此看來，蒲松齡並不是一個固執的人類中心主義者。

可能馬上就有人質疑：「錯了，蒲松齡寫這些動物、植物只不過借物喻人，只不過藉助這些動物、植物來表現人的性情、品格、行為、動機，演繹人類社會的故事，歸根結柢仍舊是寫人。」

這說法不無道理，這也是以往許多專家慣常做出的解釋。其根據是西方美學理論中的「移情說」，比如寫詩讚頌一棵松樹堅貞不屈的高風亮節，不過是把詩人自己認定的高風亮節「移入」松樹身上，然後展示給別人欣賞，同時自我欣賞。自然界的松樹，只不過是人類的意識與感情的載體。

這也是美學與文學理論中典型的「人類中心主義」。

《聊齋》中描寫的這些鳥獸蟲魚、奇花異卉果然與其自身的屬性沒有關係嗎？一些明眼人還是看出，蒲松齡筆下的許多動物、植物在幻化為人

---

[13] 生物量（biomass），生物學術語。指某一時段的一定空間裡所含生物種類的數量與重量。

時，仍然儲存有某些自身的天性。香獐化身少女替人治病時，藥物就是自身的麝香；老鼠化為身姿纖細的女性時，依舊像鼠類一樣習慣於囤積收藏糧食；白鰭豚化身的少婦隨夫遠走他鄉時，仍然不忘隨身攜帶一瓶湖水；牡丹花變成的美麗少女，身體裡總是散發出鮮花的芬芳；蜜蜂化身公主，仍然是腰細聲細；鸚鵡變成女孩，照樣能言善辯……這就是說蒲松齡在塑造這些人類主角形象時，仍然保留並巧妙地融合進這些動植物自身的天然屬性。

這就不止於「移情說」了，而是證明瞭移情的對象也在顯示著自身的生物屬性。或者說，正是這些屬性，為作品中的人物形象增添了許多色彩。

我們還可以將問題進一步探討下去，除了這些外在的生物特徵之外，這些人類之外的物種，是否具有與人類相似的智慧、情感、品格、性情？

更直白地說吧，這些人類之外的物種是否也擁有人類所擁有的靈性呢？

「泛靈論」或曰「萬物有靈論」，長期以來在西方科學界與哲學界是被視為「有神論」、「唯心主義」加以批判的。當代某些研究《聊齋志異》的專家也曾經運用這些觀念評價蒲松齡，一方面認為《聊齋志異》是中國古代小說史上一座巍峨聳立的高峰，一面又說蒲松齡不乏「愚蠢可笑的思想弱點」，是一位「可笑的唯心主義的鬼神迷信者」。然後，又擺出一副寬容的姿態，說「這是時代的局限」。

蒲松齡即使「唯心」而又「迷信鬼神」，恐怕也不能就此斷定其「愚蠢可笑」；時代是否總是在全面地筆直前進？「唯心」是否就一定比「唯物」不堪？至今都仍然是未能得出一致答案的問題。

問題如此複雜，偉大的物理學家艾薩克·牛頓（Isaac Newton）終其一生的科學研究，竟是為了尋找「上帝」的存在！科學與迷信的界線並不是那麼

容易區分。

以往的人們之所以批判「萬物有靈」，其出發點恐怕是要維護「人是萬物之靈」的自我定位。

「人」是世界上最可貴的，這種說法在歐洲工業革命以來被大大膨脹了：只有人才擁有「智慧」、「情感」、「靈性」、「靈魂」，世界上的其他存在都只是「物質」或「物資」，有機物或無機物。人與物是二元對立的，物的價值、意義取決於對人類有用還是無用。

松柏楊柳是木材，牛羊豬狗是食材，江河湖海是水利，岩石山巒是礦產，皆是為了供人類享用。狐狸豺狼是害獸，蒼蠅蚊子是害蟲，務在剿滅之列。

南懷瑾先生在他的書中曾辛辣地嘲諷「人為萬物之靈」的說法：這不過是人類自己吹牛的話。你是萬物之靈，萬物並沒有承認哦！萬物覺得我們這些人是萬物裡最壞的，草也吃，牛肉也吃，老虎也吃，能吃的東西都把它吃掉，人最壞了。在道家看來，「人未必無獸心」，有些人看樣子是人，實際上他的思想、行為是禽獸，比禽獸還壞。

這裡我隨手可以舉出一些最近發生的例子，印證南懷瑾先生的判斷並非無稽之談。

一類是校園霸凌。不久前某中學幾個十四五歲的女學生，將一個女同學圍堵在廁所裡，侮辱咒罵，連扇了100多個耳光！法律卻因為她們未成年而免去懲罰。這樣的事在各地的中小學校經常出現，而在人類之外的動物界是絕不會發生的，哪怕是虎崽、狼崽，在一起相處雖有打鬧，那只是嬉戲，或做捕獵的訓練，絕不會如此侮辱、傷害自己的同類。

一是虐貓事件。一些人為了虐貓取樂，或將虐貓的影片放在網上牟取

暴利，不惜將偷來的貓剁爪、割脖、剜眼、割鼻、掏腸、剝皮；將鞭炮塞進貓的嘴巴和耳朵裡，炸得面目全非；將貓關進微波爐裡活活烤死。這些虐貓者並非無知無識，其中不少人具有高學歷。在荒野裡，豺狼、鬣狗之類的大型食肉動物也捕食小型動物，但牠們僅只為了果腹而已，遠不如這些「高智商」的人類自私、冷酷、殘忍、卑劣。

這些虐貓者以及付費觀看虐貓影片的人的理念是：「畜生又不是人，怎麼對待牠們都不算犯法！」

深究下去，這可能與他們長期以來接受的某種哲學思想有關：其他物種只是外在於人的存在，他們是與「人」對立的「物」，他們沒有自己的靈性、沒有存在的價值，只是一堆會動的物質，可以供人類任意處置與消費。生態批評家卡洛琳・麥茜特（Carolyn Merchant）教授[14]就曾指出：「萬物有靈論和有機論的廢除，將世界當作機械的存在，造成了自然的死亡，造成大量物種的滅絕。」

在人類歷史的早期，在所謂的「野蠻人」時期，「萬物有靈」反而是人們的共識。人類學家透過田野調查發現，在某些原始部落裡，人們獵取少量的野生動物只是為了生存，食用捕獲的野牛、麋鹿時一定要為牠們的靈魂舉辦祈禱儀式，虔誠地向牠們表示感謝。

在遠古時代的傳說中，人與獸的界線並不嚴格。不妨查一查古代的典籍，中華民族受人膜拜的祖先，幾乎全都是一副半人半獸的模樣。盤古是「龍首蛇身」、女媧是「人面蛇身」、伏羲是「牛首人身」、皋陶是「人面鳥喙」、大禹的本相則是一頭「熊」、炎帝是女媧氏之女與神龍交感所生，而炎帝生下的女兒則多半是鳥的化身，大的叫白鵲，小的叫精衛，也就是那

---

[14] 麥茜特（Carolyn Merchant，西元 1936-），美國加州大學環境倫理學教授，著名生態女性主義者，代表作為《自然之死——婦女、生態和科學革命》。

個「銜木填海」的紅爪子小鳥。舜帝時代的大法官皋陶，其業務助理是一隻名叫「獬豸」的獨角怪羊。堯帝時「擊石為樂」，引來百獸齊舞；舜帝時「簫韶九成」，招致「鳳凰來儀」。

在古代，人與獸的關係比起後世要親密得多。位於老子與莊子之間的思想家列子曾經指出：

禽獸之智有自然與人童（同）者，其齊欲攝生，亦不暇智於人也。牝牡相偶，母子相親；避平依險，違寒就溫；居則有群，行則有列；小者居內，壯者居外；飲則相攜，食則鳴群。

太古之時，（禽獸）則與人同處，與人並行。帝王之時，始驚駭散亂矣。逮於末世，隱伏逃竄，以避患害。

今東方介氏之國，其國人數數解六畜之語者，蓋偏知所得。太古神聖之人，備知萬物情態，悉解異類音聲。會而聚之，訓而受之，同於人民。故先會鬼神魑魅，次達八方人民，末聚禽獸蟲蛾，言血氣之類心智不殊遠也。

在列子看來，「禽獸蟲蛾」在自然天性、生存方式、相處關係的各方面與人類都有著相同、相通之處，人類與其他物種不但可以友好相處、共同成長，甚至還可以與其他物種進行「語言」層面上的交流，達成共識。人類與其他物種關係的破裂並一步步惡化，只是人類社會後繼發展的結果。

為什麼我們的古人會擁有這樣的見解，那是因為古代哲學總是把人類與自然萬物視為一個有機統一的整體，即天人合一。

在古人的宇宙影像中，「列星隨旋，日月遞照，四時代禦，陰陽大化，風雨博施。萬物各得其和以生，各得其養以成」、「天地與我並生，而萬物與我為一」，人類與包括動物、植物、微生物在內的其他物種擁有共

蒲文指要

同的「母體」，來自同一個源頭。

「道生一，一生二，二生三，三生萬物。萬物負陰而抱陽，沖氣以為和。」古代首席哲學家老子的這段話嚴肅地告訴人們：天地間的萬物猶如同一棵生命之樹上結出的果實，所有的物種相依相存同處於一個有機和諧的系統中，人不能孤立於其他物種之外。

道家的這個思想，同樣也體現在佛教的教義裡，叫做「互緣而生」、「萬物平等」、「眾生皆有佛性」。佛教史記載，佛祖釋迦牟尼悉達多最初便是在曠野中修煉並進入禪定的。與他同修的是大自然中的樹林、河流、鳥雀以及草叢裡的昆蟲、泥土裡的蟲蟻。得道後的佛陀教導他身邊的信眾：我們不但是人類，我們同時還是無數眾生，是河流、空氣、動物、植物，這是一個眾生互緣而生、萬物相依相存的生命共同體。

此後，哲學史上記述的「民胞物與」的名言，文學史上傳頌的「梅妻鶴子」的佳話，也都體現了人類與其他物種親密相處的文化精神。

《聊齋志異》正是植根於這樣的文化傳統之中，呈現出「天地並生、萬物為一」的恢弘氣象。蒲松齡先生鋪陳下如此卷帙繁密、感天動地、芬芳醇厚、深沉蘊藉的人與其他動植物悲歡交集、生死與共的故事，正是傳統文化菁華的藝術呈現！「愚昧」、「可笑」的該是我們這些深受現代「科學主義思潮」浸染的專家學者，而不是蒲松齡。

「萬物有靈」的依據，是世界的有機體性。

誰能想到，這個古老的東方文化精神在 21 世紀竟然又成了世界生態環保運動的思想旗幟。

生態學的第一法則即世界是一個運轉著的有機整體，萬物之間存在著生生不息的普遍連結，從日月、星辰、風雨、雷電、山川、河流、森林、

土地，到包括人類在內的動物、植物、微生物等一切有生之物，都是這個整體中合理存在的一部分，都擁有自己的價值和意義，都擁有自身存在的權利，共同為地球生態系統健康、和諧運轉承擔責任、做出奉獻。

由美國科學家詹姆士・洛夫洛克（James Lovelock）[15]在多年前提出的「蓋婭假說」，如今已經被人們公認為真實存在的法則：包括人類在內的所有生物都是蓋婭──地球母親的後代，人類既不是地球的主人，也不是地球的管理者，只是地球母親的諸多後代之一。人類應該熱愛和保護地球母親，並與其他生物和睦相處。

「蓋婭假說」已經成為生態時代的新的世界觀。

洛夫洛克補充說：「事實上這又是一種非常古老的世界觀，在被我們視為原始的文化中，這種世界觀有其富有詩意和神話色彩的表述方式。長期以來，人類那種自高自大、自命不凡、自我中心、唯我獨尊的世界觀，不但為地球生態、其他物種帶來無窮無盡的災難，其實也嚴重地損傷了自己。而且這種傷害最不幸的是『內傷』，即心靈世界、精神世界的傷害。」

享譽文壇的江南女作家葉彌[16]說：「對待生命應該一視同仁，我在和植物、動物接觸的過程中，努力瞭解自然、聽懂自然的語言，這樣對我的身心有益，置身自然，人也會變得單純、美好，所謂『天人合一』，大概就是這樣。」

葉彌常年收留一批又一批的流浪狗、流浪貓。她不但深諳人性，同時也深諳獸性，最起碼是狗性與貓性。那年我到她鄉下的庭院看她，院子裡

---

[15] 洛夫洛克（James Lovelock，西元1919-），生於英國倫敦，美國太空總署加州噴氣推進實驗所顧問，英國皇家學會會員，曾參與偵測火星的規劃，「蓋婭假設」的首倡者。著有《蓋婭：對生命和地球的新視野》。

[16] 葉彌，原名周潔，當代作家。短篇小說《天鵝絨》被姜文拍攝成電影《太陽照常升起》，《香爐山》榮獲第六屆魯迅文學獎。部分作品翻譯至英、美、法、日、俄、德、韓等國。

的石榴過了採摘的季節仍掛在樹上,咧開嘴露出殷紅的石榴籽。她指著一隻矮腳的黃狗說,那是夏季的一個雨夜,她收留了這條懷有身孕、即將分娩的流浪狗。葉彌說牠很知道感恩,每次吃飯時都要先親親她。牠對自己得之不易的生活十分珍惜,為了不帶給女主人更多麻煩,竟一次次克制了自己生物性的本能,拒絕了來訪的英俊的男狗狗。說話時,兩隻小狗和一隻貓咪又湊過來,似乎想知道我們在說些什麼。

能與萬物親近並溝通的作家,顯然上升到更高的層次,已經超越人道主義的高度進駐天地境界。

被阿爾伯特・愛因斯坦(Albert Einstein)稱為當代「聖人」的亞伯特・史懷哲(Albert Schweitzer)[17]說:「人類存在的意義在於,把自己對世界的自然關係提升為一種精神關係。」

生態倫理學的更高層面,展現在一個超驗的、精神性領域中,人類對動物的尊重和友善是絕對的、無條件的;完全出自一種天性或信仰,一種內在的至高無上的需要,一種自發的深沉而又廣博的敬畏與愛心。

由於敬畏生命的倫理學,我們將成為另一種人,我們將變得日益質樸、日益真誠、日益純潔、日益平和、日益溫柔、日益善良和日益富於同情感。

《聊齋志異》中蘊含著充盈的「萬物有靈」精神,蒲松齡自己就是一位質樸、真誠、純潔、平和、溫柔、善良和富於同情心的人。

讀《聊齋志異》,註定將有益於我們與自然萬物建立起精神層面的關係,在這個倫理道德江河日下的年頭,做一個真誠善良的人。

---

[17] [法]施韋澤(Albert Schweitzer,西元1875-1965年),法國著名倫理學家、醫學家,法蘭西學院院士,長年在非洲腹地行醫,1952年獲諾貝爾和平獎。代表作有《文化哲學》、《敬畏生命》等。

狐之本尊

《聊齋志異》全書500篇故事，其中80多篇寫狐狸的故事，是全書的主幹，是全書最華麗光彩的篇章，《聊齋志異》因此又被稱作《鬼狐傳》。

一位當代作家曾如此品評《聊齋》中的「狐狸」形象：「牠狡黠、警覺、陰柔卻又清純、良善、爽朗；牠老於世故而又天真爛漫；牠如碧玉般晶瑩剔透又如星空般高深莫測。在蒲松齡的筆下，牠個性突出、明斷是非，或詼諧動人，或義薄雲天，或美目盼兮，或嫉惡如仇，牠是落魄書生的知己，是人性解放的先鋒，是人間公道的執法人。」

總之，《聊齋》中的狐狸已經成了文學想像中的一個超凡的奇幻形象，世人心目中的一個美妙的靈異。

其實不止《聊齋》，在《聊齋》之前或之後的許多神話故事、民間傳說、文人筆記中，狐狸就常常成為人們描繪渲染的對象。

《詩經》中寫「狐」的竟有9篇之多。其中頗具代表性的是《衛風·有狐》：

有狐綏綏，在彼淇梁。心之憂矣，之子無裳。
有狐綏綏，在彼淇厲。心之憂矣，之子無帶。
有狐綏綏，在彼淇側。心之憂矣，之子無服。

淇水，是位於河南浚縣東北方的一條河流。一隻狐狸在水邊憂傷、徘徊不定，是不是因為天冷了還沒有保暖的衣裳？

聞一多先生認為是未嫁女子思念情人。

蒲文指要

　　某位大學教授也認為這是一首戀歌：「這首歌是女子所唱，她把她想親近的那位男子比作狐狸。她說：『小狐狸，你在淇水岸上徘徊什麼呢？我心裡正為你發愁沒有人為你縫衣裳呢！』言外之意，我能為你縫衣裳呢！一種忸怩作態之狀，宛如在目。」

　　狐狸在這裡是一個惹人愛戀的對象。

　　古代傳說中的「九尾狐」，被視為「祥瑞之獸」、「德行之獸」，在《吳越春秋》中竟分派給偉大首領大禹做了「賢內助」。

　　外國也是如此。在古代希臘，與我們的《論語》同時代的《伊索寓言》（Aesop's Fables）[18]中就有近 40 篇是以狐狸為主角的。在這裡，狐狸聰明機警、靈活多變、善於思考、勇於競爭，成為奴隸時代市井平民階層的象徵。現存於梵蒂岡博物館的一件紅陶酒杯的彩繪中，描繪了伊索正在虔誠聆聽一隻狐狸的教誨呢！

　　著名奧地利女作家艾爾弗雷德・耶利內克（Elfriede Jelinek）[19]在其《啊，荒野》一書中多處寫到狐狸，她說：「在本性和隱祕性方面，女人遠遠超過了植物。另一方面，她又跟森林裡的狐狸相似。」我曾看到過這位女作家年輕時的照片，她的臉龐眉眼就有幾分「狐狸相」。不幸的是，她筆下的狐狸總是不免成為猥瑣好色的男人們的漁獵對象，慘死在原本屬於牠們的荒野裡。

　　日本電影藝術大師黑澤明的《夢》，用八個夢境編織出他對一個人一

---

[18]《伊索寓言》相傳為西元前六世紀被釋放的古希臘奴隸伊索所著的寓言集，內容大多與動物有關，通過描寫動物之間的關係來表現當時的社會關係，共 357 篇。《伊索寓言》被譽為西方寓言的始祖，也是世界上傳播最多的經典作品之一。

[19] 艾爾弗雷德・耶利內克（Elfriede Jelinek，西元 1946-），奧地利女作家，2004 年獲諾貝爾文學獎。早年攻讀音樂、戲劇和藝術史，1960 年代中期走上文壇。她不是個循規蹈矩的女人，她反對男權統治，因作品中的兩性關係描寫被指責為有傷風化，因強烈的女權主義色彩和社會批評意識引發廣泛爭議。出版有《追逐愛的女子》、《排除在外的人》、《鋼琴教師》、《情慾》等。

生以及日本民族當代歷史的回顧，其中第一個夢是「狐狸嫁女」，幽深蓊鬱的森林、半人半獸的狐狸造型、魔幻詭譎的音樂，生動地記述了他童年時代悽美、感傷的情緒記憶。

作為自然界野生動物的狐狸，為何深受古今中外文人的偏愛，除去詩人作家的想像與虛構，還應該與狐狸自身的性情有關吧。

何況，在大自然中，人性與獸性原本就是交織混融的。埃及遠古神話中著名的史芬克斯（Sphinx）就是一位由人、獅、牛、鷹共同構成的人獸合體的神祇。直到如今，人的身上還保留多少動物的屬性，動物身上又擁有與人相同的多少基因，仍然沒有人能夠說得清楚。

蒲松齡與伊索相隔數千年、相距數萬裡，為何都相中了百獸紛雜之中的狐狸？這或許仍然還是與狐狸在大自然生物圈中特異的天性有關。

那就讓我們來審視一下狐狸的本尊，亦即牠的本真自我。

動物學的教科書中寫道：「狐狸，哺乳綱、食肉目、犬科、狐屬，野外生存能力極強，廣泛分佈於亞洲、歐洲、北美、大洋洲。」

這種空泛的概念對於大多數讀者來說等於白說！

十八世紀法國著名作家、博物學家喬治－路易・勒克萊爾・德・布豐（Georges-Louis Leclerc, Comte de Buffon）對野外的狐狸有著悉心的觀察與具體的描述：「在動物世界裡，狐狸以聰明機智著名，狼以武力做成的事，狐狸可以憑藉智慧做成，而且做得更成功。牠善於修築巢穴、儲存食物、照料幼獸，舉止變化多端。牠的叫聲有些像孔雀，但是顯現出的情感內容要豐富得多，可以表達歡快、嬉鬧、祈求、抱怨、痛苦、絕望種種不同的感情。牠還是個美食家，能欣賞各類食物，野兔、山雞、蜥蜴、青蛙、雞蛋、牛奶、葡萄、鴨梨，尤其喜歡偷吃蜂蜜。」

蒲文指要

布封在結尾還特意寫了一句：「狼只知道禍害鄉民，而狐狸時常替富貴人家添麻煩。狐狸們竟如此明白事理！」博物學家的講述比教科書裡的概念豐富許多。

接下來，我還是想援引一段野生動物畫家、紀實文學家歐尼斯特·湯普森·西頓（Ernest Thompson Seton）[20] 的文章，具體感受一下荒野中的狐狸的舉止與性情。

西頓先生再三強調，他在這裡寫下的文字是真實的記述，略微改動的僅僅是把發生在多隻狐狸身上的故事集中在被叫做「疤臉」的雄性狐狸一家。

「疤臉」一家住在春田濱河的一片紅松林裡，牠在穿越一道鐵絲網時不慎臉被劃傷，留下一道明顯的疤痕。

西頓家的雞連續不見了十多隻，偷雞賊果然就是這隻疤臉狐狸。疤臉如此「勤奮」地冒險偷雞，西頓判定牠絕不會是單身一人，有可能是要養活大小一家的！

就在西頓跟蹤疤臉要到牠的巢穴一看究竟時，他發現自己上當了，疤臉反而引誘他來到遠離巢穴的松林更深處。一不注意，明明跑在他前面的疤臉不知怎麼就繞到他的身後，然後飛快地溜走了，把他一個人丟在荒野之中。

經過一番努力，西頓終於找到了疤臉的家，並占據了一個隱蔽的觀察位置。果然不出所料，疤臉與牠的太太 —— 一隻容顏富態的雌狐剛剛生養4隻狐寶寶。西頓接下來寫道：

---

[20] 歐尼斯特·湯普森·西頓（Ernest Seton Thompson，西元1860-1946年），世界著名野生動物畫家、博物學家、作家、探險家、環境保護主義者、印第安文化的積極傳播者。出生於英國，六歲時和家人一起來到加拿大。自幼熱愛大自然，悉心觀察、研究大自然裡的飛禽走獸，紀實文學《我所知道的野生動物》於西元1898年出版後獲得了極大的成功，贏得「世界動物小說之父」的美譽。引文選自該書新星出版社西元2006年版，第5章：斯普林菲爾德狐狸。

「牠們渾身毛茸茸的，牠們的腿又粗又長，滿臉天真無邪的表情；然而第二眼再望去，牠們那一張張尖鼻利眼的寬臉無不顯示都具有成為一隻隻狡猾老狐狸的潛質。

狐狸媽媽正在用一隻從西頓家偷來的母雞訓練孩子們如何狩獵，小傢伙們磕磕絆絆地跑出洞來，撲向受傷的母雞，互相爭搶、摔鬥、扭打。

而此時此刻狐狸媽媽正機警地提防著外來敵人的突然來襲，牠臉上的表情怪怪的，先是露出喜悅的笑容，但平常的野蠻與狡詐還擺在臉上，殘忍與神經質一樣不缺，而自始至終更多寫在臉上的還是母親的慈愛與驕傲。」

狗是狐狸的天敵，這從蒲公筆下的文字中也可以時時看到。

狐狸媽媽在替小狐狸們上狩獵課的同時，狐狸爸爸正在與西頓叔叔的獵狗周旋。獵狗的嗅覺是靈敏的，經驗豐富的老狐狸知道如何「逆風」而逃，讓風把自己身上的氣味吹去。必要時，牠還會在淺水裡打個滾，將身上的氣味洗個一乾二淨，然後鑽進草叢，瞇起眼睛偷看一臉迷茫、原地兜圈子的獵狗。

西頓家的雞還在不斷丟失，西頓的叔叔，一位粗壯蠻橫的莊稼漢暴跳如雷，發誓要向疤臉一家宣戰。

剛開始，他計劃在林子裡下毒餌毒死這一窩狐狸。然而，疤臉夫婦何等聰明，牠們能夠輕易辨識毒餌與食物的不同，對西頓叔叔的這一行徑不免嗤之以鼻。

然而，人類的智商畢竟更勝一籌，就在疤臉戲弄獵犬的同時，埋伏在叢林裡的叔叔扣響了他的來福槍，疤臉應聲斃命。獵人乘勝追擊，直搗狐穴，三隻小狐狸被打死後埋在毀壞的巢穴裡，一隻小狐狸淪為西頓家的俘虜。

蒲文指要

母狐因為在外覓食，躲過此劫。但是，故事到此並未結束。

待西頓再次到狐穴檢視時，三隻小狐狸的屍體已經被從泥土裡扒出，屍身被舔得乾乾淨淨。西頓知道，肝腸寸斷的狐媽媽已經來過這裡。

活捉的小狐狸被鐵鏈鎖在西頓家的場院裡，牠沮喪、焦躁，一次次試圖掙脫鐵鏈的束縛，又總是被鐵鏈無情地拉回，場院裡不時傳來小傢夥嗚嗚的哭聲。

夜深了，一個幽靈般的黑影出現在柴堆後面，同時傳來小狐狸歡快的呼嚕聲。

「在月色中，我看到母狐的身形，牠正站在小狐狸的旁邊，用嘴啃著什麼東西——鐵鏈的叮噹聲告訴我，牠啃的就是那條殘酷的鏈條。」

第二天早上，西頓發現小狐狸身邊有兩隻吃剩下的死老鼠，那顯然是母狐帶給小狐狸的食物。西頓還發現，小狐狸脖頸邊的那段鐵鏈已經被母狐啃得鋥光發亮，當然，並沒有被啃斷！

母狐的營救行動被西頓的叔叔發現，他決定要將狐狸一家趕盡殺絕。他在院子外邊投放浸了毒藥的雞頭，睡覺時把來福槍放在身邊，院子裡還有獵狗值班放哨。母狐的幾次來訪被槍聲擊退，小狐狸得不到媽媽的祖護已經越來越虛弱、悲傷，夜夜啜泣不止。

多日後的一天夜裡，小狐狸在發出幾聲尖叫後痛苦地死去，是吃了下過毒藥的雞頭死去的。據西頓分析，有毒的雞頭是母狐叼給幼狐的：

「雌狐身上的母愛異常強烈，牠能夠辨別出毒餌，也非常清楚吃下毒餌的結果，自己的孩子如今已經落入生不如死的境地，那就必須選擇讓孩子盡快解脫，讓孩子從這最後保留的一扇小門通向自由。」

奇怪的是，小狐狸死後的第二天，西頓家的獵狗也死了，死在離他家不遠的鐵道上，被火車軋成了兩截。西頓說，那是母狐的復仇之舉，大家都知道狐狸的報復心異常強烈。由於母狐也常常在鐵道兩旁活動，知道奔馳的火車的威力，應該是母狐在火車駛來時將獵狗引誘到鐵道上，讓飛轉的車輪結束了這位仇敵的性命。

西頓在文章的結尾寫道：

「雌狐從此不再在這片大松林中生活了，牠離去了，或許是去了某個遙遠的棲身之所，好忘卻對於孩子與愛侶的悲傷記憶。」

西頓這篇「紀實文學」中陳述的故事大約發生在 19 世紀末，其中免不了會加入一些作家主觀的渲染，但與狐狸的生物屬性、本真天性還是有許多相吻合的。

當代人對狐狸的觀察也在印證西頓的描述。

長期以來人們把長相漂亮、行為輕佻、生活作風放蕩、破壞別人家庭的女人稱作「狐狸精」，這其實是人類「以己之心度狐狸之腹」，冤枉了狐狸。從好處想，或許是因為狐狸的眼型與和牠同類的狼、狗不同，帶點斜睨上挑，看上去像是風月場中女子挑逗的媚眼。

自然界的狐狸其實是一種很重感情甚至異常癡情的動物，當一隻雄狐看上一隻雌狐，就會忠貞不二地愛一輩子。牠會很用心地為母狐佈置洞穴、儲備食物，甚至不惜把自己腰間的絨毛抓下來鋪在洞穴裡。如果有一天，雌狐病了，雄狐會一直陪在雌狐身邊，照顧著病重的配偶。配偶一旦死去，剩下的一隻會很傷心，甚至會因此茶飯不進。

許多人一直想將狐狸馴養成「寵物」，但是發現很難。原因何在？有人說狐狸的脾氣怪異，不如貓狗聽話，難以馴養。有位著名兒童文學家卻

> 蒲文指要

是這樣解釋的：「考古學家從位於約旦北部哈馬姆泉的有 1.65 萬年歷史的墓地發現了人狐合葬，證明狐狸可能是史前人類的寵物，早於人類養狗 4,000 年。人類為什麼放棄了將狐狸作為寵物而改為養狗呢？竊以為人養寵物的初衷是滿足統治欲，而太聰明不利於統治，統治者需要愚忠的寵物，於是狗取代了狐狸。」

這無疑是說狐狸擁有獨立、自由的個性，即使不說「龍性難馴」，也是「狐性不移」，決不願泯滅自己的意願曲意奉承他人。做朋友、做伴侶可以，做奴才、做玩物堅決不願！

倒也是，你看看蒲松齡《聊齋志異》裡的形形色色的狐狸，仗義行俠者有之，知恩圖報者有之，堅貞不渝者有之，嫉惡如仇者有之，尖刻促狹者有之，就是沒有奴顏婢膝之相，沒有蠅營狗苟之輩。

現代動物學家對於動物的瞭解，多半還停留在生物層面，而難以上升到心靈層面、精神層面。有人說，人們如果肯把製造原子彈的錢花在與動物的溝通上，人類也許早就可以與鳥獸進行日常對話了！

德國現象學哲學大師馬克斯‧舍勒（Max Scheler）[21] 曾敏銳地指出：「動物心理學已經告訴我們，人們多麼容易低估動物的心理能力。」動物心理學研究是具有重大哲學意義的，他對他的學生發出呼籲：「瞭解一下動物吧，你們就會發現做人有多麼難。對於動物靈魂的貶低，也將貶損人類自己的真正的尊嚴。」

---

[21] 馬克斯‧舍勒（Max Scheler，西元 1874-1928 年），德國思想家、現代哲學人類學的奠基人。他的研究遍及倫理學、宗教學、現象學、社會學諸多領域。不幸英年早喪，遺孀瑪麗亞全力整理他的遺稿，編輯出版了《舍勒全集》。

鬼是何物

我們常常把視為異類的壞人、惡人稱作「鬼」。「舊社會把人變成鬼，新社會把鬼變成人」，我們又把處境悲慘、淪為底層的人比喻成鬼。

這其實有把鬼汙名化之嫌。

在中華的文學作品中，鬼，並不總是一個貶義詞。

《楚辭》中的「山鬼」，據說是炎帝的小女兒，未婚而亡，葬於巫山，又稱巫山神女，是一位渾身散發出山野氣息、可愛而又可親的女鬼。

屈原在《九歌‧國殤》中歌頌為國捐軀的戰士：「帶長劍兮挾秦弓，首身離兮心不懲。誠既勇兮又以武，終剛強兮不可凌。身既死兮神以靈，子魂魄兮為鬼雄！」後來被演繹出一副膾炙人口的對聯：「是七尺男兒生能捨死，做千秋雄鬼死不還家」。這裡的「雄鬼」，是可欽可敬的。

孔夫子志在改造人類社會，不願意談鬼論神，留下了「子不語」的話頭。後來的文化人雖然尊重這位「至聖先師」，但是終究拒絕不了鬼神世界的誘惑，總是忍不住要闖進先師的這片禁區。

東晉時代的史官幹寶一口氣寫下三十卷的《搜神記》，滿紙鬼影幢幢，遺留至今。

蘇東坡自己不怎麼寫鬼，卻總喜歡逼著別人講鬼故事，他悼念亡妻的詩歌情真意切。「料得年年腸斷處，明月夜，短松岡」，總能叫人淚溼青衫。

大才子袁枚，有意和孔老夫子較勁，寫了一本談神論鬼的書，書名就叫《子不語》，你老人家不願意說，我來說！

蒲文指要

清代的權臣紀曉嵐著有《閱微草堂筆記》，鬼話連篇。筆下過了癮後還不忘向先師聖人打馬虎眼：「前因後果驗無差，瑣記蒐羅鬼一車。傳語洛閩門弟子，稗官原不入儒家。」

魯迅先生其實也是一位「寫鬼」的高手。據他自己吐露，十餘歲時候他還曾充當「義勇鬼」，在水鄉安橋頭的戲臺上扮演過手持鋼叉的鬼卒。一篇〈無常〉、一篇〈女吊〉就足以摘取「鬼文學」的桂冠。魯迅寫「無常鬼」，說這個鬼其貌不揚，身上穿的是斬衰凶服，腰間束著草繩，腳上穿著草鞋，脖子掛著紙錠；手上拿著破芭蕉扇、鐵索、算盤；聳起肩膀，披著頭髮；一個「八」字的眉眼，頭上頂著長方帽，身邊還跟著「無常嫂」和「小無常」，無常一家親！人生無常，「無常」鬼的想像正是印傳佛教人生觀的「具體化」。魯迅很喜歡這個鬼，說他是一個「平民化」的鬼，形同「敝同鄉的下等人」，要比官場與文壇的那些「正人君子」更可愛。

時隔十年，魯迅寫了《女吊》，即女吊死鬼。我年輕時讀過這篇文章，從那時起，「女吊」的形象就在我的腦海中刻印下來。悲涼的喇叭聲中，幕簾一掀，她出場了。大紅衫、黑色背心、長髮蓬鬆，頸掛兩條紙錠，垂頭、垂手，彎彎曲曲地走一個全臺。她將披著的頭髮向後一抖，僵白的臉、漆黑的眉、烏黑的眼眶、猩紅的嘴唇，眼梢、口角和鼻孔，都掛著血痕。這是一位滿腹憤怒與怨恨的冤魂，一位不屈不撓的復仇女神。

魯迅在西元 1936 年 9 月 20 日寫下《女吊》，此時是他去世前一個月，正行走在陰陽兩界的鋒刃上。與塵世告別之前，為復仇女鬼畫像，其用心可知。

10 月 17 日，去世的前兩天，魯迅在會見日本友人鹿地亙（Wataru Kaji）夫婦時，還提到《女吊》，顯露出頗為得意的笑容。

鬼是何物

鬼在民眾之間，如今仍然深入人心。

「清明時節雨紛紛，路上行人欲斷魂」，如今的清明節，返鄉掃墓的人潮，仍然塞滿大眾交通工具及高速公路。

按照平時的說法，平常活著的人是由有形的肉體與無形的魂魄組成的，人活著的時候，魂魄存在於人的身體之內，相當於人的心靈與精神；而身體死亡之後，魂魄離開了人的身體，但是並不死去，甚至四處遊蕩，這時的靈魂就被稱為鬼，或「鬼魂」。魂魄或鬼魂，是一種如煙如霧、如影如幻、往來倏忽、撲朔迷離的東西。活著的人有時可以靈魂出竅，人死之後的鬼也可以借屍還魂。

「我有迷魂歸不得，雄雞一聲天下白」，這是被譽為「詩鬼」的唐代大詩人，李賀的名句。

人間究竟有沒有鬼？有沒有靈魂？眾說紛紜。至今的科學尚且不能證明其真實存在，也不能完全驗證其不存在。

寫下《搜神記》的幹寶是相信鬼神的，他在序言裡就宣告自己寫作此書的目的就在於「發明神道之不誣」，書中的「怪力亂神」可不是胡編亂造的。傳說在他的家族裡就曾出現過不少鬧神鬧鬼的事情。幹寶的哥哥病危氣絕，數日後竟又復活，還向人訴說自己的靈魂在天庭、地府遇到的許多故人和往事。幹寶父親下葬時一名小妾被族人強推到墓室裡陪葬，十年後他母親去世與父親合葬，開啟墓室發現小妾竟然還活著，此後又活了許多年。

類似的故事，在《聊齋志異》中也很多。有學者統計，《聊齋志異》一書中講到鬼的就有170多篇，其中有「幽婚故事型」、「冥府斷獄型」、「惡鬼作祟型」、「借屍還魂型」、「輪迴果報型」等。與其前其後的作家都不同，蒲松齡筆下作為主角的鬼多是善良、美好的鬼。凡是看過電影《倩女

蒲文指要

幽魂》的人,大多不會忘懷由著名影星王祖賢女士飾演的那位美麗善良、堅貞勇敢、矢志不移的女鬼。而這個藝術形象就來自《聊齋志異》中的名篇〈聶小倩〉。

蒲松齡本人應該是相信鬼魂存在的有神論者。

《聊齋志異》中有一篇〈湯公〉,按照作者的說法應該屬於「紀實文學」,故事中的主角湯聘實有其人,他祖籍江寧縣,為順治十四年(西元1657年)丁酉舉人,十八年(西元1661年)辛醜進士,曾官平山縣知縣。書中講述的湯聘死而復生的故事發生在順治十一年(西元1654年)其中舉之前。

湯聘生病快要死去的時候,忽然覺得腳下有一股熱氣,漸漸向上升,到了腿部,腳就死去,沒了知覺;到了肚子,腿就死了;到了心部,心最難死,拖延許多時間。這時,湯公覺得從小到大經過的許多事都潮水般浮現在心頭。一段時間過去,才把平生所作所為回顧一遍。這時,「乃覺熱氣縷縷然,穿喉入腦,自頂顛出,騰上如炊,逾數十刻許,魂乃離竅,忘軀殼矣。」依照湯聘的親身體驗,靈魂不但存在,而且是由下至上出竅的。

此時,作為遊魂的他,只感到自己渺渺茫茫沒有歸宿,直飄到郊外的路上。經路邊一位和尚指點,先到孔聖人那裡銷名,又到陰府帝君那裡報到。閻羅帝君核對名冊後對湯公說:「你有一顆誠懇正直的心,一生做下許多善事,壽不該終,死期不到,陽壽還遠(汝心誠正,亦復有生理)。」命他趕快去找觀音菩薩幫忙盡快還魂。觀音菩薩折了一根柳枝,又從瓶中倒出一點淨水,用淨水和泥,把泥拍附在湯公身上,令仙童把他送回,推著與他的屍體合為一體。於是已經在棺材裡躺了七天的書生湯聘便又活了過來!

鬼是何物

　　這顯然是一個「遊魂返體」的故事，一個產生於 300 多年前的傳聞。事實的真假，已經無從核驗。

　　某位資深教授曾現身說法，在書中記述下自己年輕時曾有過多次「靈魂脫體」的經驗，多在躺下休息時發生，先聽到一種好似佛經咒語的召喚，然後覺得自己的意識乘著一種能量從身體的某個部位掙脫遊離於外。此時的「靈魂」能穿牆透壁，升於空中，還會見到一些亡故之人。最離奇的一次靈魂脫體經驗，是在 1974 年農曆四月初七傍晚，靈魂脫體後迅速飛昇，看到了地球外「大香海」中的仙山和天宮。

　　這位教授是研究宗教的，他的這種體驗一般人很少經歷過，也許只不過是他研讀佛經產生的幻覺罷了。

　　關於「靈魂脫體」的現象，至今仍然受到人們的廣泛關注，甚至成了當代醫學與心理學的一門研究課題，美國內華達大學哲學教授雷蒙德·穆迪（Raymond Moody）採訪了上百名被臨床判為「死亡」卻又活過來的人，在詳細記述、分析他們的「瀕死體驗」的基礎上出版了《死後的世界》一書。此書在全世界竟成為暢銷書。儘管科學已經如此發達，仍然不能不說鬼魂之有無仍是一個懸疑的問題。

　　這也是可憐的祥林嫂當年問過魯迅的問題。

　　四十歲上下的祥林嫂常年經受生活的折磨，頭髮已經全白，臉上瘦削不堪，黃中帶黑，彷彿是木刻似的，只有那眼珠間或一輪，還可以表示她是一個活物。她一手提著竹籃，內中一個破碗；一手拄著一支比她更長的竹竿，分明已經是一個乞丐了。

　　「這正好，你是識字的，又是出門人，見識多。我正要問你一件事──一個人死了之後有沒有魂靈？」

魯迅寫道：「對於魂靈的有無，我自己是向來毫不介意的；但在此刻，想到這裡的人照例相信鬼神，就回答她：『也許有吧』。接著又吞吞吐吐地說：『究竟有沒有魂靈，我也說不清。』」

就這樣一個含混的回答，終究要了祥林嫂的命。

「究竟有沒有魂靈？」這個「祥林嫂之問」絕非無足輕重，但它或許並不是一個科學領域的問題，而是一個心理學、心靈學中的問題。或者依照我的說法，這是一個生態學的問題，尤其是一個精神生態領域的問題。

喜人談鬼

「喜人談鬼」是蒲松齡先生的夫子自道，翻譯成白話就是：「喜歡聽人講鬼故事」。

或許正是由於這句話，引出一個廣為流傳的說法。山東淄川城東滿家莊大路邊柳蔭下，一位30多歲的男子一大早就擺出茶攤，每當行人路過，男子就會熱情地邀請對方坐下來喝茶、抽菸。男子並不收取茶錢，唯一的要求就是請喝茶人講故事，這個人就是蒲松齡。經年累月，累積了許多故事，經蒲松齡悉心記錄整理，近500篇，這就是舉世聞名的《聊齋志異》。

這故事編得活靈活現，而且有口皆碑，可惜並非事實，只不過是後來人的揣想。

《聊齋志異》的成書在蒲松齡三十至四十歲之間，這期間他到寶應縣好友孫蕙那裡做了一年幕友，回來後便常年在當地士紳家坐館課徒，養活一家老小，同時還要複習功課準備應試，哪有空閒在村口路邊擺茶攤！

蒲松齡曾在《聊齋志異》的自序中寫道：「才非幹寶，雅愛搜神；情類黃州，喜人談鬼。聞則命筆，遂以成篇。久之，四方同人，又以郵筒相寄，因而物以好聚，所積益夥。」

這裡已經將《聊齋志異》一書素材的來源說得清清楚楚。

一是「雅愛搜神」，即來自讀《搜神記》、《博異志》、《夷堅志》、《酉陽雜俎》、《太平廣記》、《野獲編》、《池北偶談》等古今誌異、志怪著述的啟發與提示；二是「喜人談鬼」，即在日常生活中，從身邊熟識的人或偶爾相遇的人那裡聽來的離奇古怪的故事與傳說。據考證，此類內容在《聊齋

蒲文指要

志異》中占比重很大。像是從村民那裡聽來的〈農人〉、〈績女〉，從漁夫那裡聽來的〈於子遊〉，從獵人那裡聽來的〈豎牧〉、〈砍蟒〉，從女傭那裡聽來的〈祝翁〉，從親友處聽來的〈考城隍〉、〈狐夢〉、〈上仙〉、〈蓮香〉、〈鬼哭〉，從官場聽來的〈胭脂〉、〈折獄〉、〈宅妖〉、〈於中丞〉等。

蒲松齡赴任寶應，船上旅人雜處，南北風俗各異，水上寂寞，鬼怪故事只要講開了頭，就會你講、他講連綴不斷，講得人人心魂搖曳。

他的老朋友張篤慶曾多次在詩中提及蒲松齡自己喜歡講鬼故事：「談空誤入異堅志，說鬼時參猛虎行」、「說鬼談空計上違，驚人遙念謝玄暉」，言外之意規勸他不該如此熱衷於「說鬼談空」貽誤了自己的前程。

而他的前輩學人、當朝文壇領袖王士禎卻對他講的「鬼故事」讚不絕口，並為之題詩加以鼓勵、宣揚。

第三種獲取素材的方式是「郵筒相寄」，即遠在四面八方的朋友們知道他酷愛收集木魅花妖、蛇神鬼狐故事，便時常將自己聽到的鬼怪故事寫信郵寄給他，日積月累也累積許多。

由此看來，蒲松齡擺茶攤的故事為虛，而他喜歡聽故事、喜歡講故事的確是撰寫《聊齋志異》的基礎，是他輝煌文學成就的奠基石。

小說，就是講故事，小說家一定是會講故事的人。

古代阿拉伯國家的文學典籍就是一部故事集——《一千零一夜》。少女山魯佐德（Scheherazade）為拯救無辜的女子們，持續上千個夜晚，用講述故事制伏了殘暴的國王。能讓一個殺人如麻的大魔頭放下屠刀認真聽講，並從此改惡從善，這些故事該多麼離奇動聽？多麼引人入勝、扣人心弦？

講故事能夠如此打動人心，講「鬼故事」就更能令人身臨其境、情緒緊張。

蒲松齡最喜愛的、也最擅長的，便是講「鬼故事」。

我想起在蒲松齡去世後不到一百年，在地球北部遙遠的東歐，也曾誕生一位「講鬼故事」的天才：尼古拉・果戈裡（Nikolai Gogol）（西元 1809-1852 年）。

我是在上小學時接觸到《聊齋志異》的。

而我結識果戈裡，則是國中之後讀了他的短篇小說集《狄康卡近鄉夜話》（*Evenings on a Farm Near Dikanka*）。

果戈裡出生於烏克蘭農村，是一位虔誠的東正教教徒，也時常以「鄉下人」自居。他從小喜愛家鄉的民歌、民謠、民間傳說和民間戲劇，是俄國自然主義文學的奠基人，又被譽為俄國小說創作之父。

在這部小說的開頭，果戈裡就以一個鄉下養蜂人的口氣對「夜話」做出解釋：「在我們鄉下，世世相傳有這麼一種習慣，等到地裡的農活一忙完，莊稼人爬到暖炕上歇冬，每當黃昏日落，大家就擠在一堆瞎聊天：『我的天！他們講的是些什麼故事啊！從哪兒發掘出這些陳年古話啊！他們什麼可怕的故事不講啊！』」

接著，果戈裡在他的這本書裡就講述了八個「鬼故事」。他還借書中人物之口描述了這些「鬼故事」令人驚悚的效果：

「這些古老的鬼故事如此引人入勝，聽了這些故事，你會覺得渾身冰涼，汗毛直豎。在昏暗的夜色裡，眼睛裡看到的什麼東西都變成了魍魎魑魅的化身，放在枕頭邊的罩褂變成蜷縮在床上的魔鬼。你還敢到外面走動嗎？那些孤魂野鬼就在你的四周遊動。

尤其是那些女人，看她們被嚇成什麼樣子！上了床之後躲在被窩裡瑟瑟發抖，像發瘧疾一樣，恨不得連頭帶腳裹進被子裡。這時只要有一隻老

> **蒲文指要**

鼠抓了下瓦罐，或者自己的腳碰到燒火棍，就會嚇得靈魂出竅、嗷嗷大叫。」

「鬼故事」在蒲松齡、果戈里、威廉・福克納（William Faulkner）、馬奎斯的文學創作生涯中發揮如此重大作用，理論家們曾試圖運用原始思維、神話原型、集體無意識的理論加以解釋，其理論繁瑣不容我們這裡多說。

在我們面前的一個現實問題是，隨著科學技術的進步、人類社會的發展，傳統文化中許多古老的事物在漸漸消失，其中就包含著「鬼故事」。

在城市的大樓裡，孩子們做完繁重的作業後，就迫不及待地將全部身心投注到電子遊戲中，誰還要聽爺爺奶奶講故事？

鄉村也已經城市化，馬路上、電燈下、電視機前，哪還有鬼怪藏身的地方？

我只是覺得，往昔的「夜話」，是親友鄰裡閒暇時間在柳蔭井畔、豆架瓜庵、牛棚馬廄聚集在一起的精神會餐、語言盛宴，其言說大多得自個人的身心體驗。神也好，鬼也好，怪也好，魔也好，都與當時當地的自然環境、地方風俗、家族歷史、個人閱歷融合滲透在一起，擁有強烈的現場感、現實感。

在電子遊戲中，一個孩子面對的只是一個孤立的電子螢幕，而實際上世界各國的千百萬孩子在同一時間內面對的又不過是同一個螢幕，螢幕裡的故事是技術人員按照一定的程式設定的，其中還包括教你如何競技、如何晉級，讓人上癮、欲罷不能。

夜話、鬼故事內裡的哲學是古老的萬物有靈的自然主義。電子遊戲背後的理念是技術主義、消費主義。

你在這裡沒日沒夜地打遊戲，就一定有人在另一個地方樂滋滋地數錢。

人鬼情未了

不久前，馬路邊突然出現一位身著漢服、一頭白髮、滿臉皺紋、面目滄桑、愁苦中夾帶著慈悲、獰厲中摻和著無奈的老嫗，在橋頭慢吞吞地用一隻木柄的勺子，為排成長隊的男男女女舀湯喝。按照民間的說法，路是「黃泉路」、橋是「奈何橋」，湯是用「忘川水」熬製的「迷魂湯」，舀湯的老嫗就是把守陰曹地府大門的女鬼孟婆。死去的人要到陰間報到，首先要經過孟婆這一關，喝一碗孟婆湯，生前的愛恨情仇、酸甜苦辣便通通遺忘、一筆勾銷。

其實，這本是一位生意人行銷的噱頭，卻受到成千上萬人的熱捧，甚至有人從外地趕來，就是要一睹孟婆尊容，一飲孟婆之湯。

我著實感到有些怪異，生存的壓力大，生活的煩惱多，然而塵世竟至於如此不值得留戀，紛紛前來討一碗「鬼話」中的孟婆湯喝！

在現代都市，本來已經沒有「鬼」的生存空間，一位裝扮的「鬼」竟然還能夠產生如此的轟動效應，只能讓人慨嘆：「人鬼情未了」！

查一查人類的歷史，鬼之於人，幾乎如影相隨。

考古發現，山頂洞人的原始墓葬就有向死者屍骨撒紅色鐵礦粉的習俗，那該是最初的祭祀活動。

法國人類學家呂西安・列維－布留爾（Lucien Lévy-Bruhl）[22] 考察過

---

[22] 呂西安・列維－布留爾（Lucién lévy-Brühl，西元 1857-1939 年）法國人類學家、哲學家。曾任巴黎大學教授和民族志研究所所長，一生致力於原始思維方式的研究。著有《原始人的心靈》、《原始人的靈魂》、《原始思維》等。

一些原始部落，他曾在他的《原始思維》一書中記載：「在蘇門答臘的某些部族裡，人死後要在他的墓穴裡放一壺水、一隻雞，三天之內家裡人還要睡在墳墓旁邊，陪伴死者的靈魂。」

我曾在仰紹文化遺址的墓葬中，看到一些用來收殮夭折兒童的屍骸的陶甕，這些瓷棺外貌酷似男性生殖器，似乎意味著哪裡來就會回到哪裡去。陶甕棺留有孔洞，是為了讓魂魄進出方便。遺址中的墓葬一般是簡陋的，但是屍骨周圍也不乏一些死者生前使用過的飾物和工具，以供死者在另一個世界裡的生存之需。

而在殷墟出土的甲骨文裡，已經有男鬼、女鬼、老鬼、新鬼的區分，而《楚辭》中的〈國殤〉、〈招魂〉本就是祭祀雄鬼、冤魂的詩篇。在民間，上巳、清明、中元、寒衣一年之中的四個「鬼節」，始終把鬼與人的關係拴得緊緊的。

我小時候，家裡的大人與周圍的鄰居都是相信有鬼的。東郊荒野裡的石坊院是一座寄存客死他鄉靈柩的破廟，鄰居就曾經在那裡遭遇「鬼打牆」，走了一夜都沒有走出那片墳場；西門外的沙丘是處決犯人的刑場，也有人經過那裡時曾經看到過「無頭鬼」。

我們家的那條小街上死了人，有一個恐怖的環節叫「出殃」，即送別親人的幽靈離開家室前往陰曹報到，不情願離去的還要由鬼卒強行押送，屋裡的地面上就會留下繩索、鐵鏈拖拉的印痕。

也還有一個溫馨的場面叫「送盤纏」，即埋葬死者的前一天夜晚，摯愛親朋要捧著死者的牌位，隨著咚咚的鼓聲、哀哀的哭聲列隊前往一個十字路口，焚燒紙車紙馬、金銀冥幣、燒酒麵食餞別死者的鬼魂上路。

許多年以前，我的祖母去世的時候，喪葬儀式皆由我嬸嬸主辦，她長

年生活在偏遠的農村，對喪事中的種種繁縟的規矩瞭如指掌。其中一道叫做「躲釘」的儀式至今讓我留下清晰的印象。將要出殯的時候，祖母的棺木被抬到院子裡。燒過「倒頭紙」，棺蓋被再次開啟，讓親人最後看一眼死者的遺容。只見老祖母神色安詳地躺在窄窄的棺材中，如沉睡一般。這時嬸嬸告誡大家都不許哭，更不能把眼淚滴到棺材裡面，那樣會引起死者的不安，於是我們全都小心地抑制住悲哀。當大家仍在戀戀不捨的時候，幾位僱來幫忙的工人便把厚重的棺蓋嚴嚴地合上，然後一手持著七寸長的鐵釘，一手舉起板斧，使勁釘將起來。這時，嬸嬸讓大家一起提醒棺材裡的祖母注意「躲釘」，於是祖母的女兒、女婿、兒子、媳婦、孫子、孫女便一起失聲哭喊起來，「媽，您躲釘！」「奶奶，您躲釘！」在斧頭乒乒咚咚的鈍響與眾人撕心裂肺的哭叫聲中，我彷彿看到棺材裡的祖母突然又活了起來，艱難地在那個狹窄的空間裡扭動著身子，躲閃那透過棺木釘過來的七寸長的明晃晃的鐵釘！「躲釘」儀式顯然是虛擬的、象徵性的，但是它仍然帶給了我心靈上如此巨大的震撼。

　　列維—布留爾也曾研究過許多古代與民間的葬儀，並得出在現實生活中人的存在與鬼魂的存在是「互滲」的，人中有鬼，鬼中有人，交相輝映，方才形成世界上豐富多彩的精神生活。

　　雖然世界上各個國家都有許多關於鬼的故事，但華人的鬼故事似乎特別多、特別精采。其中鬼故事講得最多、最好的應屬蒲松齡先生。《聊齋志異》中的領銜主角，除了狐狸，就是鬼魂。《聊齋》因此又被叫做《鬼狐傳》。

　　在蒲松齡的筆下，為何聚集了這麼多鬼魂？男鬼、女鬼、善鬼、惡鬼、雄鬼、俠鬼、怨鬼、冤鬼、吊死鬼、淹死鬼、枉死鬼……而且與常人對於鬼的印象不同，他筆下的鬼多半是「好鬼」——仁義、良善、勇敢又多情。

蒲文指要

　　人死為鬼，鬼總是與死人相關。大量死人總是發生在饑荒、戰火、瘟疫蔓延的時代。「君不見，青海頭，古來白骨無人收。新鬼煩冤舊鬼哭，天陰雨溼聲啾啾。」是古代詩人對戰爭慘狀的寫照。

　　某位歷史學家曾提及自己在抗日戰爭中「活見鬼」的經歷。那是在1938年夏天，日軍飛機轟炸縣城，全城三分之二的房屋化為瓦礫，軍民死難無數。無家可歸的民眾只得露宿路邊空地，夜半時分忽然全城驚起，夜霧中隱約看見無數斷頭、缺肢、渾身血汙的國軍戰士的鬼魂列隊走過，時人謂之「過陰兵」！

　　距今300多年前，大中原地區也曾上演慘絕人寰的一幕，那就是明清易代、王朝鼎革之際的連年戰亂。

　　開始是以李自成、張獻忠為首的農民起義軍對明王朝的顛覆，同時引來清朝貴族集團的鐵騎揮師南下。明軍、清軍、農民軍加上趁亂揭竿而起的土匪、臨時組織起來保家護土的民團，你殺過來，我殺過去，直殺得屍橫遍野、天昏地暗。

　　西元1640年春，清軍鐵騎南下山東，勢如破竹，攻克濟南，連破高唐、歷城、泰安，俘獲人畜40餘萬，掠取黃金白銀98萬兩，斬殺總兵、守備以上官員百人，生擒明王朝宗室多人。濟南城伏屍十三萬具。

　　1647年，亂軍圍攻蒲松齡的家鄉淄川縣，蒲松齡的父親蒲槃率族人奮起抗敵。激戰之中，叔父蒲梲死於陣前，堂兄蒲兆興被奸細出賣遇害。

　　蒲公童年時代的夥伴張篤慶晚年在自撰年譜中回憶當年的慘況時寫道：「余雖童駿，往往從戟林劍樹中見死人枕藉，血流滿庭。」蒲松齡自己在書中也曾提及發生在自己家門前的這場攻防戰：

　　　城破兵入，掃蕩群醜，屍填墀，血至充門而流。公入城，扛屍滌血而

居，往往白晝見鬼，夜則床下磷飛，牆角鬼哭。

如前所述，在《聊齋》一書中時常會看到蒲松齡對於家鄉一帶戰爭慘狀的記述。

早先，作家康斯坦丁・帕烏斯托夫斯基（Konstantin Paustovsky）曾經說過：「如果一個人在悠長而嚴肅的歲月中，仍然沒有失去他童年時代的記憶，那他就有可能成為一位詩人或者是作家。」

童年的記憶為蒲松齡的創作累積了寶貴而豐富的素材。成年之後，蒲松齡曾去到寶應縣，協助在那裡任知縣的摯友孫蕙做些文書處理工作。寶應縣距離揚州不過 100 公里，而此時離「揚州屠城」不過才 20 來年。

揚州在激烈抵抗清兵失敗之後，遭到清兵的血腥報復。清兵屠戮劫掠十日不封刀，揚州城內「城中積屍如亂麻」、「堆屍貯積，手足相枕，血入水碧赭，化為五色，塘為之平」。揚州居民幾乎全部慘遭屠殺，僅被和尚收殮的屍體就數十萬具，其中還不包括落井投河、閉戶自焚及上吊自縊的人，錦繡揚州此時已經淪為一片廢墟、一座鬼城。

據專家考據，蒲松齡就是在寶應生活期間開始了《聊齋志異》的寫作的，這一年他 31 歲。

文學總是時代的寫照，參照蒲松齡生活的時代與環境，我們大概可以明白《聊齋志異》中為什麼寫了那麼多的「鬼」。至於為什麼又多半是「好鬼」，這也不難解釋，因為戰亂中死去的冤魂孤鬼原本大多都是善良無辜的百姓！

在蒲松齡青少年時代，戰亂頻仍，生靈塗炭。殺人致死者多是手握大權的強梁，死於非命者多是善良無辜的百姓。蒲松齡的同情顯然給了後者，於是在他的書中就呈現出「牛鬼蛇神比正人君子更可愛」的獨特景象。

蒲文指要

　　《聊齋志異》成書後，蒲松齡在為該書撰寫的序言中對於寫作的初衷有所著墨：

　　披蘿帶荔，三閭氏感而為騷；牛鬼蛇神，長爪郎吟而成癖。自鳴天籟，不擇好音，有由然矣。松，落落秋螢之火，魑魅爭光；逐逐野馬之塵，魍魎見笑。才非干寶，雅愛搜神；情類黃州，喜人談鬼。聞則命筆，遂以成編。

　　開篇寥寥數語，已經滿紙鬼影幢幢。三閭大夫屈原、長爪郎李賀都是寫鬼的妙手；牛鬼蛇神、魑魅魍魎皆是鬼界的要員。在這裡，蒲松齡還帶幾分自得的神情將創作《搜神記》的干寶、善寫悼亡詩的蘇軾引為同好。

　　《聊齋志異》面世後廣為傳抄，不翼而飛，好評如潮。淄川鄉賢，退休的吏部侍郎高珩著文稱讚他寫了這麼多的「佳鬼」、「佳狐」，為「魑魅」樹碑立傳、流芳於世，是不朽之功業。

　　《聊齋志異》還受到文壇領袖，翰林院侍讀，國子監祭酒王士禎的激賞，以至秉燭夜讀，留戀不已，並於書後題詩：「料應厭作人間語，愛聽秋墳鬼唱詩。」

　　看來這位康熙皇帝的近臣、大清王朝的「國立大學校長」，竟也是一位喜愛看鬼故事、喜歡聽鬼唱歌的「蒲粉」。

雅是情種

　　十多年前，明代戲劇家湯顯祖的《牡丹亭》被白先勇改編為「青春版」。一次因緣際會到場觀看演出，我親眼看到舞臺上杜麗娘、柳夢梅情天恨海的生死戀，感動了無數青年男女學生。湯顯祖是一位「唯情主義者」，放著冠冕堂皇的京官不做，整日沉淫在登山臨水、吟風弄月之中，終於被萬曆皇帝流放到雷州半島喝涼風、看月亮去了。《牡丹亭》卻為他賺得一個千古「情種」的美名。無獨有偶，許多年過去，當清初文壇領袖王漁洋讀了蒲松齡的《連城》後，忍不住擊節讚賞：「雅是情種，不意《牡丹亭》後，復有此人！」翻譯成現代白話：「真是個情種，想不到《牡丹亭》後又冒出個蒲松齡！」

　　在人們的印象裡，曹雪芹同情女性、尊重女性、親近女性、理解女性、讚美女性，該是與小說中賈寶玉一樣的男人，一位暖男，一位情種。

　　對於蒲松齡，人們歷來的印象則是一位鄉村學究，一位科場失意的文人，一位憤世嫉俗的小說家。

　　蒲松齡留下的生平資料很完備，甚至還留下一幅著名畫師朱湘鱗為他精心繪製的寫真，老成持重、滿面滄桑，像一位村口擺攤賣茶的老大爺。這副尊容，似乎無論如何也與「情種」搭不上邊。

　　但是別忘了，那畫的是年過古稀的蒲松齡，他可是也曾年輕過的！蒲松齡早在四十多歲的時候就已經完成《聊齋志異》的總體寫作。三、四十歲的男人正是精力旺盛、精神飽滿、血氣方剛、風華正茂的生命階段，即所謂「熟男」。這個時期的蒲松齡嘔心瀝血、吐納珠玉塑造了上百位女性

蒲文指要

　　形象，這些女性或美麗嬌豔，或雍容端莊，或溫良賢淑，或堅毅果敢，或天真無邪，或智慧狡黠，或行俠仗義，或救危扶困，全都活靈活現、栩栩如生。女性在他心目中如此的美好，往往好過男性。

　　女人是男人的鏡子。一個男人的品貌德行如何，從他對待女性的態度可以顯現出來。

　　蒲松齡能夠在筆下創造出如此眾多的、美好的女性形象，前提自然是對女性的尊重、理解、同情與愛憐。

　　蒲松齡自己說他是一個不善言談的「傻大個」，該是自謙、自貶之語。我推測，年輕時的蒲松齡應是一位俊朗男子，一位心地善良、感情細膩、克己謙和、不事張揚的好男人，一位外表樸訥、內涵豐蘊、善於自嘲、不乏幽默的知識人。

　　對照《聊齋志異》中對於男女情愛大量的、細緻的描寫，我相信蒲松齡與湯顯祖、曹雪芹一樣，也是一位天生的暖男、情種。

　　比起世家子湯顯祖、曹雪芹，他性情中多出來的是鄉下人的質樸與醇厚。

　　按照西格蒙德・佛洛德（Sigmund Freud）的理論，情慾本是一切有生之物生命活動的原動力、內驅力，孔雀的華麗羽毛、玫瑰的鮮豔芬芳、蟋蟀的淺吟低唱無不是為了性的吸引、性的結合。對於人類來說，文學、繪畫、音樂、舞蹈，究其原發處也是人類性慾的昇華，是自然力向著社會生活、精神空間的升騰及超越。

　　也是佛洛德所說，從性心理學的意義上講，一位優秀的作家、詩人要具備三個條件：一、充沛的效能量；二、不拘泥於社會成規戒律的束縛；三、過人的審美昇華能力。

雅是情種

　　對此，蒲松齡個人的感情生活，或曰私生活，我們知之甚少。對於他生活中的女性，人們也知之不多。

　　蒲松齡的父親蒲槃，上有一姐，下有二妹，即蒲松齡有三位姑母。父親有一妻兩妾，蒲松齡除了自己的嫡母董老夫人，還有兩位庶母李氏、孫氏。董老夫人作為正妻，對待兩位偏房倒是十分寬厚、友善，視庶子如己出，展現出舊時家庭的理想境界。

　　蒲家貧窮，卻與較為富有的劉家結為兒女親家。這位劉家二小姐13歲時為逃避朝廷徵選秀女，在董老夫人庇護下曾寄住在蒲家，松齡時年15，這對少男少女在情竇初開時便已經有所接觸。兩年後，兩人舉辦婚禮正式結為夫婦，丈夫17歲，妻子15歲，真正的「少年夫妻」，早早地享受到鸞鳳和鳴的幸福生活。

　　婚後，夫妻恩愛情深，40歲前便生育一女三男。劉氏女生性賢淑，操持家務，孝敬公婆，任勞任怨，對丈夫關心體貼，無微不至，親友餽贈的美味佳餚，自己捨不得吃，留給出門在外的丈夫，留來留去，往往留到食物都發黴了！

　　妻子賢惠，而蒲松齡的兩個嫂嫂卻自私狹隘、兇悍跋扈、挑三揀四、蠻不講理，家族的正常生活難以為繼，只好分而治之。說是分家，蒲松齡一家數口幾乎是被逐出家門。《聊齋志異》中的刁婆悍婦形象或許就有他二位嫂嫂的身影。

　　松齡有一妹，遇人不淑，丈夫是一個嗜賭濫飲的浪蕩子，動輒家庭施暴，被蒲松齡斥為豺狼鷹犬一類的惡人。蒲家無權無勢，徒嘆奈何！在《聊齋志異》中，也時而會看到此類惡人出沒。

　　除了上述家族女性，與蒲松齡關係密切的還有哪些女人？

蒲文指要

　　從當代研究者挖掘出來的有限資料看來，在婚姻之外有兩位年輕女性曾經出現在蒲松齡的生活中，並對他的一生產生了重大影響。但是由於資料實在欠缺，某些研究文章在我看來不過是捕風捉影的臆測。

　　這裡，我希望謹慎地做最低限度的描寫。

　　其中一位名叫顧青霞，原名顧絮可，小名可兒，少年時淪為歌妓。蒲松齡31歲時應好友孫蕙之邀到寶應縣衙做幕賓，相當於現在的文書、祕書一職，一共待了年餘時間。這孫蕙是寶應縣的最高首長，他詩書滿腹、為官幹練，但是又風流倜儻、喜歡炫耀，是當地風月場裡的常客。由於是多年老友，孫蕙對松齡並不見外，喝花酒、聽豔曲、狎妓冶遊、逢場作戲也總是同出同入，蒲松齡應該就是這時結識顧青霞的。

　　在孫蕙的生日宴會上，年方15歲的少女顧青霞被請來以歌舞助興，事後蒲松齡在〈贈妓〉詩中寫道：「銀燭燒殘飲未休，紅牙催拍唱《伊州》。燈前色授魂相與，醉眼橫波嬌欲流。」內向而又多情的蒲松齡初見青霞，似乎就已經有些魂不守舍了！

　　顧青霞正值荳蔻年華，姿色姣好、能歌善舞、性情溫婉，尤其還能詩善文，蒲松齡一見傾心，縈情於懷。而風流成性的孫蕙捷足先登竟將顧青霞收為小妾，納入縣衙。

　　以我的猜想，此時的松齡難免失落，但是寬厚的他也會為顧青霞跳出汙池、為朋友迎回美人而慶幸。慶幸之餘，仍不免會有幾分惆悵。就是在這種心情下，蒲松齡為顧青霞寫了不少豔麗的詩詞。隨著歲月的流逝，這些幾經整理編纂的詩篇已經難以考核具體的時間與場景，但是畢竟這些詩歌還在。

　　青霞喜歡詩歌，他曾為顧青霞選編過唐詩教材。顧青霞吟詩，在松齡

聽來猶如黃鸝鳴柳:「曼聲發嬌吟,入耳沁心脾。如披三月柳,鬥酒聽黃鸝。」可謂詩國知音。

在《為青霞選唐詩絕句百首》中,蒲松齡寫道:「為選香奩詩百首,篇篇音調麝蘭馨。鶯吭囀出真雙絕,喜付可兒吟與聽。」學生青霞的稱呼已經變為親暱的「可兒」,交情又深了一步。

散曲《西施三疊》似為遊戲筆墨,實則為小姑娘青霞悉心繪出的畫像,色彩濃郁,尚多出幾分香豔:

秀娟娟,綠珠十二貌如仙。麼鳳初羅,翅粉未曾乾。短髮覆秀肩,海棠睡起柳新眠。分明月窟雛伎,一朝活謫在人間。細臂半握,影同燕子翩躚。又芳心自愛,初學傅粉,才束雙彎。那更笑處嫣然,嬌癡尤甚,貪要曉妝殘。晴窗下,輕舒玉腕,仿寫雲煙。聽吟聲嚦嚦,玉碎珠圓,慧意早辨媸妍,唐人百首,獨愛龍標〈西宮春怨〉一篇。萬喚才能至,莊容佇立,斜睨畫簾。時教吟詩向客,音未響,羞暈上朱顏。憶得顫顫如花,亭亭似柳,嘿嘿情無限。恨狂客兜搭千千遍,垂粉頸,繡帶常拈。數歲來,未領神仙班,又不識怎樣勝當年?趙家姊妹道:廝妮子,我見猶憐!」

一年後,蒲松齡離開寶應回到淄川,依然牽掛顧青霞,曾多次寫詩囑咐孫蕙關愛青霞。究其根由,只能揣測了,或許這時風流成性的孫大官人已經移情別戀,冷落了顧青霞,遂激起松齡的憐花惜玉之心。求告一位男人盡心愛惜自己深愛的女人,這在戀愛的邏輯上多少有些悖謬,然而這恰恰體現了松齡對青霞誠摯、熾熱的愛。

再後來,孫蕙升職到京城做大官去了,孫大官人有了新歡,甚至是成群的新歡,卻把顧青霞遣返淄川老家的奎山村。這時的顧青霞也不過二十幾歲,落了個獨守空房,終日以淚洗面。

蒲文指要

按道理說，同在一個縣生活的蒲松齡這時應該有了與顧青霞更多、更方便的接觸的機會，況且孫蕙已先比青霞辭世。然而，後世的研究者們並沒有發現任何相關的記述。康熙二十七年（西元 1688 年）顧青霞香消玉殞，終年三十二歲。

這一年，蒲松齡四十九歲，倒是留下了一篇無限感傷悲催的悼亡詩，〈傷顧青霞〉：

吟聲彷彿耳中存，無復笙歌望墓門。燕子樓中遺剩粉，牡丹亭下吊香魂。

十七年前寶應縣衙內春花秋月、吟詩唱歌的情境仍然歷歷在目，如今與心愛的女人已經陰陽兩隔！

失落的愛情在心頭留下的心靈創傷，往往比美滿婚姻的記憶更加深刻持久。有學者統計，蒲松齡一生留下的詩作中，寫給顧青霞的比寫給妻子的要多。《聊齋》中的許多最感人的篇章，如〈嬌娜〉、〈嬰寧〉、〈連城〉、〈連瑣〉、〈白秋練〉都可以窺見關於顧青霞的蛛絲馬跡。兩個有情人究竟還有沒有更深一層的關係？

蒲松齡的詩集中還有一篇〈為友人寫夢八十韻〉，細緻入微地描述了一對戀人幽會的場景，纏綿悱惻，隱匿若藏，近乎私密的「一夜情」，摘句如下：

帳懸雙翡翠，枕貼兩鴛鴦。鬢松遺彩鈿，衾亂失銀璫。巫峽深如許，陽臺夜未央。惜別留三弄，招魂賦九章。去去星河隔，行行牛女望。晚亭螢上下，宿草徑微茫。

此詩特地冠以「為友人寫夢」的篇名，似乎是有意遮掩。有聽過為人

雅是情種

代勞的、有為人受過的，未曾聽說有代他人做夢的。

那麼，這首詩究竟寫在哪年哪月？詩人自己後來的標記並不完全可靠；詩中情景完全是詩人的虛構想像，還是親身經歷？恐怕以後也很難考證了。

如果是詩人親歷，那麼幽會的這位女主角又是誰？總不會是自己的太太劉女士吧。

傳聞中的另一位女性叫陳淑卿，她是蒲松齡的朋友王敏入的妻子，蒲松齡曾經為她寫過一篇聲情並茂的文章——〈陳淑卿小像題辭〉。

王敏入，字子遜，號梓巖，多才多藝，早年得中秀才，比蒲松齡大十幾歲，也算是地方上的名人。明清易代之際的社會動亂中，王敏入與一位叫陳淑卿的女孩子出生入死、身歷數劫、受盡磨難後最終結為夫妻，而陳淑卿卻不幸早夭。蒲松齡在這篇駢文中記述了這對苦難鴛鴦的悲慘遭遇，並投注了無限的同情與哀傷。

蒲松齡寫作這篇文章是受朋友王敏入所託，抑或自己有感而發，已經無可查證，但是這並不影響這篇文章的文學價值。

可是，由於這篇文章中陳述的情節與《淄川縣誌·人物誌》中記載的事實並不完全一致，於是有學者竟浮想聯翩，將陳淑卿說成是蒲松齡的情人，甚至是「第二位妻子」，把一池清水攪成了渾水。

故事的梗概大致如下：

明末淄川一帶外敵入侵、流寇作亂，殺人如麻。少年王敏入、陳淑卿也隨同眾人逃往山林。黃昏時，亂兵向人群射箭，不少人中箭而死，陳淑卿見王敏入身穿白衣目標明顯，就脫下自己的青衣覆在敏入身上保住了他的性命。二人因此生情，於兵荒馬亂中未婚同居。

蒲文指要

「悾偬搭面，送神女於巫山；倉猝催妝，迎天孫於鵲渡。片時荒會，遂共流離；一點離齡，便知恩愛。寄八襆之襷帶，不為秋寒；脫半臂之錦綃，非憐夜冷。」

不料二人返回家鄉後，淑卿卻被安上「因亂成婚，為歡廢禮」有失女德婦道的罪名，被公婆驅趕出家門。淑卿受此凌辱身心交瘁，多虧敏入不棄不離，仍然與淑卿時時暗中幽會，互通款曲。蒲松齡在文章中寫道：

「青鳥銜書，頻頻而通好信；紅袊系線，依依而返舊廬……紅豆之根不死，為郎宵奔；烏臼之鳥無情，催儂夜去。」

不幸的是，陳淑卿年紀輕輕竟撒手人寰，有情人偏偏遭遇冷酷無情的命運。斯人已逝，苟活的敏入卻陷入茫茫無期的悲怨之中：

「香奩剩粉，飄殘並蒂之枝；羅襪遺鉤，悽絕斷腸之草！半杯漿水，呼小歲之兒名；一樹桃花，想當年之人面。」

按照常理，《陳淑卿小像題辭》應該是在淑卿辭世後，敏入請求好友松齡為之代筆的。

有人會覺得奇怪，代筆也能寫得如此動情？死去的既不是自己的情人，又不是自己的老婆，為何如此掏心掏肺、肝腸寸斷？

因此，有些學者就認定作者必定「別有用心」，實則是偷梁換柱悼念自己的某個女人。

這真是小覷了蒲松齡。

我倒是認為蒲松齡深情哀悼朋友亡妻的舉止不但是可信的，也是可貴的，恰恰表現出一位真男子的胸襟懷抱。

這裡讓我補充《晉書》中的一個故事——阮籍鄰家的一位女兒長得美

麗動人,未嫁身亡。阮籍與她家無親無故,甚至也不曾和這女孩說過一句話,俗謂「八竿子打不著」,卻來到女孩的靈前大哭一場,「盡哀而還」。這個舉動有些驚世駭俗,史家對阮籍的評價是「其外坦蕩,其內醇厚」。

　　阮籍在哭什麼?他是為一條年輕生命的消失、為一位美麗女性的早夭感傷。與蒲松齡哭陳淑卿一樣,這是一種天地間醇厚的大愛。

　　當代哲學大師赫伯特‧馬庫色(Herbert Marcuse)[23]說:「由生物性的性慾演進到人類的愛慾,這愛慾就不再局限於男女之間的私情,也不再局限於家族、家庭的血統之愛,而是擴展到對世間所有人的愛、對自然萬物的愛,即所謂大愛無疆。」

　　由此觀之,蒲松齡和阮籍、湯顯祖、曹雪芹一樣,才真正是天地間的「情種」,人世間的「暖男」。

---

[23] [美]赫伯特‧馬庫色(Herbert Marcuse,西元1898-1979年),德裔美籍哲學家和社會理論家,西方馬克思主義思想家,新左派的重要代表人物。著有《愛慾與文明》、《審美之維》、《單向度的人》。

蒲文指要

愛慾與情色

六十年前，我還在上國中時，學校距離書店街很近。窮學生逛書店，總是看得多，買得少。記得有一個月省吃儉用買下兩本書，一本是唐弢的《燕雛集》，一本是黃秋耘的《古今集》，兩位文學評論家的文字風格就成了我日後從事這個行業的底色，真是一生受用不盡。

日前整理舊書，發現《古今集》仍在，而且其中竟有一篇評論《聊齋志異》的文章——〈寒夜讀聊齋〉，其中談到蒲松齡筆下情色與愛慾的描寫。

書中說道，《聊齋志異》最令人擊節讚賞之處，就是作者能夠用寥寥幾筆，就活靈活現地勾勒出一幅幅人情世態的速寫畫。特別是在一些戀愛故事中，往往藉助於人物的一兩個小動作或者一兩句隨隨便便的談話，就把小兒女初戀時纏綿繾綣的心情神態，抒寫得細膩入微、淋漓盡致。例如，在〈阿繡〉中寫少年劉子固暗戀雜貨肆中的少女，暗藏少女的舌痕、唾跡：

臨行所市物，女以紙代裹完好，已而以舌舐黏之，劉懷歸，不敢復動，恐亂其舌痕也。積半月，為僕所窺，陰與舅力要之歸，意惓惓不自得，以所市香帕脂粉等類，密置一簏，無人時，輒闔戶自檢一過，觸類凝思。

記得鬱達夫小說中也有類似的情節：一位憂鬱內向的男青年鍾情雜貨舖的少女，情不自禁，到少女那裡買了一根針，回來後想著針上留有少女的芳澤，用那針在手指上刺出一個血珠。

蒲松齡與鬱達夫的這些描寫幾乎沒有出現與性直接相關的用語，然

而，性慾、情色、愛意、思戀充盈紙上，實乃書寫情與愛的高手。

黃秋耘書中接著又舉出一例，蒲松齡在《王桂庵》中，寫王桂庵追求鄰舟的姑娘：

王樨，字桂庵，大名世家子。適南遊，泊舟江岸。鄰舟有榜人女，繡履其中，風姿韻絕。王窺瞻既久，女若不覺。王朗吟「洛陽女兒對門居」，故使女聞。女似解其為己者，略舉首以斜瞬之，俯首繡如故。王神志益馳，以金錠一枚遙投之，墮女襟上；女拾棄之，若不知為金也者。

金落岸邊，王拾歸，益怪之，又以金釧擲之，墮足下，女操業不顧。無何，榜人自他歸。王恐其見釧研詰，心急甚；女從容以雙鉤覆蔽之。

榜人解纜，順流徑去。王心情喪惘，癡坐凝思。

這簡直就是一段教科書級的「撩妹」文字。世家公子的情急、情癡，漁家女兒的善良、聰慧，絲絲入扣、細緻入微。

性愛，是文學的永恆主題，性與愛的描寫在全世界的文學江湖中鋪天蓋地，其真假良莠、優劣高下如何區分，歷來是文學評論家的一個難題。

米歇爾‧傅柯（Michel Foucault）[24]曾故作駭人語：「與『性』的小祕密相比，世界上所有的謎對我們而言都變得微不足道！」

性，看來簡單，實際上竟如此深奧嗎？

記得1980年代，在一次筆會上，我曾經就「性」的描寫討教某位大作家，他也只是說：「有些人可以寫得很露，但你並不覺得淫穢；有些寫得掩掩遮遮、吞吞吐吐，給人的感覺卻很是卑汙、猥瑣。大意如此。」

---

[24] 米歇爾‧傅柯（Michel Foucault，西元1926-1984年），法國哲學家、歷史學家、社會思想家，法蘭西學院教授。著有《瘋癲與文明》、《性史》、《規訓與懲罰》、《知識考古學》等，被譽為法國當代最光彩奪目的知識份子。

蒲文指要

　　《聊齋志異》中有些寫情愛的文字也是很「露」的，如〈巧娘〉中的一些情節與細節。

　　廣東一家紳士的兒子名叫傅廉，已經十七歲了，長得聰明俊秀，卻是「天閹」，天生的性無能，附近的人家都知道，沒有人願意把女兒嫁給他。傅廉因為逃學流落到荒郊野外，遇到妙齡女鬼巧娘一見鍾情。巧娘邀其上床共度春宵，尷尬事隨之發生：

　　室唯一榻，命婢展兩被其上。生自慚形穢，願在下床。女笑曰：「佳客相逢，女元龍何敢高臥？」生不得已遂與共榻，而惶恐不敢自舒。未幾，女暗中以纖手探入，輕捫脛股。生偽寐，若不覺知。又未幾，啟衾入，搖生，迄不動。女便下探隱處，乃停手悵然，悄悄出衾去，俄聞哭聲。生惶愧無以自容，恨天公之缺陷而已。

　　哭聲驚動了老狐狸精華姑，問巧娘哭什麼。巧娘說活著的時候嫁的丈夫是「天閹」，死後做了鬼找的情人又是「天閹」，自己好命苦！華姑急人之難，說我來看看吧。

　　遂導生入東廂，探手於褲而驗之，笑曰：「無怪巧娘零涕。然幸有根蒂，猶可為力。」挑燈遍翻箱簏，得黑丸，授生，令即吞下，祕囑勿吪，乃出。生獨臥籌思，不知藥醫何症。比五更初醒，覺臍下熱氣一縷，直衝隱處，蠕蠕然似有物垂股際；自探之，身已偉男。心驚喜，如乍膺九錫。

　　少年傅廉恢復了性功能，簡直比受了皇帝的封賞還高興。接著自然是雲雨再試，雙雙皆稱心如意。

　　明代後期，朝野淫風氾濫，才有《金瓶梅》問世，雖屬文學名著，仍不免深涉淫濫。

　　〈巧娘〉故事情節曲折縈迴，文勢抑揚頓挫，人物形象栩栩如生，是

《聊齋志異》一書佳篇中的佳篇,性愛描寫偶有「露點」。然而縱觀全篇,性裡存性情,慾中顯愛意,好色而不失之淫,俗而不失其雅,這不只是文字的功夫,還應該基於作家的人格與價值觀。

性慾,是生物界的原始生命力,是人與人之間最自然的關係。但隨著人類社會的「發展進步」,有關性的問題變得越來越複雜,莎麗·海特(Shali Haite)[25] 200餘萬字的《性學報告》也不過是人類性行為的冰山一角。

原本最「自然」的關係已經變得最不自然,其中固然有自然的昇華,同時也有自然的沉淪。

表現在文學藝術創造領域,就出現了「性慾」與「愛慾」、「色情」與「情色」的不同說法。

當代心理學家羅洛·梅(Rollo May)[26] 曾經對「性慾」及「愛慾」做出學理上的區分,他認為,性慾可以用生理學的術語來定義,主要是身體裡生物本能緊張程度的增加與釋放;而愛慾則不同,它是性行為意義的感受,不僅是神經生理學方面,而且還屬於美學與倫理學領域。

愛慾當然不會絕緣於性慾。如果說性慾是生命的原動力,而愛慾卻掌握著方向盤。性慾是從後面推著我們,而愛慾則是在前面拉著我們。

他遵循佛洛伊德的說法,愛慾是性慾的昇華,將生物性的能量轉化為精神性的能量,為人類行為開闢出新的空間。愛慾可以激發人的求知欲、創造欲,成為孕育文學家、藝術家、發明家的溫床。愛慾促成美德,引導人們追求高尚。

---

[25] 莎麗·海特(Shali Haite),美國當代傑出的性社會學家和歷史學家,本世紀對於性學研究做出最大貢獻的學者之一,曾主持全美規模的性社會學問卷調查。

[26] 羅洛·梅(Rollo May,西元1909-1994年),美國人本主義心理學創建者之一,著名存在心理學家和心理治療學家,著有《存在主義心理學》、《愛與意志》等。

愛慾，是性慾的形而上層面。

而性慾則是一種生理學意義上的與「器官腫脹」相關，目的很單純，即達到「高潮」。

「愛慾」則不然，「相見時難別亦難，東風無力百花殘。春蠶到死絲方盡，蠟炬成灰淚始乾」。這是唐代李商隱的詩，寫盡男女間的纏綿悱惻、忠貞不渝。

至於「色情」與「情色」，在文學藝術創作領域，情色常常被認為是健康的、可接受的，而色情則往往被認為是淫穢的、不健康的。學界有人如此區分——色情往往是缺乏情感交流的，利用人類的原始慾望賣弄技巧、吸引讀者或觀眾；而情色雖然也總是要立足於性愛，但是最終還要表現出性慾之外的心靈活動、道德追求、審美趣味。

對照前面文章關於「性慾」與「愛慾」的區分，再來識別「色情」與「情色」可能就會顯得較為容易些。

蒲松齡於西元1715年辭世，他過世後的三百年，正是西方世界由中世紀轉向現代工業社會發展過渡的三百年。

時代發生了天翻地覆的變化，兩性關係比起蒲松齡生活的時代無疑也已經發生了巨大變化。可惜，變化為當代人帶來的並不都是理想的、美好的。

忘不了一首小詩，大意是早年的青年男女談戀愛，總是會選擇月光下、小溪邊、樹林裡、草地上，微拂的清風、神祕的星空，兩性間荷爾蒙的吸引在略帶神祕的自然環境中自然地進入詩的意境。如今，由於生態環境的惡化，空氣變得渾濁，溪水散發出惡臭，星月被霧霾掩去，甚至樹林、草地也已經被房地產商舖上鋼筋水泥！原來的愛慾乃至性慾還能夠正常發

揮嗎?

戀愛開始進入工業時代、高科技時代。

不少青年男女談情說愛的場所變成在汽車裡,戲謔的叫法為「車震」。

湊巧,赫伯特‧馬庫色對「在草地上做愛與在汽車裡做愛」有過一段高論 —— 在草地上做愛與在汽車裡做愛不同。前者,環境分擔並引起性亢奮,而且勢必被賦予愛慾特徵,這是一個不受壓抑的昇華過程。與此相對,機械化的環境卻阻止力比多自我超越。由於在擴大滿足愛慾的領域方面受到強制,力比多超越狹隘性行為的能力和「多樣性」變得愈來愈少,而狹隘的性行為則得到加強。

由於降低愛慾能力而加強性慾能力,技術社會限制著昇華的領域,同時它也降低了對昇華的需要,人們所渴望的東西和准許得到的東西之間的張力似乎已大大減弱,現實原則不再要求各種本能需要進行徹底而又痛苦的改造。

20世紀英國小說家大衛‧赫伯特‧勞倫斯(D. H. Lawrence)以抵制、批判工業社會著稱,他的名著《查泰萊夫人的情人》(*Lady Chatterley's Lover*)就寫有主角在荒野「偷情」的情境,可謂驚心動魄!

司馬遷的《史記》中記載,我們的聖人孔夫子,也是他父母「野合」結出的碩果。

野合,男女間野外的親密交合,本是原始部族的日常生活,一直延續到孔子出生的春秋時代,還一度成為《周禮》中官方鼓勵、維護的條文:「仲春之月,令會男女。於是時也,奔者不禁。若無故而不用令者,罰之。」不離家野合還要接受處罰,今日看來有些匪夷所思。有學者分析,這與發展經濟、增長人口有關。在野外載歌載舞的自由奔放,有利於喚發

蒲文指要

男人女人的激情，有利於多生多育、優生優育，這對於視「子女布帛」為最珍貴財富的農業社會來說，當然也是一個事關國民經濟的大事。

蒲松齡生活的明代末年，「野合」已經不再是政府關心的事，許多性愛的故事已經轉換到城市裡的花街柳巷，沾染上賣笑買歡的市場氣息。然而，《聊齋》中演繹情色與愛慾的故事，仍然有許多發生在荒野、頹宅、廢墟，甚至古墓，像前文提到的〈巧娘〉，男女主角萌生戀情的背景就是星月已燦、芳草迷目、松聲謖謖、宵蟲哀奏的曠野。如同電影《倩女幽魂》中那座雲遮霧繞的深山密林，為一對青年男女的性愛增添許多緊張、熱烈的氛圍。

「簫鼓追隨春社近，衣冠簡樸古風存。」蒲松齡先生在蒲家莊寫下的《聊齋》，還是頗具簡樸古風意趣的。

時至如今，性愛中的「古風」已經蕩然無存。

三十年前，一位才貌雙全的年輕詩人，偕同美麗賢惠的妻子，另加一位熱情奔放的情人，背離喧囂的現代社會，來到南太平洋一個林木茂盛的島上，將世界關在門外，自己動手墾荒地、蓋房子、挖野菜、撿海貝、砍木柴、燒陶器，以此抗拒物質社會、技術社會對情感世界、文學天地的汙染。

這本是一篇令人神往的現代版的「聊齋故事」，無奈時代轉換，人心不古，情愛變調，故事最終演砸了。情人獨自離去，詩人砍死妻子又自縊而死。

伴隨高科技的迅疾發展，更為「要命」的問題出現了。一位在大學教書的老友日前對我談起，現在的青年沉溺於網路上的虛擬世界，對現實生活中的異性越來越冷漠，不但不願意結婚，甚至懶得戀愛，不像我們年輕

時天天想著如何多結交一些女性。如果真是這樣的話,那就是說現代人的生命內驅力在消竭,人體的內在自然被異化,人類個體潛意識中的野性被完全馴化。青山不再青翠,生命之火難以燃燒,這可是一個天大的問題!

　　情色和愛慾,或許已經面臨前所未的麻煩,當下急需的是對歷史的回顧、對時代的反思、對人類自己行為的反省。

蒲文指要

齊人之福

〈蓮香〉無疑是《聊齋志異》中的長篇，也是名篇。蒲翁用四千多字的珠璣文字敘述了一個人、鬼、狐三者生死相戀的悽豔故事，主角蓮香被視為作者理想女性的詩意昇華。

故事情節曲折宛轉，簡言之，狐仙蓮香和鬼女李氏共同愛上了書生桑子明，蓮香在先，李氏隨後，由最初的猜忌、防範，到蓮香的主動示好、仗義施救，三人琴瑟和諧、環珮共鳴。蓮香生下一子後死去，李氏視如己出，每逢清明必抱至墳前哭祭。蒲翁寫到這裡情猶未盡，續寫人、狐、鬼的未了情，讓鬼女返魂托生為少女張燕，讓狐女死後轉生為韋氏少女，三人再結秦晉，死時白骨合葬一穴，生時紅顏共處一室。

蒲翁說這個故事，原本是他在南下途中聽別人講述的。對此生死不棄、相依相戀的男女之情，他得出的結論是──人世間許多正人君子徒有其表，尚且不如一隻狐狸、一個鬼魂！

蒲翁頌揚的是典型的一妻一妾故事。這與現代人的戀愛觀是相違背的，與現代的《婚姻法》是不相容的。

而這樣的故事，在蒲松齡筆下為數真是不少，除了〈蓮香〉，還有〈小謝〉、〈香玉〉、〈連城〉、〈江城〉、〈嫦娥〉、〈狐妾〉、〈恆娘〉、〈巧娘〉、〈宦娘〉、〈邵女〉、〈西湖主〉、〈陳雲棲〉等。

「一妻一妾」在漢語裡還有一個代名詞──「齊人之福」[27]，典出《孟

---

[27]《孟子·離婁下》：齊人有一妻一妾而處室者，其良人出，則必饜酒肉而後反。其妻問所與飲食者，則盡富貴也。其妻告其妾曰：「良人出，則必饜酒肉而後反；問其與飲食者，盡富貴也，而未嘗有顯者來，吾將瞯良人之所也。」蚤起，施從良人之所之，遍國中無與立談者。卒之東郭墦

子》:「齊人有一妻一妾而處室者。」社會大眾通常認為,一妻一妾屬於男子的專利、男人的福利,被現代女權人士所鄙視。

回頭檢視我的老師那一代人,在 1950 年代發表的研究文章多站在階級鬥爭的立場對一妻一妾的所謂「齊人之福」嚴加批判。《聊齋》中的此類作品把婦女置於男人的附屬地位,無不夾帶玩弄女性的成分,作者在男女關係上的思想證明瞭作者受時代和階級的局限。

然而,〈蓮香〉中的美好人性和藝術魅力,仍然能夠突破法制管束與階級分析的藩籬,獲得讀者的同情與讚美。人們從閱讀中感受到的蓮香,善良、友愛、誠摯、智慧,她的博愛基於一種利他性的善良。她的善良與智慧終將情敵化為姊妹,將女人間的嫉妒心化為手足之情,這或許更為接近蒲翁的本心。

某位對於《聊齋志異》非常有研究的專家教授在對〈蓮香〉的解讀中,對蓮香同樣持有同情、憐惜之意,他借王士禎之口誇讚:「賢哉蓮娘,巾幗中吾見亦罕,況狐耶!」他同時承認「二女共事一夫親如姐妹」的關係是「複雜」的,鬼女尋愛、狐精救人雖然出於蒲松齡的杜撰,卻浪漫有趣。讀懂此篇,也就拿到瞭解讀《聊齋志異》的「不二金鑰」!

「齊人之福」,說到底,還是一個男女之間既古老又鮮活的兩性關係問題。社會的「發展進步」之於男女關係帶來的並不都是「進步」,而是更為複雜的現實。一千年後即使階級鬥爭消失了,男女之間的「鬥爭」也不會停止。

每天你只要開啟網路,滿篇圖文並茂、真假莫辨的兩性祕聞、男女情事就會撲面而來,讓你躲閃不及,龐大的資訊量超過以往歷朝歷代,其格

間,之祭者,乞其餘;不足,又顧而之他,此其為饜足之道也。其妻歸,告其妾,曰:「良人者,所仰望而終身也,今若此。」與其妾訕其良人,而相泣於中庭。

調、品味與《聊齋》中發生的故事無法同日而語，比起明清時代的言情小說也還要低幾個層級！擔心汙染了讀者的眼睛，這裡就不舉例了。

有一種說法，人類的兩性關係與婚姻制度是由社會的經濟狀況制約與規定的，曾經歷了雜婚制、群婚制、對偶婚制、多偶婚制、一夫一妻制幾個階段。

雜婚，兩性關係不受任何文化因素制約，可以隨便發生。人類誕生之初，生存環境惡劣、生產水準低下、個體壽命短暫、幼兒死亡率極高，這樣任意的性交幾乎與動物無異，有益於維護種群後代的數量。

群婚，指原始社會中相對固定的一群男子與血親之外的一群女子相互交配的婚姻形式，一個男人或一個女人同時都可以擁有多個性夥伴。婚姻對於直系血親的規避，避免了近親繁殖引起的基因病變，有利於部落的強盛。

對偶婚，存在於個體私有的家庭經濟尚未成型的母系社會。不同姓氏的成年男女，在兩相情願的前提下維持同居關係。男女雙方分別可以擁有多個相對穩定的性伴侶，所生子女「只識其母，不識其父」，由群體共同撫養。

一夫一妻制，被認為是「文明社會」制定的婚姻制度。嚴格的一夫一妻制被規定為——一個人一生只能結婚一次，只能與一個異性結婚；性行為只在兩個人之間發生，不允許存在第三者；子女只能是夫妻二人交配的結果。

一夫一妻制的優越性是顯而易見的，無論貴賤貧富，每人只能擁有一個配偶，婚姻權利人人平等，有利於社會穩定；子女只能是婚生的，保證了子女遺傳基因的確定性及個人私有財產繼承的合法性，同時也就維護了

發展社會經濟的積極性。

由此看來，一夫一妻制恰恰是個體經濟私有制的產物，並不是哪個階級的專利。

人類學家指出，自然界絕大多數的哺乳動物都不是「一夫一妻」的，人類並不具備一夫一妻的基因，一夫一妻制並非自然形成的，在漫長的人類社會演化史中，一夫一妻制度甚至也不占據主流地位。相反，一夫一妻制是人類文明對人類自然屬性的約束、克制、馴服。只是相對於其他婚姻家庭制度，一夫一妻制更有利於社會政治生活的穩定與社會經濟生活的發展，所以，無論東方還是西方，現代文明社會無不堅定維護一夫一妻制。

據說第二次世界大戰後，戰勝國蘇聯與戰敗國日本，都面臨男人大量傷亡、男女比例失調的嚴重危機。然而，即使到了這步田地，都不敢鬆綁一夫一妻制，而寧可將女性法定的結婚年齡降至16歲，甚至13歲！

一夫一妻制，成了現代文明社會的「壓艙石」。但是在人慾橫流的當今，現代社會的夜航船仍然不免為「男女關係」的風浪顛簸搖擺。一夫一妻制或明或暗地受到來自各個方面的侵蝕。

現代人社交空間大大拓展，農村青年也不再像他們的祖輩們那樣一輩子地窩在自己的三間茅屋裡過日子，而是背井離鄉、遠走他方、四海為家，傳統的家庭生活瀕臨解體。

隨著社會開放程度的提升，所謂「男女授受不親」的界線早已瓦解，兩性接觸的機會增大。以往，校園裡男女班級戒備森嚴，如今青年男女合租一間房、日常起居在同一屋簷下，已成時尚。婚前同居、奉子結婚甚至還受到雙方家長的鼓勵。

現代人情竇開得早，婚紗披得遲，男男女女可以多次戀愛。據西方國

蒲文指要

家統計，一個人一生中親密交往的異性伴侶在10位左右。

同是一夫多妻，《金瓶梅》中的西門慶與其妻妾的故事成為卑汙淫亂的淵藪，「西門慶」從此成為「渣男」的代號。

「帝子降兮北渚，目眇眇兮愁予」、「斑竹一枝千滴淚，紅霞萬朵百重衣」，虞舜與娥皇、女英一妻一妾的傳說，在偉大詩人筆下都成了謳歌吟誦的對象。

貴為清末皇帝的溥儀，不過一後二妃，比起他的佳麗三千的前輩們，其後宮是歷代皇帝中最「簡樸」的，然而卻難以維持清靜。正宮娘娘先是出軌後又精神錯亂，妃子文繡與他鬧離婚斷絕關係，唯一心愛的妃子譚玉齡死於非命，最終淪為名副其實的「孤家寡人」！

清末改革家康有為提倡男女平等、一夫一妻，可自己卻娶了一妻五妾，55歲時將18歲的日本女傭收房為四夫人，62歲又迎娶了一位妙齡浣紗女。「康聖人」在主張一夫一妻的同時，又倡導婚姻自由，他的《大同書》中就明確寫道：「太平大同之世，凡有色慾交合之事，兩歡則相合，兩憎則相離。」大思想家也是博愛的情聖，一生能夠與六位女性共結連理、歡處一室，始終不棄不離，徐悲鴻還為他畫過一幅〈妻妾成群圖〉，比起「可憐」的末代皇帝，真可謂「豔福齊天」了！

還有一位大家都知道的文化名人馬寅初，生於清朝末年，曾因提倡家庭計劃獲咎。然而他自己的生育卻不曾計劃，他曾擁有一妻一妾，妻妾關係融洽，合力為他生下八個兒女。他的朋友胡適之在早年的日記中記下了這樣一段話：「飯後與馬寅初同到公園……寅初身體很強，每夜必洗一個冷水浴。每夜必近女色，故一個婦人不夠用，今有一妻一妾。」胡先生的話裡明顯帶有幾分奚落，也許還有幾分豔羨，因為他自己是守著唯一的太

太白首偕老的。

當代一個「二女共侍一夫」的「佳話」發生在臺灣，其中的「小三」是曾經執導過《婉君》、《在水一方》、《庭院深深》、《新包青天》等影視的女導演劉立立。她與導演董今狐因愛生情，董今狐的結髮妻子王玫最終被劉立立的善良、誠摯、真率感動，毅然將立立接到家中，三個人開始了長達四十多年的「以沫相濡」的共同生活。

在動物界，同性之間的嫉妒、毆鬥、廝殺，強者是「大丈夫」，擁有無限交配權，那是為了繁衍出強健的後代，是由其自然屬性所決定的；人類男女關係中的性嫉妒也是由這個生物性遺傳所支配的，只是複雜許多。劉立立與王玫兩個女人之間的情義，則是超越了這個自然法則。她們共同的朋友瓊瑤把這段近乎《聊齋》的傳奇故事寫成小說《握三下，我愛你》，還拍成了電影。

在我的孩提時代，曾有幸見過「一妻一妾」這種舊時代的遺存。我家左鄰，住的是一位律師，我稱作王奶奶的正房夫人不會生育，律師將家中使喚的丫頭收房為姨太太，我們小孩子都喊她姨奶奶。姨奶奶果然不負眾望，生下一男二女，兒子又生下四男四女，堪稱「瓜瓞綿綿，爾昌爾熾」了。

我家西邊的大老闆，人高馬大，年輕時從風月場贖回一位姑娘。我上小學時她已經四十來歲，模樣俊俏，性格開朗。市井老少爺們都喜歡和她開開玩笑，大老闆不但不生氣，反倒覺得很有面子。蒲松齡的家原屬小康，他老爸也娶有一妻二妾，坐享齊人之福，即使後來家道墜入貧困，也未見鬧過什麼紛爭。

蒲松齡只有一位青梅竹馬的太太，是劉國鼎老先生家的二姑娘。後世

研究者似乎心有不甘，總想為蒲松齡發掘一位如夫人，終究實證不足。

但是蒲松齡對顧青霞刻骨銘心的婚外情也並非虛談，「寧料千秋有知己，愛歌樹色隱昭陽」。這個婚外情似乎也並沒有影響蒲公對髮妻的感情，夫人先他而去，蒲公過墓而泣：「百叩不一應，淚下如泉湧。汝墳即我墳，胡乃著先鞭？」八首悼亡詩，一篇祭婦文，情真意切，催人淚下！

細品《孟子》中一妻一妾的故事，那位齊人實際上是一位做人不實在、渾渾噩噩的渣男，倒是兩位女性實事求是、深明大義、團結一致教導這位窩囊廢丈夫。「齊人之福」改為「齊人之婦」才更切題。

拋開同性戀暫且不論，婚姻制度是社會為男女兩性關係制定的一種規約。一夫一妻制是世界上文明社會一致認可並普遍實施的婚姻方式，相對於人的生物性而言，不一定就是最完美的，但是相對於人類歷史上存在過的其他婚姻方式，目前仍然是最可實施的。

讀《聊齋》，可以看出蒲松齡的理想的婚姻境界是一妻一妾 —— 一位端莊賢惠的女人，再加一位聰慧嬌美的女人。就像《聊齋志異・陳雲棲》中講述的那位男子真毓生，同時擁有雲棲、雲眠兩位女子。這樣的「模範家庭」，在過往時代當然是存在的。但是也不乏小說《邵女》、《江城》中刻劃的那種一妻一妾的反面例證，三角關係化為雙面刃，家庭男女成員惡鬥不已，人人傷痕累累，用蒲松齡的話說「如附骨之疽，其毒尤慘」。這樣的家庭也為數不少，「齊人」不但沒有絲毫幸福可言，反而陷入人間地獄。

當代女權主義者對於一妻一妾的齊人之福痛加撻伐，主要是性別上的不平等，男人多占了珍貴的性資源。

如果一妻多夫呢？

直到 1950 年代，在封閉的俄亞地區，仍然存在著「一夫多妻」或「一

妻多夫」的婚姻方式，即「夥婚制」。為了彌補此類家庭性生活的失衡，同時又設立了「安達制」。「安達」，是「情人」的意思。成立了家庭的妻子、丈夫，仍然可以自由地和其他的男人、女子建立安達關係。據當地73歲的老人拉木加若說：「我們年輕的時候，安達關係很流行，每個人找的安達比現在多，比較出眾的男性或女性，一年就有七八個安達，生育的子女，為社會所公認。」在這樣的情況下，夫妻關係的建立似乎僅僅是為了家庭經濟生產的需要，而安達關係成了愛情的主要達成方式。

據曾經在俄亞實地考察的人類學家介紹，實施「夥婚制」與「安達制」相結合這個生殖制度的納西族，其村社生活是質樸的、安定的、團結的、和諧的。男女之間的性關係完全是建立在男歡女悅、相互吸引、相互愛戀基礎上的，幾乎就像少年人的「玩耍」一樣，與權力支配、金錢誘惑無涉。這裡沒有強姦、仇殺的案例，甚至連因嫉妒引發的干預都會受到輿論的嘲笑。私生子，即所謂「雜種」不受歧視，成年後仍然能夠當家做主。在納西族的村社裡，婦女受到尊重，婦女的地位比男人還高，當地人甚至把每年冬春之際的這段野合高峰期稱作「婦女節」。[28]

原本男權至上的「齊人之福」，在俄亞人這裡已經不存在性別的差異，男人、女人都可以擁有。

學者看到的該是原始部落時代男女關係的餘緒，如今也已經是翻過去的歷史一頁。

未來的男女關係將走向何方？

1980年代，一群男女文學青年聚會，酒足飯飽後一番閒聊，不知怎麼就扯到婚姻家庭上。

---

[28] 參見宋兆麟：《共夫制與共妻制》第36頁，上海三聯書店1990版。

於是拼湊出一種新穎的「婚姻模式」——18歲的女孩要找38歲的熟男結婚，成熟的男人既是丈夫又是導師；18歲的男孩要配一位38歲的女士，既當妻子又當保母；每段婚期20年，時間到期就要分手，不願離婚的要到法院特別申請，有待批准。然後是58歲的男女結合開始第三次婚期。

從日常生活看，仍是一夫一妻；從一生履歷看又是多夫多妻，男女平等，老少無欺。

20年後夫婦進入古稀之年，由於男人的壽命短於女性，年邁的女人多於年邁的男人，此時可以開放一夫多妻制，做到人人老有所依。

說到這裡，首先是一位男性不願了，他說寧可種兩棵樹也不願守著兩個絮絮叨叨的老太婆。

女性們也紛紛反對，說情願餵一頭豬也不願意侍候一個糟老頭子！看來，完美的婚姻家庭制度依然在遙遠的地平線之外。

為女性造像

　　1980 年代，在我剛剛踏入文藝心理學研究時，我的朋友[29]問我：「在文藝心理學領域，女性與男性有何不同？」看著我的一臉茫然，她得意地笑出了聲。那時，她的性別學研究也是剛剛起步，隨後在她的專著的開篇，就首先拿我開刀，但是這也是我大男子主義的咎由自取。

　　在後來的生態文藝學研究中，對女性的關注就成為我的一個重要視角。在我後來寫的書中，我曾對女性大唱讚歌，以矯正自己作為男性的偏見，女性與男性之間的差異不僅存在於生物方面和生理方面，還存在於心靈的最深處與精神的最高處。女人比男人更受本能、感覺、情感左右，是傳統、習俗的保護者。女人是更契合大地、更具備植物性的生物，比如一棵樹，她自己就是她的身體，就是那棵開花結果的樹；而男人更像一頭動物，比如一隻猴子、一條狗，而且他的身體還並不總是屬於他自己，身體只是被他自己的慾望牽引的一隻猴子、一條狗。德國傑出的思想家馬克斯・舍勒（Max Scheler）指出——工業社會是一個「男權社會」，西方現代文明中的一切偏頗、一切過錯、一切邪惡，都是由於女人天性的嚴重流喪、男人意志的惡性膨脹造成的結果。

　　而在華人社會，卻總是把這惡行賴到女性身上，說是「紅顏禍水」。既然世界上多半的惡是由男性製造的，那麼，想要讓我們這個世界變得好

---

[29] 李小江（西元 1951-），中國性別學研究開拓者。曾任加拿大麥吉爾大學、美國國家自然歷史博物館、美國哈佛大學費正清東亞研究中心、日本御茶水女子大學訪問學者和特聘教授。著有《夏娃的探索》、《性溝》、《解讀女人》等；主編《婦女研究叢書》、《性別與中國》、《20 世紀（中國）婦女口述史》等。

蒲文指要

一點，男性就要學會尊重女性，首先，男人必須變得更好一些。蒲松齡並不是當下意義上的「女性主義者」，《聊齋志異》不時會表現出一些男權思想，但是也不難看出他對女性的同情與尊重、傾慕與讚美。詩人、作家的天性又總能使他深入女性的內心做「換位思考」，蒲松齡實在是封建時代女性們難得的一位「男姊妹」！

如何塑造女性形象，對於一部文學作品來說至關重要。

蒲松齡的《聊齋志異》，寫了大量女性，形象飽滿的猜想不下百位。與中國古代文學四大名著相比，不但數量占優勢，文學品味與審美價值同樣佔有優勢。

羅貫中的《三國演義》，演繹東漢末年那段歷史。女性在中國歷史上本來就少有地位，通觀全書，《三國演義》中能夠讓人留下深刻印象的女性也就兩位，一是孫權的妹妹孫尚香；一是王允的義女貂蟬。

孫尚香被哥哥拿來做誘餌，釣劉備上鉤。不料陰謀搞砸了，弄假成真，賠了夫人又折兵，好端端一位國色天香的女子白白成了政治陰謀的犧牲品。

貂蟬，被東漢末代皇帝的權臣王允收為義女，隨後便利用她的美色、利用呂布將軍的好色，巧施美人計加連環計，殺了另一位權臣董卓。據說，功成後的受益方由於擔心有人再拿貂蟬故伎重演，就讓這位可憐的花容月貌在人們的視線中永遠消失。

在羅貫中的《三國演義》中，兩位女性不過是這架龐大戰爭機器中的小零件。同時，也可以說是男人們相互纏鬥、絞殺的工具。

施耐庵的《水滸傳》，鋪展北宋末年底層民眾的造反行徑，書中的女性比起《三國演義》多出幾位，而且多半還是蒲松齡的同鄉。

這裡的女性約略可以分成兩類。一類是殺人的——獵戶解珍的表姐

「母大蟲」顧大嫂；開黑店賣人肉包子的孫二孃；鄉鎮聯防隊女隊長扈三娘。其中最光彩的當屬扈三娘，武藝超群，英姿颯爽，這位女中豪傑最終還是被梁山的最高領導者當作人情送給下屬——一位矮個子頭目。

一類是被殺的——被小叔子武二郎殺掉的潘金蓮；被丈夫宋江殺掉的閻婆惜；被丈夫楊雄夥同朋友弄到翠屏山殺掉的潘巧雲。男人們殺她們就如同殺雞、屠狗一般，殺得很血腥、很齷齪、很難看。被殺的理由則是偷情、通姦、告密、謀害親夫。站在男人的立場都是罪不容赦。她們死了，靈魂還被潑上汙水。

吳承恩的《西遊記》中的女性，有一點倒是與《聊齋志異》中的許多女性相似，她們都不是人世間普通的女子，而是山間野物，動物或植物的化身。

吳承恩稱之為「獸孽禽魔」；蒲松齡稱之為「狐鬼花妖」。

在《西遊記》中，這些「女性」妖魔有老鼠精、兔子精、蠍子精、蜘蛛精、白骨精，一律都是害人精。「金猴奮起千鈞棒，玉宇澄清萬裡埃」，彷彿只有將她們徹底消滅，人類世界才能夠舒心、太平。

那位二師兄更不守道上規矩，偷看溫泉裡蜘蛛精們的紅顏朱唇、玉體酥胸，看得神不守舍，竟變成一條大鯰魚在這些女娃的腿際、襠間鑽來鑽去占了許多便宜，隨後打殺起來仍能痛下狠手，忘了自己原本也是畜類，未免有點太下流了吧？

《紅樓夢》是女兒國，曹雪芹是為女性造像的高手、妙手，自然不能與羅貫中、施耐庵之流的大男子主義者同日而語。但我仍然覺得，《聊齋》中的女性與《紅樓》中的女性仍然可有一番比量，就審美價值與藝術魅力而言，可說是風光不同、各有千秋。

蒲文指要

　　只是歷來為曹先生站臺、背書的人太多，林黛玉幾乎成了國人的口頭禪；而人們對於蒲先生的關注尚且遠遠不足，對他筆下那些「狐狸精」的蘊含還缺少更多發掘。

　　依我看，曹、蒲二人起碼在三個方面顯示出為女性造像的不同——作者身分、敘述視角、人物的活動環境。

　　先說身分。

　　曹雪芹本為皇親國戚，自幼生長於詩書簪纓之族、鐘鳴鼎食之家，雖然後來家道敗落，窮到喝稀飯就鹹菜的地步，但是瘦死的駱駝比馬大，貴族的清節與傲骨仍在，下筆著文依然透遞出宮掖與廟堂氛圍。

　　蒲松齡祖上曾有人做官，官不大，況且已是三代以前的往事。他自己有段時間也曾為官場的朋友做幕僚，當過文案祕書，接觸過一些形形色色的地方官紳。通觀其一生，他的主業只是鄉村小學教師，高雅些的叫法是「鄉先生」，憑著微薄的束脩養活一家老小，勉強維持溫飽。

　　身分的不同，選取的女性描寫對象自然也不同。在曹雪芹，多為仕女、名媛、寶眷、命婦。在蒲松齡，則只能是村姑、民女、舞姬、娼妓、大戶僕婦、小家碧玉。

　　其次來看看視角。

　　曹雪芹與蒲松齡都是具有「女性主義」傾向的古代作家，他們盡力為農業時代的女性唱讚歌，但是選取的視角有所不同。

　　農村小學教師的身分，幾乎註定蒲松齡在創作他筆下的這些女性形象時自然地選取「平視」的視角，那些鬼狐花妖看似離奇古怪，寫起來其實如同他自己的親戚朋友、左鄰右舍，不外乎陳年舊事、家長裡短、道聽塗說、閒言碎語。帶給讀者的感覺，這些孤魂、野鬼、花妖、樹妖、狐狸

精，不但不可怕，反而就像少年時代的同學、青年時代的初戀、租屋處裡的情人、鄰村的大姐小妹一樣可親可愛。

落魄的貴公子曹雪芹，遙想當年花前月下、燈紅酒綠中的姐姐、妹妹、丫鬟、侍女，「千紅一哭」、「萬豔同悲」，錦繡年華猶如鏡花水月，通通化作一聲深沉的嘆息，曹雪芹的視角是一種由上而下的「俯視」。當代人讀《紅樓夢》，寶釵、黛玉、紫鵑、鴛鴦令人感動，總歸是戲曲、影視中的人物，你大概不會把她們當作自己的姐妹和女傭。

不同的還有人物活動的環境。

《紅樓夢》中人物活動的環境是一個封閉的空間，一個看似美麗高雅的人造空間──「大觀園」。一位鄉下過來打秋風的劉姥姥，進了大觀園竟如同天外來客，頓時成了眾人圍觀的稀罕物。

這個大觀園雖然富麗豪華，究其實質也還是一座嚴嚴實實的大籠子，偉大詩人陶淵明避之唯恐不及的「樊籠」。

大觀園裡的年輕女性很少與外界有交集，個性美女晴雯姑娘後來倒是走出了「樊籠」，不幸那也成了她的末日與死期。

外界女孩貿然闖進大觀園也很危險。桀驁不馴、寧折不彎的尤三姐不情願地鑽進了這個大籠子裡，未幾便被一群「臭男人」揉搓至死。細品之，可愛的黛玉姑娘如若不是進了大觀園，或許還不至於小小年紀便嘔心瀝血、命喪黃泉。

從生態學角度來看，一個封閉的系統對於生命的存活是絕對不利的，尤其是不利於高級生命的健康存活。

據說，稀樹草原上的野生大象可以活到六七十歲，動物園裡圈養的大象一般只能活三十歲。

> 蒲文指要

　　再看《聊齋志異》，小說家蒲松齡筆下女性們活動的環境許多都是開放型的，從庭院巷陌、市井村落到山野叢林、江河湖海，甚至「上窮碧落下黃泉」，從陰曹地府到天庭雲霄。

　　那些少艾與嬌娃，往往憑藉其本尊源自「青林黑塞」的法力與野性，便獲得跋山涉水、上天入地的自由。這中間便有不甘為娼的狐女「鴉頭」、愛花成癖的鬼女「嬰寧」、生死不渝的牡丹花仙「香玉」、隱居深山的「翩翩」、知恩必報的獐女「花姑子」，她們往往能夠死裡逃生、死而復生，其頑強的生命力一如曠野中生生不息的精靈。

　　女性，是文學批評的重要話題。女性主義文學批評，志在破除男性的強權，彌合男性、女性之間頑固的二元對立，在二十世紀已經形成一股強勁的文學思潮。

　　《時間簡史》的作者尤瓦爾‧哈拉瑞（Yuval Noah Harari）[30]說：歷史上最大的難題之一，就是為什麼男人會統治女人。人類社會的幾乎所有權力，如皇權、族權、政權、財權、軍權、法權全都掌握在男性手中。他說有許多事情我們還搞不懂，有許多事情我們做錯了，我們必須不斷地糾正自己。

　　如今，女性又成為生態批評的話題。

　　生態女性主義批評家們認為，在女人身上，物種的屬性與個體的屬性是有機共生的。女性的靈魂更契合大地，擁有與自然統一體牢不可破的關係。曹雪芹將女性視為「水」，蒲松齡將女性幻化為草木鳥獸，無意中都促使了弱勢的女性與大自然結盟。

---

[30] 尤瓦爾‧哈拉瑞（Yuval Noah Harari，西元1976-），牛津大學歷史學博士，現任耶路撒冷希伯來大學歷史系教授，全球矚目的新銳歷史學家。2012年首次出版《人類簡史：從動物到上帝》成為超級暢銷書，已翻譯成30多種文字出版發行。

綜上所述，僅就文學創作中的女性造像而言，無論從審美觀念、藝術魅力，還是從前沿生態批評理論的價值尺度衡量，《聊齋志異》顯然均高於《水滸傳》、《西遊記》、《三國演義》。

相對於《紅樓夢》中那些已經成為文學經典的女性形象，《聊齋志異》中的女性造像顯然有更開闊的闡釋空間。

鬼狐花妖化身的嬰寧、連瑣、嬌娜、翩翩、小翠、阿繡、阿寶、阿纖、紅玉、青鳳、竹青、細柳、陳雲棲、白秋練、孟藝娘、聶小倩、封三娘、辛十四娘等，比起《紅樓夢》中的黛玉、寶釵、探春、迎春、妙玉、湘雲、晴雯、司琪、襲人、香菱、紫鵑、雪雁等，或許在形象的複雜、細膩、豐滿、充盈以及思想的深度上仍有差距，這往往也是短篇小說與長篇小說之間的差別。但就形象的鮮明生動、個性的別緻超拔以及她們與天地自然的關聯來說，《聊齋志異》中的女性形象實在還有太多的可圈可點之處。

當下的人類社會想要變得更好一些，長期占據主導地位的男性首先要變得好一些；理想的社會是將男性與女性融入同一個相互尊重、相互扶持、互補互生、互為主體的有機生命共同體中。

男女的和諧，是陰陽的和諧，是乾坤的和諧，當然，也是世界的和諧。

蒲文指要

為鄉土代言

　　豬欄積糞在秋夏，牛欄積糞在春冬，至夏則上山牧放，不在欄中矣。宜秋日多鎊草根，堆積欄外，每以尺許置牛立處，受其作踏，承其溲溺，既透則掘坑欄中，又鋪新者。一冬一春，得好糞無窮，又使牛常臥乾處，豈非兩得！

　　這是蒲松齡編寫的《農經》中關於漚糞的一段文字。這樣的文字，羅貫中、湯顯祖、孔尚任、曹雪芹都寫不出來，只能出自生於鄉土、長於鄉土的蒲松齡的筆下。

　　1980年代，校園還曾寄情於〈鄉間的小路〉，繽紛的雲彩、暮歸的老牛、牧童的歌聲、隱約的短笛，讓思緒在晚風中飛揚。

　　但是，進入二十一世紀後，就變了樣。有一天傍晚，我和幾位學生在街上散步，雨後的夕陽照射在路邊的樹林裡，色彩斑駁、光怪陸離、悽美動人。我已經看得心曠神怡，而我的學生們對此卻視而不見，倒是對路旁停著的一輛藍寶堅尼讚嘆不已，讓我頓時感到無限失落。

　　在「都市化」的滾滾車輪的碾壓下，鄉村已經衰敗，成為一具「空殼」。而高速發展的城市，積弊如山。且不說都市人焦慮、疲憊、憂鬱、頹喪的精神狀況；一場突如其來的大雨，都會帶給都市人「滅頂之災」！法國學者克洛德・阿萊格爾（Claude Allègre）[31]在其《城市生態，鄉村生態》一書中寫道：「如果說大浮冰上的企鵝的命運或喜馬拉雅山中老虎的命運確是

---

[31] 克洛德・阿萊格爾（Clande Allègre，西元1937-），法國前教育部部長，科學家，著有《城市生態，鄉村生態》等。

令人不安的話，那麼拉各斯、那不勒斯、洛杉磯、達卡或墨西哥城的市民的命運起碼是同樣令人不安的！」

世界生態運動的先驅小約翰‧柯布（John B. Cobb）[32] 斷定——鄉村文明的復興是一個全球性的運動、一個世界性潮流。相比巨型城市中的區塊，鄉村小鎮更可能形成健康社區。我們在衷心呼喚城市生態的同時，還應該重新建立一個新的鄉村生態。

鄉村，是曠野與城市之間的緩衝地段，它既是人類活動的場域，又是大自然的留守地，其中蘊藏著質樸的人性與蓬勃的生機。良好的鄉村生態維繫著人類與自然之間微妙的平衡，維繫著人類的理智與情感、認知與信仰之間微妙的協調。美國環境倫理學家羅爾斯頓（Holmes Rolston III）認為，在城市、鄉村與荒野這三種環境中，鄉村扮演著引導人們思考文化與自然問題的重要角色。

鄉村的土地，要比鋼筋水泥建構的城市蘊藏著更多的魅力。生態心理學家塞爾日‧莫斯科維奇（Serge Moscovici）[33] 曾從精神的視角描述鄉村的自然——這是一種模糊而神祕的東西，充滿了各種藏身於樹林中、潭水下的神明和精靈。星辰與動物都擁有魂魄，它們與人類相處，或好，或壞。

對照蒲松齡的《聊齋志異》，我們便可以看到莫斯科維奇珍視的那些「神明」和「精靈」，同樣存在於大地的山丘、溪流、星夜、霜林、老宅、

---

[32] 小約翰‧柯布（John B. Cobb，Jr，西元 1925-），美國人文與科學院院士，過程哲學家，著名後現代思想家。美國過程研究中心創會主任，美國中美後現代發展研究院創始院長。代表作有《生命的解放》、《可持續的共同福祉》、《21世紀生態經濟學》。

[33] 塞爾日‧莫斯科維奇（Serge Moscovici，西元 1925-2014 年），法國著名思想家、社會學家、生態心理學家。代表作有自然三部曲：《論自然的人類歷史》、《反自然的社會》、《馴化人與野性人》及《還自然之魅》等。

廢墟、野墳、祠堂裡，存在於狐兔出沒、鬼魂遊走的原野裡。

蒲松齡的文學創作，顯然是繼承了《楚辭》、《山海經》以及魏晉時代志怪、志異的神話思維方式。按照亨利·大衛·梭羅（Henry David Thoreau）的說法，神話思維屬於原始性思維，「神話所表達的，不再是歷史或傳記，而是自然本身」、「神話不僅是自然的文學表達，更是野性的表達」、「大自然中野生動物的滅絕，是與人類心靈中野性的消失同時發生的」。理查森撰寫的《梭羅傳》顯示，梭羅喜歡獨自面對落日、荒村、墳場抒發他對於時光、自然、人生的感慨。他偏愛所羅門輪迴轉世的故事，喜歡奧維德（Ovid）[34]作品中少女變樹、撒旦變人的情節，這類同於蒲松齡的「秋墳鬼唱」。

這位美國自然主義哲學家、超驗主義文學家的言行，同樣可以在蒲松齡的文學創作中得到印證。蒲松齡對於青林黑塞、鬼狐花妖的一往情深，也可以視為站在鄉土的立場上對自然的呼喚，對野性的呼喚。最近也出現了一篇文章，內容深深嘆息——鄉土把聊齋給弄丟了！

他說：

「少年我走過的每一條鄉間小路上，都盛開著聊齋暗豔的花朵並嘰嘰砰砰響出聊齋那神祕的寂鳴與驚悚。後來我離開那兒了，聊齋不知是被我丟在了荒野和簷下，還是它隨著我的離開到了都市後，被一點一滴地從口袋掏出來，作為都市繁華的記憶路標扔在了路道上。而當我熟悉了都市的街道和生活後，也就無暇去把扔掉的聊齋撿拾回來了。」

---

[34] 奧維德（Publius Ovidius Naso，西元前43-約17年），古羅馬詩人，一生不得志而發奮寫作，留下大量作品。代表作《變形記》共15卷，包括250個神話故事。所有故事都始終圍繞「變形」的主題，借助人、神的變形表達萬物之間的普遍聯繫。《愛的藝術》描寫性愛的意義與技巧。《歲時記》表現宗教節日、祭祀儀典中的民間風情。

聊齋被我弄丟了。

聊齋被我和我相類似的所有人，共同弄丟了，如不約而同的無意識，把記憶抹殺在了沒有形式的必然裡。

鄉土與鄉土的記憶裡沒了聊齋，沒有聊齋的鄉土還算得上鄉土嗎？鄉土與鄉土裡的聊齋被現代人弄丟了，被現代化的程式弄丟了。何止是弄丟，是糟踐了。

鄉土聊齋意味著大地的精魅與祕奧。

鄉土聊齋的丟失體現為工業時代、商業社會對世界的「祛魅」。由啟蒙運動發軔的「祛魅」，一方面祛除了千萬年來沉積在人類心中的所謂愚昧和迷信；同時也祛除了人性中長期守護的信仰與敬畏。現代人變得越來越狂妄自大，越來越工於算計，越來越機靈、聰明，也越來越不講操守、不講信譽。如今已經又有人呼喚「時代的復魅」（Reenchantment of the World），當然，「復魅」並不是要人們重新回到人類原初的蒙昧狀態，「復魅」的切實目的在於打破人與自然之間的人為界限，把人與自然重新整合起來，把自然放到一個與人血脈相關的位置上去。

如此「復魅」，是對人與自然破裂關係的精神修復，已成為呼喚生態時代的先聲。蒲松齡的《聊齋志異》中呈現的這個魅力充盈的文學境界，將由於生態時代的到來被賦予新的含義。

當代義大利哲學家喬治‧阿甘本（Giorgio Agamben）[35] 指出——自啟蒙運動與工業革命以來，人類社會的發展一直在追求將自己從大自然中

---

[35] 吉奧喬‧阿甘本（Giorgio Agamben，西元1942-），義大利維羅納大學美學教授、法國國際哲學學院教授、美國伯克利大學教授。他獨特的文學理論、歐陸哲學、政治學與宗教研究使他成為當代最具挑戰性的思想家之一。代表作有《例外狀態》、《語言的聖禮》、《奧斯維辛的殘餘》、《敞開：人與動物》。

剝離出來，如果繼續這樣走下去，可能會走進一條死胡同，走向人類歷史的終結。

這是因為「人類」是一個生物學的概念，人類是屬於自然的，人類的本性是其自然性，人類原本是在原鄉的水土中生長發育出來的，而不是在工廠生產線上組裝起來的。當人類完全脫離自然，比如當人類憑藉自己的智力真的能夠再造出一種人類——機器人時，原本屬於人類的歷史也就中止了。此時的人不再是人，要麼是會思考的機器，要麼是非人非獸的怪物。

回歸鄉土，也是回歸自然，回歸人的本心、本性，事關地球人類今後的前途與命運。

某位當代生態美學家[36]將回歸鄉土視為「家園意識」的萌發，他說：「家園意識不僅包含著人與自然生態的關係，而且還意味著人的本真存在的回歸與解放，使心靈與精神回歸到本真的存在與澄明之中。」這是一種審美的終極關懷，是從宏闊的宇宙整體與長遠的人類未來出發的一種將關愛自然與關愛人類相結合的生態審美境界。古代小說中的四大名著：《三國演義》敷演國家層面的政治軍事鬥爭；《水滸傳》謳歌遊俠流寇的揭竿造反；《西遊記》講述西天取經過程中的神魔較量；《紅樓夢》傷悼貴族之家的淪落衰敗。《聊齋志異》不在四大名著之列，但是也享有「名著」的聲望，與四大名著都不相同，《聊齋志異》是寫鄉土的。

為什麼蒲松齡正值青壯年卻不願意留在經濟繁榮的淮揚官場分一杯羹？官衙的薪俸比起坐館的束脩畢竟要豐厚一些，既是上司又是友人的孫蕙待他不薄，更有上流社會杯觥交錯、倚紅偎翠的交際活動，而這一切都留不住他。不到兩年，他就匆匆返回蒲家莊，甘願做一位清貧的鄉先生。

[36] 曾繁仁（西元1941-），山東大學原校長，山東大學文藝美學研究中心主任、生態美學學科奠基人。著有《生態存在論美學論稿》、《生態美學導論》、《生態文明時代的美學探索與對話》等。

這一切都源自蒲松齡對於鄉村生活深厚的感情、對於鄉土的熱愛。有趣的是，蒲松齡熱愛鄉土，卻又不捨科舉進階。終年在農家院操勞的妻子反倒看穿了世俗偏見，勸他說：「山林自有樂地，何必長年忍受那種精神折磨！」

蒲太太說的「山林」，也是「鄉土」。

秦漢以來的「鄉土社會」，是由底層的「鄉民」、上層的「鄉紳」、浮沉於二者之間的「鄉先生」三部分成員構成。蒲松齡這位鄉間知識分子，既是勞作於畎畝溝壟間的「田舍郎」，又是常駐士紳府第的塾館教師。在鄉居生涯中他下接地氣，對底層鄉民的辛勞與困窘、歡樂與苦痛有著切身體會；上承天風，熟讀儒家經典、深研中華精神文化、悉察王朝統治的運作與操控。可以說他的生命軌跡全方位地覆蓋了淄川鄉土。譜寫鄉土文化，蒲松齡可謂不二人選。

蒲松齡關心農村底層民眾疾苦，想村民之所想，急村民之所急，為村民利益建橋鋪路、興修水利，為村民利益仗義執言不懼得罪權貴。他充分利用自己的文化知識參與當地的救災、治蟲行動。為了提高農業生產效益、開發多種經營、提升鄉村教育水準、保障村民的醫藥衛生，他編寫了《農桑經》、《藥祟書》、《日用俗字》；為了改良鄉間風俗、開展健康的文化娛樂活動，他為鄉間民眾寫對聯、寫喜帖、寫俚曲、寫唱本，因而受到鄉民們高度的信任、尊重與愛戴，把他當作自己的知心人，「桑棗鵝鴨之事，皆願得其一言以判曲直」。

鄉土，對於蒲松齡如水之於魚，正是「鄉先生」這個特殊身分，成就了歷史上這位為鄉土立言的偉大文學家。

本文說到的鄉土社會，幾近於農業社會。所謂「鄉土」與現代意義上

蒲文指要

的「農村」並不完全等同。

古代的農村與城市的界線並不那麼分明，城市裡面有農戶，鄉鎮之中有市井。看看〈清明上河圖〉，城門出來便是林野農舍；進得城來依然是手推肩挑、牛牽驢曳，那可是北宋的京都開封！直至幾十年前，開封城內的城牆裡面還有人開荒種地、張網捕魚，城郊的街衢也有不少的油坊、糧行、飯館、客棧。我家的鄰居是個鄉下人，來到城裡開磨坊，生意冷清不賺錢，就又牽著他的驢，馱著他的兩個孩子回鄉下去了，來去自由，沒有什麼戶籍限制。

那時的鄉下人也不像現在，人人都想往都市裡跑。據歷史學家考證，在蒲松齡生活的明末清初，戰亂後經濟一時難以恢復，社會風氣由奢轉樸，有良知的士大夫以城市為習染汙穢、輕薄狂躁之地；而視鄉村為素樸純淨之境。像大思想家顧炎武，寧可一天三頓喝稀飯，立誓不入城市。迴避城市，留戀鄉村，隱居林下一時蔚然成風。

春秋末年，社會禮崩樂壞、世風淪喪、人心澆薄，孔老夫子對此痛心疾首，撂下一句狠話「禮失求諸野」，古樸的民風、良善的人性、淳厚的道德在鄉野間尚有遺存，為拯救時代的凋敝指出了方向。

鄉村不僅僅只是生產糧食的地方，它還是中華民族文化的源頭、精神故鄉。村頭的一棵古樹、一口老井，都凝結著幾代人的情緒記憶。鎮上的一座小廟、一座牌坊，關乎一方百姓的精神寄託。一座美好宜居的村落——溪流縱橫的田野、有機輪作的耕地、林中放養的牛羊、狐狸藏身的山丘、松雞棲息的沼澤、鯉魚嬉戲的河流以及院前的疏籬菊花，都流淌著文化的血脈。

蒲松齡在〈嬰寧〉一文中，曾對一座山間村落做出這樣的描述：

望南山行去約三十餘裡，山巒環繞，空翠爽肌，寂無人行，止有鳥道。山谷底下，叢花亂樹掩映中，隱隱有一小村落。下山入村，舍宇不多，雖然都是茅屋，倒是整潔雅緻。門前皆綠柳，牆內開滿桃杏花，中間雜以翠竹，野鳥唧啾其中。門前有塊光潔的巨石，可供坐臥休憩。房後有園半畝，細草鋪氈，楊花糝徑；另有草舍三楹，花木四合環繞，白石砌就的小路，路邊落花繽紛落滿臺階；瓜棚豆架遮住半個庭院，窗外海棠的花枝竟探入室內來。

這該是鄉土社會正常歲月的生存環境，處處可以見出人與生物圈的和諧，馬丁‧海德格（Martin Heidegger）嚮往的「詩意地棲居在大地上」不過如此。

鄉土文化的核心是「耕讀」。「耕」是田間勞作；「讀」是心靈陶冶。「耕讀文化」是物質與精神的有機滲透，是「田園」與「詩意」的美妙結合。而偉大詩人陶淵明作為田園詩的創始人，正是這個文化的代表人物。

由於「耕讀傳家」的傳統，古代的鄉村總能夠聚集一些優秀知識菁英，明末清初的臨淄縣，就有蒲松齡、張篤慶、李希梅、袁宣四、畢際有、高珩、唐夢賚。他們中有的是科考落第的書生，有的是告老返鄉的官員，或以詩結社，或以文會友，品茗清談，把盞吟思，在當地形成一個菁英文化群體。在現代農村反而沒了這種可能。

傳統鄉村生活是多元的、豐富多彩的，物質生活與精神生活並重。春播秋收、晝耕夜績、漁獵放牧、坐鋪行商、設帳課徒、節慶盛典、社戲廟會、婚喪嫁娶、弄璋弄瓦，這些在《聊齋志異》以及蒲松齡其他詩文中全都有生動的表現。現代城市生活看似繁花似錦、光怪陸離，其功能則是齊一的，千頭萬緒總是指向一個目的——賺錢。當下，被捆綁在生產線、

蒲文指要

被封閉在辦公室裡的藍領、白領，其幸福指數，並不一定比《聊齋》裡的嬌娜、嬰寧、王六郎、馬二混、奚三郎們更高。

　　鄉土，是馴化了的自然，鄉民們仍然土裡刨食、靠天吃飯，人與其他生物雖然有衝突，但大致能夠互生互存。鄉村的泥土是柔軟的，人心也是柔軟的。現代大都市的地面全都硬化了，人心也變得冷漠起來，老年人摔倒在地，竟然沒有人勇於上前扶一把。

　　傳統鄉土社會相應還是比較單純的，「好人」、「壞人」似乎寫在臉上。哪個村子出了個小混混或小霸王，四鄰八鄉都知道，瞞也瞞不住。《聊齋》中的名篇〈畫皮〉，惡魔矯飾偽裝冒充美女騙人；〈單道士〉中的韓生居心叵測希望學到隱身術，費盡心機均未能得逞，反而身敗名裂。偽飾與隱身，在網路時代太容易做到，隱身的網路暴民傷天害理全無忌憚。〈念秧〉中的賊人團夥作案，男女老少齊出動，設圈套、布疑陣，費盡周折方才騙取趕考學子們的一點銀子。這比起如今的傳銷團夥、金融詐騙動輒千萬、億萬，連小兒科都算不上！

　　蒲松齡筆下的《聊齋》故事許多都是以「大團圓」結局的，這與現實生活中發生的事件往往並不符合，所以常常受到批評家的非議。不過，「大團圓」也是傳統思維方式的體現。傳統思維不是直線的而是循環的，治亂興衰、分分合合、周而復始，終歸是一個圓。這種思維方式與宇宙影像更為吻合——天體是圓的，地球是圓的，宇宙的執行軌跡是圓的，生命的整體活動被喚作「生物圈」，也是圓的。人世間的「大團圓」雖然並不總能實現，作為一種理想，一種良好的心願還是可以理解的。

　　蒲松齡的《聊齋志異》以 500 篇的恢宏體制，以細膩、生動、多姿多彩、婉轉自如的文筆，描繪了古代以大中原為核心的山川大地、鄉村市

井、飛鳥走獸、士農工商、陰間陽世、科場官場，抒寫下日常生活中發生的興衰福禍、生離死別、因緣際會、喜怒哀樂。

　　他於青林黑塞、昏燈蕭齋之下嘔心瀝血為大地萬物發聲，為鄉土民眾代言，扶弱抑強、懲惡揚善、識忠辨奸、倡廉斥貪、袪邪守正、解困紓難，展露靈魂深處的奧祕，探求人性本真的內涵，描繪出一幅幅鄉土生活中不同階層、不同個體的生動畫面。《聊齋志異》堪稱往昔鄉土社會的一部百科全書。

　　鄉土，象徵著人與自然的和諧相處；返鄉，便意味著回歸地球生態系統。

封建與迷信

　　許多年來,「封建」與「迷信」成為人們評論蒲松齡與《聊齋志異》時慣用的兩項標準。

　　褒揚者讚譽《聊齋志異》反映了封建社會的根本矛盾,揭露了封建統治的黑暗、封建官府的殘酷,抨擊了封建制度的腐朽、封建禮教的束縛,反抗了封建婚姻的禁錮、封建倫理的荼毒,破除了封建迷信的習俗。

　　貶抑者指責蒲松齡不時在其作品中維護封建宗法觀念,歌頌封建皇權,留戀封建科舉制度,宣揚封建迷信思想,歌頌忠孝、貞節、一夫多妻等封建倫理道德。

　　兩方面的例子都可以舉出很多,經常提到的有:〈促織〉、〈畫皮〉、〈席方平〉、〈司文郎〉、〈考城隍〉、〈石清虛〉、〈嬰寧〉、〈小謝〉、〈連城〉、〈蓮香〉、〈聶小倩〉等。當二者之間相牴牾時,便歸結為作者世界觀中存在的矛盾。論者操持的「封建」與「迷信」兩套標準,似乎是「橡皮筋」做的,講起來面面俱到,使用起來伸縮自如,看似得心應手、黑白通吃,但是實在禁不起進一步推敲。評論文章如果賴以立足的基本概念莫衷一是,縱是百卷華章也難掩骨子裡的困乏。

　　關於「封建」與「迷信」這兩個概念,學術界早就有比較一致的認識。事關《聊齋》的闡釋與評判,這裡不得不多說兩句。

　　先說說「封建」。

　　「封建社會制度」是從歐洲史學界引進的一個概念,指西歐中世紀出現的一種社會制度,最高統治者按照公爵、侯爵、伯爵、子爵、男爵地位

高低不同，將國土與人口分封給親族或親信，由他們建立一個個相對獨立的王國，土地與子民都成了他們可以代代傳繼的私有財產。這些不同等級的封建領主則以進貢納稅、必要時出兵從征效忠最高統治者。

在中國歷史上，唯獨周代的 800 年與這種「封建制度」有些相似，周天子將土地、人口分封給他的子弟或做出重大貢獻的部下，這些人便成為獨居一方的諸侯，擁有自己的屬官、法律、軍隊、稅賦，且可以代代世襲，屬於統治集團大家庭的有機組成部分。

到了秦始皇橫掃六合、消滅掉周代的所有諸侯國，皇帝就大權獨攬，將普天下的土地、人口全部歸他一人所有。然後由他委派各級臣僚到全國各個郡縣充任治理的「幹部」。這些官員為皇帝當差，唯皇命是從，是皇帝的奴僕、工具。他們只有行政權並不擁有政權，官員的命運全在皇帝的掌控之中，即「君叫臣死，不敢不死」。

史學家將前者稱作「封建制」，後者稱作君主專制下的「郡縣制」，二者的性質是截然不同的。

從秦代以下，中國就不再是原本意義上的封建社會。

然而，我們常常把以前的歷代王朝一律視為封建社會，周代以前的殷商時代是氏族封建社會，結束了清王朝統治的是半封建社會，「封建社會」與「舊社會」幾乎成了同義詞，原本是學術用語的「封建社會」也就成了一個貶義詞，各種愚昧、腐朽、落後、反動的制度和思想、文化、習俗都可以裝進「封建社會」這個大籮筐裡 —— 封建統治、封建軍閥、封建官僚、封建文人、封建思想、封建禮教、封建迷信、封建婚姻、封建流毒、封建餘孽等等。

《聊齋志異》的好在於揭露批判封建制度；《聊齋志異》有缺陷，缺在

蒲文指要

對封建社會批判不徹底。

這樣的評判與指責實在難為了蒲松齡！

平心而論，除了個別短暫的極端時期，任何一個社會制度，都不可能好得完美無缺，壞得萬惡不赦。「好」與「壞」將同時存在於同一個社會制度中。

就論者所說的「封建社會」而言，固然有魯迅先生早年揭露批判的「吃人」的殘酷的一面；也不乏史書記載的太平盛世，牛馬遍野，糧食充裕，路不拾遺，夜不閉戶，民眾互相幫助如親友，普天之下無窮人。這還不是人們津津樂道的「貞觀之治」，而來自幹寶修撰的《晉紀》中的「太康盛世」。

自從關注生態問題以來，我對人類社會發展階段的區分開始採用原始社會、農業社會、工業社會、即將來臨的生態社會的說法。我認為這樣命名的好處是突顯了人與自然的關係，便於將人類歷史置於自然環境的大背景、長時段之下進行系統性思考。

後來，我看到備受世人青睞的大衛·克利斯蒂安（David Christian）的《極簡人類史》[37]一書有著近似的說法——採集狩獵社會、農耕社會、工業社會。這其實也是著眼於人在宇宙間的位置、人與自然的宏觀視野。人們讚譽說，該書便於系統性地理解並講述「人類共同的故事」。

克利斯蒂安在他的書中指出，農耕時代以其絢麗的多樣性著稱於世，其豐富程度不但超過了採集狩獵時代，也超過了現代工業社會。交通的落後與通訊技術的局限有效地保持世界不同地區的隔離，也就確保了各地區

---

[37] 大衛·克利斯蒂安（David Christian），歷史學家，畢業於牛津大學，國際大歷史協會主席。他將人類歷史置於地球乃至宇宙演化的宏大背景之下，俯瞰人類歷史發展全貌。《極簡人類史》(This Fleeting World : A Short History of Humanity) 是其諸多著述中的一種。

都能沿著自己的獨立軌道發展。

克利斯蒂安所說的「農耕時代」，正是蒲松齡生活的時代。如此看來，對蒲松齡與《聊齋志異》的闡釋就不一定非要局限在「封建」與「反封建」的框架之中了。在「農耕社會」的框架裡挖掘《聊齋志異》的文化蘊藏、探討蒲松齡時代的社會生態，解讀蒲松齡先生的精神生態，或許會展現另一派不同的景象，這也是本書的努力方向。

下麵，再說一說「迷信」。

《辭海》中的權威定義為──相信星占、蔔筮、風水、命相、鬼神等的愚昧思想，泛指盲目的信仰或崇拜。

又是「愚昧」，又是「盲目」，迷信註定是一個貶義詞了。

史學家據考古資料研究的結果指出，商代社會奉行的最高政治原則，就是依據上帝鬼神的意志治理國家。上至王公貴族，下至黎民百姓，所有家國大事無不靠占卜決定、靠祈禱化解，巫、史作為執行占卜的神職人員在商朝社會生活中擁有崇高地位。難道我們能夠說商代社會整個是一個愚昧、盲目的時代嗎？

況且，中外學者幾乎全都認同原始巫術不但是宗教的源頭，也還是醫學的源頭，怎麼能夠籠統地斥之為愚昧的東西呢！

關於農業社會，著名歷史學家阿諾德‧約瑟‧湯恩比（Arnold J. Toynbee）[38] 說得更為確定：「從根本上講，農業既是一種經濟活動，也是一種宗教活動。」在古代，高高在上的皇帝每年都要在御用的天壇、地壇舉行隆重的宗教儀式，祈禱國泰民安；底層的百姓也會在玉皇廟、龍王

---

[38] 湯因比（Arnold Joseph Toynbee，西元 1889-1975 年），英國倫敦大學教授，曾被譽為近代以來最偉大的歷史學家。著有《歷史研究》、《人類與大地母親》。

廟、土地廟這些掌管天空、水源、土地的神門前焚香上供、奏樂唱戲，祈求風調雨順、五穀豐登。

此時的國運與民生，全都維繫在「迷信」之上呢！

農業社會生產力低下，人們基本上是「靠天吃飯」，社會賴以支撐的知識體系是「有神論」。商代以來，農業社會從整體上看就是一個「尚鬼」、「尊神」的社會。我童年時居住的那條小街，方圓一公里內就有土地廟、關帝廟、泰山廟、眼光廟、火神廟、二郎廟、三義廟、三聖廟、十二祖廟、觀音寺、延壽寺、開寶寺等崇拜神靈的場所。

有人說孔夫子並不多談鬼神，但孔子本人還不是長期以來被全體國民奉為神靈，「文廟」、「孔廟」遍佈全國各地，至今香火不斷。

蒲松齡顯然是一位有神論者。在他的文集中募修寺廟、記述神蹟的文章比比皆是。如：募建關帝廟、龍王廟、報恩寺、白衣閣、藥王殿；如碑記城隍廟、文昌閣、玉谿庵、五聖祠、放生池等。在〈王村募修地藏王殿序〉中，開端便勸人禮佛向善、修福積德：「蓋以齋燻諷唄，是謂善根；建剎修橋，厥名福業。三生種福，沾逮兒孫；一佛昇天，拔及父母。」顯然是發自內心，絕非虛文。

同時，蒲松齡又反對假借宗教信仰蠱惑人心、斂取錢財、貽誤農事。他曾經呈書淄川縣官府，請求查禁巫風淫祀，以維護民風純良、社會安定：「嚴行禁止，庶幾澆風頓革，蕩子可以歸農；惡少離群，公堂因而少。」

不過，在「正信」與「迷信」之間，要準確地劃清界限，並非易事。某位著名的研究學者沒有簡單地將相信鬼的存在歸為愚昧、迷信，而認為是一種不難理解的心理現象。農耕時代的人們都確實認為有鬼神，這事情也很簡單。在農村經濟條件下過日子，一個人穿的衣服，尤其是男人的長

袍、女人的棉襖，幾乎是要穿幾十年乃至一輩子的；家裡的器具，一張桌子、一把椅子、一方硯臺、一支菸袋鍋，往往也要用一輩子；居住的房屋，臥室永遠是那間臥室，書房永遠是那間書房。家人相聚幾十年，父親死了，後來兒子走進臥室，走進書房，看見那床鋪、衣物、書桌、椅子、硯臺、菸袋，哪有不想到他父親的？於是，父親的陰魂不散，所謂鬼也就流連在那臥室、那書房裡。人世上少了他父親這個人，卻補上父親一個鬼，這是人類心理上極自然的事。

現代工業社會一切都變得緊張而混亂，一個人可以居無定所滿世界跑，已經不再世代居住在同一座老宅裡。現代社會社交頻繁，活著的人中，鄰裡鄉黨、親戚朋友已經日漸疏遠淡漠，誰還會惦記一個死去的人？現代社會消費主義盛行，一年裡要更換好多套衣服、十多雙鞋子及其他日常用品，這些東西用過就扔，很少能夠繼續儲存個人的生命資訊。所謂的「鬼」，已經不能在這些環境裡與物品上顯現「靈光」，以往的鬼魂在現代人心中已經無處藏身。

不過，同時在人們心靈中消失的，不只鬼魂，還有親情的芳菲、回憶的溫馨。

以往的時代倡導「慎終追遠」，認為這樣可以使「民德歸厚」。於是在官方、在民間都有煩瑣的祭祀祖先靈魂的儀式。如今倒是便捷，追悼會上的哀樂剛停住，焚屍爐裡的青煙尚未消散，一切便完事大吉。一死萬事空，鬼沒有了，神沒有了，人們關注的只是個人在世的福利，於是「民德」也真的日漸澆薄起來。

信鬼、信神是認知領域的問題、是自然的心理現象，雖然並沒有科學依據，但是也不能歸之於邪惡，甚至也不能歸之於愚昧。我母親、我母親

蒲文指要

的母親，全都一輩子相信鬼神的存在，相信「舉頭三尺有神靈」，但她們又都是非常善良、非常慈愛、甚至還是非常聰慧的人。

在對待「鬼神」的認知與態度上，我想，蒲松齡先生該與我的母親、外婆相差無幾，他們都是農業時代精神文化遺產的繼承者。

如果說「迷信」有害，那麼，科學帶給人們的也並非全是福音。現代世界的殺人利器，從迫擊炮、轟炸機、噴火器、毒氣彈、原子彈、核潛艇到導引炸彈，無一不是藉助先進科學技術開發出來的。

社會輿論往往把諸多惡行歸之於迷信，「兄弟三人為了驅鬼，把父母活活打死」、「婆婆找大仙驅鬼，把兒媳活活打死」、「巫師驅除女子身上的鬼魂，將女子活活蒸死」、「丈夫聽信大仙，用帶刺皮帶將妻子抽打致死」……等等，這些其實已經遠遠超出「迷信」的領域，往往是壞人利用民眾的認知缺陷，蠱惑人心、圖財害命，這已經不是迷信，而是犯罪！

對於這種利用宗教或巫術愚弄、坑害百姓的行徑，人們稱之為「邪教」及「妖術」。對此，所謂「封建時代」的統治階級也會予以嚴厲制裁與打擊，「封建」與「迷信」之間的關係並不簡單。

北宋皇帝就曾下令廢淫祀、滅巫風，一次拆毀神祠寺觀一千多座。供奉「狐仙」的靈應公廟首當其衝。

一旦神權為皇權帶來威脅，皇權從不手軟。農民出身的朱元璋登上大位後立刻下詔破除迷信：「凡師巫假降邪神、書符咒水、扶鸞禱聖，自號端公、太保、師婆，妄稱彌勒佛、白蓮教、明尊教、白雲宗，一應左道亂正之術、佯修善事、煽惑人民，為首者絞，為從者各杖一百，流三千里。」

就在蒲松齡去世半個世紀後的西元1768年，乾隆皇帝曾親自下令嚴查發生在浙江德清縣的「叫魂」事件，在整個帝國掀起一場大規模的清剿

「妖黨」運動,雖一再擴大化也在所不惜。

　　總之,沒有哪個社會制度是「萬惡而無一善」的,也沒有哪個社會體制是「完美而無一缺」的。至於「迷信」,並非哪個社會的專寵,在科學高度發達的工業時代,人們一旦迷信起來,其瘋狂程度絲毫不減當年,包括對於「元首」的迷信、對於「科學」的迷信。

蒲文指要

雍容與孤憤

剛剛跨入 21 世紀的門檻，一部名為《鐵齒銅牙紀曉嵐》的電視連續劇讓紀曉嵐這位去世 200 年的古人成了家喻戶曉的風光人物。

劇中的紀曉嵐剛正無私、機智多謀，最終擊敗了他的政治對手、同為乾隆皇帝重臣的和珅。

人們可能不清楚，在政壇上堪稱翹楚的紀曉嵐，在文壇上卻輸給了鄉間寒士蒲松齡，而且這敗績還是紀曉嵐自找的。

紀曉嵐（西元 1724-1805 年），即紀昀，曉嵐是他的字，獻縣人，在乾隆、嘉慶兩朝歷任左都禦史、禮部尚書、兵部尚書、協辦大學士，最終以太子太保、管國子監事致仕。皇帝出巡，他往往隨侍左右，深得皇帝信任。他不但一度兵權在握，還主持編纂了《四庫全書》79,338 卷 36,000 餘冊，總計八億多字。

就是這樣一位聲名顯赫的「達官貴人」、「文壇泰斗」，一時興起，卻向蒲松齡這位「鄉間小學教師」發出了挑戰。具體說來，紀曉嵐對蒲松齡的《聊齋志異》公開表示不滿，說它體裁駁雜，敘事瑣細，囉哩囉嗦、不倫不類。

更嚴重的分歧還是意識形態，紀曉嵐曾對人說起，他被貶新疆時，大兒子紀汝佶，被文壇上的異端邪說誘導，尤其是「見《聊齋志異》抄本，又誤墮其窠臼，竟沉淪不返，以訖於亡」。聰明伶俐的一個兒子竟被《聊齋》荼毒而死，當爹的如何能夠嚥下這口怨氣！

於是，紀曉嵐親自動手寫了一部題材相近的書《閱微草堂筆記》，與

蒲松齡一決雌雄。

《聊齋志異》問世後，仿作隨即大量湧現，有清一代不計其數，大多達不到及格水準。真正能夠與《聊齋志異》相提並論的，倒還只有紀曉嵐的《閱微草堂筆記》。

就其寫作的內容看，同樣是神仙、狐鬼、精魅，但是兩人的寫作動機不同，繼承的文學傳統不同，文學價值取向不同，最終形成的藝術風格也就不同。

就寫作目的而言，紀曉嵐身在朝綱，身為皇帝近臣，不滿足於僅僅寫小說，他還希望透過小說發揮思想教育作用，有益於道德人心。

就文學傳統而言，《閱微》追隨的是漢晉以來王充《論衡》、應劭《風俗通》、劉義慶《世說新語》的正宗文章寫作傳統，引經據典，偏重論議，文風立法甚嚴。

魯迅先生將《閱微》的風格稱之為：「雍容」。

蒲松齡身在畎畝，身為鄉間塾師，感受的是底層百姓的悲歡離合、酸甜苦辣。他寫《聊齋》，多是為了抒發自己內心的憂鬱與不平、揭示人世間的卑汙與不公，即所謂「新聞總入鬼狐史，鬥酒難消磊塊愁」。

蒲松齡在《自志》中說及他寫作《聊齋》的境況：「子夜熒熒，燈昏欲芯，蕭齋瑟瑟，案冷凝冰」，此時呵開凍墨展卷命筆，其蒼涼的心境與屈原披蘿帶荔湖畔行吟、李賀嘔心瀝血秋墳鬼唱的心境相近，「自鳴天籟，不擇好音」，《聊齋》實乃一部「孤憤」之書。

魯迅喜歡《聊齋》，在《中國小說史略》中指出《聊齋》的文學參照是南北朝的志異志怪與唐宋以來的傳奇故事，並誇獎蒲松齡能使花妖狐魅皆具人情，出於幻域復又頓入人間，變幻之狀如在眼前，讀之令人耳目一新。

蒲文指要

　　魯迅對《閱微》也存有偏愛，評價似乎並不亞於《聊齋》。他說：「紀先生長於文筆，編纂《四庫全書》看到許多別人看不到的祕籍，人又性格開朗，所以寫神寫鬼總能發人間幽微，雋思妙語常常令人會心一笑，行文中夾雜的考據辨析也不乏真知灼見。尤其是他那雍容淡雅的創作風格，後來無人能奪得他的席位。」還特別解釋，《閱微》之所以圈得眾多粉絲，倒不是因為紀先生身居高位。

　　魯迅還為蒲先生擔心，《聊齋》用古典太多，使一般人不容易看下去。自打魯迅對兩書作出上述評價後，時間已經又過去 100 年。

　　蒲松齡的《聊齋》儘管用典太多，為一般人的閱讀增添諸多障礙，但是仍然未能阻擋它強勁風行於世，文字一版再版，名篇選進語文教材；故事一再改編，你也說聊齋，我也說聊齋，以《聊齋》故事為題材的戲曲評話、電影電視、音樂繪畫廣為民眾喜聞樂見。關於《聊齋志異》的學術研究，業已由國內鋪展到海外。

　　回頭再看紀曉嵐的《閱微草堂筆記》，雖不至於無人問津，也已經「門前冷落車馬稀」。如若比作「對臺戲」，觀眾幾乎全跑到《聊齋》這邊。

　　官居一品的內閣大學士、《四庫全書》的總編纂，在這場文壇擂臺賽中竟輸給了一位屢試屢敗的落魄秀才、一位鄉村小學的教書先生。

　　簡單一點說，這場文學的較量，是「雍容」敗給了「孤憤」。

　　雍容，基本釋義為儀態溫和舒緩，行為莊重典雅。「雍容」下面常常承接的詞是「華貴」。雍容華貴，紀曉嵐顯然當之無愧。紀曉嵐在自序中說到自己寫作此書緣由，乃退休後「是以退食之餘，唯耽懷典籍，老而懶於考索，乃採掇異聞，時作筆記，以寄所欲言」，雖然是自謙之語，倒也道出富貴閒人的心態。以閒人心態寫狐、寫鬼，自有閒人的趣味。

《閱微》中寫狐——狐妖魅惑一位村中少女,每夜同寢,笑語歡聲如伉儷。狐妖每每相贈以錢米布帛、衾枕被褥、釵環首飾,少女則快活健康如常人。日久,狐妖對少女的父親說:「我要走了,從此不再來,你趕快替你的女兒嫁個好人家,我送她的禮物也足以做嫁妝了。」臨別又說:「你不要擔心,我並沒有怎麼著你的女兒。」父親請鄰居家大娘檢驗,女兒果然還是處女身!

這比起《聊齋》中那些淒厲悲慘、要死要活的人狐之戀,果然「溫和舒緩」。

《閱微》中寫鬼,如吊死鬼——驕悍的惡婆婆將兒媳逼得上吊自殺,後來其老公納一妾,竟然比她更加驕悍。惡婆婆被逼無奈拿了根繩子要上吊,這時卻看到兒媳的鬼魂披髮吐舌迎面撲來,頓時嚇得暈了過去,因此逃過一死。夜間,她夢見兒媳前來對她說:「你死了我就有了替身再次托生,但世間哪有兒媳記恨婆婆的道理,所以我拒絕了你。」又說:「陰間沉淪,悽苦萬狀,婆婆你可不要尋此短見啊!」婆婆感動得無地自容,醒來之後花巨資請高僧為兒媳做道場超度亡靈。

這比起《聊齋》中寫的嫉惡如仇的「千秋雄鬼」,要「溫良恭讓」多了。孤憤,從字面上就可以看出,那是孤獨與憤慨。「孤」乃獨立於世不為世間所容;「憤」乃憤世嫉俗拒絕同流合汙。屈原的「舉世皆濁我獨清,眾人皆醉我獨醒」,李白的「人生在世不稱意,明朝散髮弄扁舟」,皆屬孤憤之語。

屈原、李白都是人生坎坷、心路崎嶇的詩人,「不平則鳴」,他們那些傳世的詩篇,往往都是他們滿腹牢騷、一肚子憤懣的宣洩與昇華。

司馬遷說過:「文王被拘而演《周易》;孔子困厄而著《春秋》;屈原放

逐乃賦《離騷》；左丘失明撰《國語》；韓非坐牢之後寫下《孤憤》；《詩》三百篇，多是先人發憤之作。」

這在西方，叫做「憤怒出詩人」。

蒲松齡生平遭遇的不公與磨難，尤其是心靈上的磨難，超出常人。戰爭的慘烈、科場的黑暗、官場的貪腐、胥吏的暴虐、世道的沉淪、自己的懷才不遇、家庭的貧困無依，事事擁堵在心。樹欲靜而風不止，蒲松齡在《聊齋》中寫下的文字是欲罷不能、不能不說的情愫與心跡。字字看來皆是血，十年辛苦不尋常，這與曹雪芹寫作《紅樓夢》的心境多有相似。

雍容，是用墨寫下的書；孤憤，則是用血寫下的書。

就《詩經》而言，〈國風〉不如〈雅〉、〈頌〉雍容，文學的品級卻高於〈雅〉、〈頌〉。

唐代、宋代，皇權還要受到閣僚與士人的約束，即使貴為皇帝也不能為所欲為。明清以來，皇帝的權力無限擴張，皇帝的思想無上聖明，皇帝的話成了金口玉言，各級官僚只能唯唯諾諾、絕對服從。紀曉嵐雖然位極人臣，但是在乾隆皇帝面前終歸不過是一個「奴才」，思想上的自由度真還不如一位鄉野書生。

明清以來，統治者的文化專制日益強橫，言論管控變本加厲，乾隆皇帝在歷史上第一次把「思想犯罪」引入法律懲治的範圍之內，逆違者不但引來殺身之禍，甚至殃及親友家族。紀曉嵐主持編纂《四庫全書》不得不時時揣摩「聖意」做出刪減。如今學界公認，全書不全，這部所謂集中國典籍之大成的叢書，也成為了一部閹割中國古典文化的集大成之作。儘管如此，在《四庫全書》的編纂過程中，仍然發生 50 多起「文字獄」，許多參編者被捕、被罰未能善終。

在中國歷代官宦隊伍中，紀曉嵐並不是壞人。他在如此凶險的政治環境之中能夠全身而退，是因為思想上已經「自我閹割」，成為一位「精神上的太監」。

蒲松齡自然也不能生活在世外桃源，也會受到文字獄的威脅。好在他一生蝸居淄川小縣，別人是樹大招風，而他只是匍匐在西鋪村石隱園裡的一棵小草。辛辛苦苦寫下的一部《聊齋志異》，雖然曾在民間流傳，卻由於位卑人微一直無力刊印。他去世後，他的孫子蒲立德捧著手稿四處求人仍未能如願出版。直到50年後孫子也已死去，《聊齋志異》才在一位同鄉，時任嚴州知府的趙起杲的主持下正式刻行出版，即為人稱頌的「青柯亭本」。

官至「正廳級」的趙知府深知因言獲罪的厲害，「青柯亭本」的《聊齋志異》已經將一些可能犯忌的文字悄悄刪去。或許正因為如此，滿是異議與激憤的《聊齋》才逃脫了文字獄的劫數。

在由紀曉嵐主動挑起的這場「文學競爭」中，蒲松齡獲得優勝。但這並不是說《閱微草堂筆記》就全無是處，也不能說「雍容」寫不出好文章。白居易詩「小宴追涼散，平橋步月回。笙歌歸院落，燈火下樓臺」，寫的正是官宦人家的雍容華貴。

唐代司空圖將詩風分為二十四品，文學的領域在天地之間，擁有無限的多樣性，無限的包容性。論其高下，終究還在於有無真情的流露，有無本真人性的呈現。

「三千雙蛾獻歌笑，撾鍾考鼓宮殿傾，萬姓聚舞歌太平」，即使所謂「頌聖詩」，也不必一概排斥，如果歌頌的對象的確聖明，頌一頌倒也無妨，只是不要把「聖明」當作馬屁來拍。

蒲文指要

文言與俚語

　　明代學者兼作家馮夢龍提出中國文學四大奇書的說法：《三國演義》、《水滸傳》、《西遊記》、《金瓶梅》；那時《聊齋志異》尚未問世，自然不會在列。後來有了《聊齋志異》，接著又有了《紅樓夢》，《金瓶梅》因為談性事太露骨，被剔除出去，遞補的是《紅樓夢》。

　　當代中國以「四大名著」的說法代替了「四大奇書」：《三國演義》、《水滸傳》、《西遊記》、《紅樓夢》，仍然沒有《聊齋志異》。

　　如果擴大為「五大名著」呢？《金瓶梅》具備了長年的聲望，《聊齋志異》恐怕仍然會被擠下來。

　　沒有明確的標準，只有潛在的共識。《聊齋志異》落榜的原因有三：文言敘事、短篇題材、文體駁雜。而其他四部都是白話文、單一的長篇小說。

　　世界文壇上以短篇奪冠的小說家很多，如安東・契訶夫（Anton Chekhov）、居伊・德・莫泊桑（Guy de Maupassant）、歐・亨利（O. Henry）、史蒂芬・褚威格（Stefan Zweig）、伊塔羅・卡爾維諾（Italo Calvino）、伊凡・蒲寧（Ivan Bunin）等，還有中國的魯迅，從來沒有寫過長篇。

　　其中不乏諾貝爾文學獎得主。為什麼《聊齋志異》的「短」就成了「短處」？至於「文體駁雜」是說《聊齋志異》中有的篇章是小說，有的卻像散文、特寫、劄記、時聞、談片、寓言。人們對魯迅的小說也曾有過類似的非議，《鴨的喜劇》與《故事新編》寫法截然不同，《一件小事》與《阿Q正傳》相比簡直就不是小說，〈社戲〉、〈故鄉〉這些收在小說集裡的名篇則更

146

像是散文。以現在的說法這叫做「跨文體寫作」，是引領潮流的。

其他不再說了，這裡著重探討一下《聊齋志異》中的語言問題。蒲松齡寫《聊齋》為什麼要用文言？

一是由於寫作的根基。

《水滸傳》、《三國演義》、《西遊記》用的是宋、元以來的白話，這是因為他們成書前就已經以話本、評書、雜劇、民間傳說的方式廣為流行，而這些都是以那個時代的白話作為載體的。施耐庵、羅貫中、吳承恩只不過是在這個根基上蓋房子。

蒲松齡寫作《聊齋志異》的楷模則是《山海經》、魏晉時期的志怪、唐宋時期的傳奇，甚至包括屈原的《楚辭》、司馬遷的《史記》、李賀的詩歌，這些均是文言寫作，《聊齋志異》是從這樣的土壤裡長出來的莊稼，有著類似的基因。

至於曹雪芹寫《紅樓夢》為什麼不用文言而採用白話，那是因為《紅樓夢》是長篇小說，用文言寫長篇小說，在曹雪芹之前並無先例，在他之後，似乎也無後例。

文言寫小說，或許只適合寫短篇。

二是對文言的偏愛。

蒲松齡不是沒有白話寫作的能力；不但白話，甚至比白話更「低」一檔、更通俗、更大眾化的俚語村言，他都可以得心應手、爐火純青。

五四運動時期的白話文運動，打著科學、民主的旗號將文言踩在地下，將白話抬到天上，是不公平的。歷史上作為書面語言的文言，與作為口頭語言的白話，各有優缺。

蒲文指要

　　語文學家曾列舉出文言的諸多好處，其中最重要的兩點：（一）從殷墟甲骨到《老子》、《論語》，到《二十五史》、《文獻通考》、《永樂大典》、《四庫全書》，中華民族的文化累積、精神遺存絕大部分是由文言記錄儲存下來的。（二）正因為文言中凝聚了民族文化歷史中的精華，所以它的表達能力、表現手法異常豐富，那些深遠、微妙、可意會不可言傳的東西都可在文言的使用中得以精練、貼切、豐蘊的表達。「身無綵鳳雙飛翼，心有靈犀一點通」，心裡有、眼裡有、口裡沒有的東西，都可以透過詩性化的文言表達出來。

　　以蒲松齡的〈楊千總〉為例：

　　畢民部公即家起備兵洮岷時，有千總楊化麟來迎。冠蓋在途，偶見一人遺便路側，楊關弓欲射之，公急呵止。楊曰：「此奴無禮，合小怖之。」乃遙呼曰：「遺屙者！奉贈一股會稽藤簪綰髻子。」即飛矢去，正中其髻。其人急奔，便液汙地。

　　這應該是蒲松齡從館東畢家人聽到的一個真實故事，全篇總共 86 個字，卻一波三折，畢尚書的寬厚、楊千總的英武、遺便者的狼狽已活靈活現。

　　翻譯成白話：「戶部尚書畢自嚴到陝西洮岷地區就任兵備道，千總楊化麟前來迎接。儀仗隊行進途中，忽然發現有一個人蹲在路旁拉大便。楊千總張弓搭箭就要射他，畢尚書急忙吆喝制止，不許他孟浪。楊千總說：『這個奴才太無禮了，應該嚇唬嚇唬他。』於是，楊千總就遠遠地喊道：『哎！拉屎的！贈送給你一根紹興竹籐做的簪子，用來綰髮髻吧。』隨即射出一箭，這支箭恰恰射進那個人的髮髻裡。於是，這人嚇得急忙站起來逃跑，屎尿撒了一地。」字數多出了一倍，在語速、語勢上仍不及文言抑揚

頓挫、生動傳神。

按照語文學家的說法，文言文的缺點顯然在於難懂、不易普及；文言脫離口語，自成一套，要讀懂文言文須經過一定的專業訓練。

造成難讀難懂的一大障礙就是「用典」，即引經據典，引用歷史上的知識與故事來印證、說明要表達的意思。「用典」的好處是擴充了文章的容量，增添了許多「附加值」；壞處是讀者如果對這些典故不熟悉，這些典故就會變成一道道障礙，讓閱讀難以繼續下去，一般讀者也就放棄閱讀，文章再好，對於這些讀者就等於白寫了！

《聊齋志異》的「弊端」恰恰在於用典太多，一篇〈馬介甫〉用典竟多達70多處。

比如「季常之懼」，典故出自宋代學者洪邁《容齋三筆》，一位名叫陳季常的居士喜歡和歌姬舞姬們黏在一起，太太柳氏不高興，時常大吵大鬧，作「獅子吼」，把陳季常嚇得站立不穩，手杖都掉落在地上。「季常之懼」的意思，說白了就是「怕老婆」。知道這個典故的人讀了會心一笑，不知道的讀者一頭霧水。70個典故，就是70個溝坎，對於一般讀者來說還怎麼能夠讀得下去。

說來也怪，《聊齋志異》的文字儘管如此「艱澀難讀」，卻仍然未能阻擋它廣為傳播，其中的許多篇章竟然達到婦孺皆知的地步，這又是為什麼？

同是志異、傳奇，如幹寶的《搜神記》、段成式的《酉陽雜俎》、牛僧孺的《玄怪錄》、陳翰的《異聞集》、徐鉉的《稽神錄》、紀昀的《閱微草堂筆記》，在讀者的擁有量上全都不及蒲松齡的《聊齋志異》。

若論作者身分，上述諸公全是權貴，唯獨蒲松齡乃一介鄉先生。

上述達官貴人志怪、志異、搜神、獵豔，多是酒足飯飽後的閒情逸

蒲文指要

致，同時還要顧及「政治正確」。異則異矣，怪則怪矣，到此為止。

鄉先生蒲松齡寫作《聊齋志異》則是為萬物代言，抒內心塊壘，五百篇盡寫鄉土市井，遣春溫於筆端，藏仁心於字裡。用文言文寫作的《聊齋志異》在傳播學中取得的勝利，是由於其情感內涵對於話語形式的突破。

劉勰在《文心雕龍》的〈情采〉篇中曾經講到「情感」與「言辭」的關係：

「夫鉛黛所以飾容，而盼倩生於淑姿；文采所以飾言，而辯麗本於情性。故情者文之經，辭者理之緯；經正而後緯成，理定而後辭暢：此立文之本源也。

……

夫桃李不言而成蹊，有實存也；男子樹蘭而不芳，無其情也。夫以草木之微，依情待實；況乎文章，述志為本。」

劉勰的這段話也是「文言」，但是不難讀懂，對於文學創作來說，「立文之本」是作者的真情實感，作品能否廣為傳播、流芳百世，也是要看作者有沒有豐盈的情懷、真實的感受、深刻的體驗。

《聊齋志異》就是蒲松齡滿懷激情培育的一株蘭花，所以它流芳百世；《聊齋志異》就是蒲松齡用一生心血澆灌出來的碩果纍纍的桃李之林，總能引來無數渴慕者。

當然，大眾讀懂《聊齋》畢竟還是要靠白話翻譯，白話翻譯的功勞不能否定。有學者說讀《聊齋》的白話翻譯，永遠也無法接近蒲松齡，未免過於偏執了。70年前，我就是透過一冊連環畫走進蒲松齡的。

需要指出的是，《聊齋志異》之外，蒲松齡一生還寫了不少並非「本於情性」、「生於淑姿」的應酬文章，如婚啟、嫁帖、壽辭、祭文，蒲松齡自己反省說，這都是「無端而代他人歌哭」。他在《戒應酬文》中寫道，自己

家中實在太貧困了，別人家大吃大喝，自己家連饅頭也吃不飽；別人家冬天穿皮袍子，自己家連棉絮也供應不足；春天到了，典當了衣物買紙筆，用不了幾天就完了。儘管如此，他說以後堅決再也不去寫這些無聊文字了！此時「彎月已西，嚴寒侵燭，霜氣入帷，瘦肌起粟，枵腹鳴飢」，又有人敲門請他寫應酬文章，本想拒絕，看到來人手裡拎著一盒點心一瓶酒，他實在抵擋不住飢腸轆轆，就又接下這檔子工作。心裡還說，僅此一次，以後再戒吧！看了這段令人心酸的陳述，你還會指責蒲松齡嗎？

讓人欣喜的是，這篇《戒應酬文》，卻不是一篇應酬文字，而是一篇情真意切、文采燦然的文言文！

《聊齋志異》問世後，很快在讀書人中流傳開來，獲得高度好評。到了後期，蒲松齡為了讓一般老百姓也能夠欣賞到他的作品，便自己動手創作許多「俚曲」。所謂「俚曲」，是以明清俗曲作曲牌，以方言土語、俗話謠諺為載體，用曲牌聯套為結構形式，編織成了包含小曲、說唱、表演等多種藝術形式在內的藝術綜合體。蒲松齡不但著手將《聊齋》中的一些精采篇章改寫成俚曲，如將〈仇大娘〉、〈張誠〉、〈珊瑚〉、〈商三官〉、〈席方平〉、〈江城〉、〈張鴻漸〉等篇章中的故事改寫為〈翻魘殃〉、〈慈悲曲〉、〈姑婦曲〉、〈寒森曲〉、〈禳妒咒〉、〈磨難曲〉。同時還創作了《牆頭記》、《姊妹易嫁》、《王六郎》等俚曲戲文。

胡適先生鼓吹新文化運動，抵制文言，倡導白話，自己的白話詩創作並不是很成功，常被人取笑。而蒲松齡不但文言好，白話文寫作也是上乘，他用白話創作的俚曲，甚至比白話還要通俗、還要鄉土，同時也更加傳神！

例如，聊齋俚曲《蓬萊宴》中寫海水乾、龍宮現的一曲：

蒲文指要

常言道，

河無頭海無邊，有朝一日自家乾，

八千年才見它乾一遍。

龍宮海藏露著脊，老鴰落在獸頭邊，燕子頭上去媸蛋。人世間真有奇事，東洋海變作桑田。

再舉一段更有「淄川風味」的：

清晨起來天也這麼烏，兩眼還是眵目糊。

孩子雛，

一生營生做不熟，新學著繫帶子，兩頓打得會穿褲。

一天吃了兩碗冷糊突，沒人問聲夠了沒，

數應該來，來應該數！

淄川一代的百姓熱愛蒲松齡，喜歡聊齋俚曲，把鄉先生蒲松齡視為自己的親友、芳鄰。蒲翁去世後，關於他的軼事、傳說層出不絕，差不多又可以寫下半本《聊齋》了！有一則故事是這樣描述的：

「畢府老東家宴請朋友，邀蒲松齡作陪。一位來賓看蒲松齡衣著寒磣，便有意作詩嘲諷：『三字同旁綾緞紗，三字同頭官宦家。身穿綾緞紗，都是官宦家。』還指名蒲松齡對照唱和。蒲松齡張口回應道：『三字同旁稻秫稷，三字同頭屎尿屁。吃了稻秫稷，放出屎尿屁。』」

蒲翁故意以俚語對付矯飾，且對仗工整，聲韻鏗鏘，足以見出蒲翁懷璞抱拙、吐納珠玉的品德與才華。

這個故事幾乎可以肯定是「瞎編」的，但百姓對於蒲松齡的愛戴與崇敬卻是真實的，也是真切的。這也再度證明，百姓大眾與我們這位曠世大作家是心心相繫、情情相依的。

聊齋歌

聊齋歌，說的是 1987 年推出的大型古裝電視連續劇《聊齋》的主題曲〈說聊齋〉。這一切都是為了更貼近蒲松齡的情思、《聊齋志異》的格調。

電視劇尚未播送完，這首聊齋歌便不脛而走，「你也說聊齋，我也說聊齋，喜怒哀樂一起那個都到那心頭來」，一時間響遍大街小巷。

其中一句：「牛鬼蛇神它倒比正人君子更可愛」，頓時起到振聾發聵的效應。

「鬼也不是那鬼，怪也不是那怪」，《聊齋》中的牛鬼蛇神是什麼呢？以往許多評論得出的結論是，蒲松齡筆下的鬼怪狐妖並非鬼怪狐妖，而是別有寓意，即「假鬼狐以託孤憤」，目的在於抒發蒲松齡自己的思想與感情。

這樣的說法值得進一步推敲。

說《聊齋志異》中的「牛鬼蛇神」別有寓意，此言不差。但要說蒲翁寫鬼、寫狐僅僅是「借他人之酒杯，澆胸中之塊壘」，是借來的「工具」，與鬼狐無關，我很難苟同。

蒲翁自己是相信鬼神存在的。《聊齋》中的鬼既是蒲翁用筆墨寫下的鬼是他心中的鬼，恐怕也是當時的人們認可的鬼。在〈王六郎〉的原型故事中，水鬼不願「殘二命」，以一婦一嬰兩人的性命，換取自己的投生，實在擁有一顆「仁人之心，可以通上帝」。這就是說生而為人，死而為鬼，人與鬼之間並沒有本質的區別。世間有好人壞人，陰間也有善鬼惡鬼，在一部《聊齋志異》中表現得再清楚不過。

〈宋定伯捉鬼選〉自幹寶《搜神記》：一個叫做宋定伯的人趕夜路遇見了

蒲文指要

一個鬼，他謊稱自己也是鬼，得到鬼的信任。兩人商定輪換揹著走，鬼嫌他身體太重，他騙鬼說自己是新鬼。接著他又套出這個鬼的內心祕密——最害怕人唾他。於是宋定伯就對著這位鬼「呸呸呸」猛唾起來，這位「倒楣鬼」就變成了一隻羊。天亮了，宋定伯把羊牽到集市上賣了一千五百塊錢。

在這個故事中，鬼把宋這個人老老實實地當作朋友；而宋卻背信棄義、唯利是圖將鬼置於死地。論者認為：這個人心底的險惡已經超過了鬼！

我小的時候，我們那條小街上也有幾個壞人，即所謂的「光棍」、「混混」，小偷小摸、坑蒙拐騙。但街裡人都知道這是幾個壞傢夥，他們的額頭上就像被大家貼了標籤。善良的百姓躲著點，不招惹他們就是了。

隨著網路的普及，人們能夠「隱身」做許多事情，人性之惡得以惡性膨脹，網路便成了一些壞人、惡人大行其事的空間。一些被稱為「殺豬盤」的網站，專門以交友戀愛的名目詐欺中年女性，騙色又騙財，手段卑劣狠毒，還自鳴得意地把這些受害的女性稱作「豬」，自詡為「殺豬高手」。

這些網路騙子比起以往的小偷、扒手不知壞上多少倍，這也不是傳統社會裡的惡鬼所能效仿的！

《聊齋志異》中寫鬼怪如此，寫花妖狐魅呢？

回答這個問題，還是魯迅先生高人一籌：「《聊齋志異》使花妖狐魅多具人情、和易可親，讓人一時忘記牠們本是異類，但牠們偶爾又會閃現出朦朧的原形，這才知道牠們原本並不是人類。」

這等於說《聊齋志異》中的鬼怪狐魅，既是鬼，又非鬼，終究還是鬼；既是狐，又非狐，終究還是狐。此話說得有些拗口，但這也正是蒲松齡的高妙之處。

《水滸傳》裡嘯聚山林的英雄好漢多以野獸猛禽為綽號，如豹子頭、

撲天雕、青面獸、插翅虎、白花蛇、雙尾蠍、通臂猿、浪裡白條；也不乏以傳說中的鬼神為綽號，如赤髮鬼、操刀鬼、活閻羅、喪門神、母夜叉、混世魔王、八臂哪吒、催命判官等。這些只是綽號而已，人還是人。

《西遊記》中許多鬼怪妖精也多是自然界裡的獅子、老虎、蜘蛛、老鼠，但妖精就是妖精，只不過作者讓他們披了一張野獸的皮。作者對於這些妖精毫不留情，一棍子打下去，打它個稀巴爛。

蒲翁推崇的《搜神記》中，同樣寫了不少動物妖精的故事。作者幹寶是東晉皇朝的御用史官，善於站在第三者的立場上記事，人妖之間勢不兩立，在他記述的故事中，那些「牛鬼蛇神」多是禍害人類的「匪類」，註定要被人們撲殺消滅。

如，南陽一位叫宋大賢的書生夜晚在郊外一座亭子裡彈琴，一個鬼過來戲弄他，還要和他掰手腕，他就乘機把這鬼給殺了。天亮後發現是一隻老狐狸。

句容縣村民見一位婦人天天從他的田頭路過，問她是哪裡人也不回答，因此懷疑她是異類，便用鐮刀砍殺了她，發現她果然是一隻狸，即野貓精。

晉惠帝時的大臣張華與一位年輕英俊的白麵書生談論學問，未能占上風，便懷疑「天下豈有如此少年！若非鬼魅，則是狐狸」。張華逼少年現出原形，果然是一隻花面狐狸，於是張華便在開水鍋裡烹煮了牠。

《聊齋志異》中非人非狐，亦人亦狐，非虛非實，亦真亦幻，文學境界之高妙非言語可以道斷。蒲翁自謂：「才非幹寶，雅愛搜神」，豈不知他的文學成就已經超出了前人幹寶。

《聊齋》中人妖之間、人類與非人類物種之間並沒有如此截然的界限，

蒲文指要

蒲翁對待人類之外的物種不但沒有強烈的敵對意識、「你死我活」的精神，反而一視同仁，友善對待。

英國歷史學家阿諾德‧約瑟‧湯恩比（Arnold J. Toynbee）在總結工業革命時代的教訓時指出：「在一個文明世界中，人類之愛應該擴展到生物圈裡的一切成員，包括有生命物與無生命物」。

《聊齋》中的花妖、狐鬼、木魅與人類同處於一個地球生物圈、生命共同體中，「鬼也不是那鬼，怪也不是那怪」，這才有了「幾分莊嚴、幾分詼諧、幾分玩笑、幾分那個感慨」，有了共同的歡樂與悲哀。

這並非說 300 年前的蒲松齡就已經擁有了「後現代」的生態理念，而是說在蒲松齡這位詩人、文學家的內心仍然還遺存著「太古之時，禽獸則與人同處，與人並行」的原始記憶，這是一種集體無意識，是他創作《聊齋志異》的潛意識，也許連他自己都意識不到呢。而基於潛意識塑造出的那些花妖狐鬼的形象要比理性化的、技巧化的比擬、借用豐富得多，生動得多。

這也可以解釋為蒲翁「不失初心」。「初心」即「本心」、「赤子之心」。

蒲翁在《聊齋》中之所以能夠以親切、同情的態度對待自然界中的其他物種，應是出於他「物與民胞、天人與共」的本性。

與自然萬物相融相通、交流感應本是人類的原始思維方式，這是任何一個「自然人」都曾擁有的天賦。

《湖濱散記》（Walden）的作者梭羅就擁有這種與動植物親密相處的天賦。

他說他喜歡一個人在樹林中散步，會對時時遇到的野蘋果、野漿果、野草、野花、野雞、野鴨、野貓、野麝鼠產生濃厚的興趣。他曾經講述過他如何小心翼翼地跟蹤一隻狐狸，憑著氣味在大雪覆蓋的山坡上與狐狸捉

迷藏；他描述過海龜與噘嘴魚打架的情境；他目睹過燕子如何救護受傷的同伴；他還幫助過迷路的小貓、走失的小豬，他可以與土撥鼠交談，可以與小鳥共餐……

如果你懷疑這些是一位會寫書的人的杜撰，那我可以舉出我外婆的例子。

外婆不識字，是光緒十二年（西元1886年）出生的人，我記事時她已經是一位白髮蒼蒼的老人，她離不開土地，不習慣城市生活，一輩子住在鄉下一座茅屋裡。許多年前我曾在一篇文章裡記述過外婆的生存環境——

在這所陳舊的茅屋裡，外婆常年獨居，看上去似乎很孤獨。其實，茅屋裡的生靈並不止外婆一個。茅屋年數久了，在土坯與茅草的縫隙中漸漸聚集許多生命，屋樑上爬著壁虎，總喜歡對外婆瞪著一雙小小的圓眼睛；灶臺裡藏著蟋蟀，有時候大白天也會情不自禁地唱上一段小曲兒；牆縫裡隱居著土鱉和蠍子，床底下還發現過一條小青蛇蛻下的乾皮，這些都不曾對外婆造成過任何傷害，偶爾相遇，這些相貌醜陋的小生靈也總是對老主人表現出幾分歉意和敬意。

此外，外婆的茅屋裡還居住著另外一些精靈，外間屋貼著後牆用一塊長木板架起的「條案」上，供奉著「灶爺」、「灶奶」的木版畫像，供奉著祖宗的神位，供奉著救苦救難的觀音菩薩。屋子一角的木桶上還供奉著一位被稱為「大仙爺」的家神。外婆說，「大仙爺」曾經多次對她顯靈，有一天半夜，灶膛裡早已熄滅的火又呼呼燃了起來，風箱被拉得「呱呱嗒嗒」響。還有一次，半夜裡她摸枴棍下床時，枴棍卻被人拉著像拔河一樣扯來扯去，外婆說那是「大仙爺」和她鬧著玩呢。外婆不懂科學，她的茅屋裡有自己的精神世界、神靈的世界。

至於茅屋外面，更是一個生機盎然的天地。

黃河水退去後，外婆在屋前屋後栽了七八棵棗樹，如今都已長到手腕

蒲文指要

粗細，整個院子被遮在棗樹的綠蔭下，秋天的時候纍纍紅棗壓彎了樹枝，這時候黑尾巴的花喜鵲便成群飛來啄食，外婆並不認真驅趕，只是扯下頭上的土布手巾向空中揮上幾下，吆喝幾聲。外婆孤身一人已無力建起院牆，只在院子的四周種了些茴香和花椒樹，不但起到了籬笆的作用，而且這類芳香型植物還可以驅除蚊蟲。院子裡蚊蠅很少，蜜蜂、蝴蝶很多。茅屋外面的窗臺下有一個雞窩，一隻紅冠子大公雞領著一群母雞，每天到村頭樹林中自己覓食，倒也省心。唯一使外婆擔憂的是趙家墳地那隻白耳朵梢的黃鼠狼曾到院子裡窺測過幾次。為了對付這個白耳朵梢的壞傢夥，外婆又養了兩隻虎頭大白鵝。在外婆屋前南邊有一方不到半畝的池塘，水草豐盛，白鵝容易養活。院子裡自從有了這兩位虎視眈眈的忠誠衛士，一年四季都呈現出一片平和景象。

　　外婆居住環境的「生物量」比起我現在居住的公寓，不知要多出多少倍！在農業時代，人與大自然中的其他生靈總是有著更多的接觸與交往。

　　今天，我們已經難以看到 300 年前蒲松齡的具體的生存細節，但有兩點我可以肯定，其一，他像梭羅一樣，經常在曠野裡散步。理由是他坐館的西鋪村距離他家 60 多裡地，30 年的兩地分居，要往返幾回呢？這 60 多裡山重水複、林木蓊然、狐兔出沒的鄉野之路，即使不是徒步，也不外乎牛車、馬車、騎驢、跨騾，與自然的親近程度不亞於梭羅。

　　其二，蒲氏家族分家後，松齡一家分得村外農場破舊的老屋三間，用蒲松齡自己的話說：「曠無四壁，小樹叢叢。蓬蒿滿之」、「一庭中觸雨瀟瀟，遇風喁喁，遭雷霆震震謖謖，狼夜入則塒雞驚鳴，圈豕駭竄」。如此的生存環境，實在令人同情，但比起我那外婆的茅屋不是更貼近自然了嗎？

　　作為工業社會指導思想的啟蒙理念製造了人與自然、人類與其他物種

的疏離與對立,歷史學家湯恩比指出:人類出現以來,隨著其能力的增強就一直在侵襲地球生物圈中的其他生物,但是人類成為生物圈的主宰,是從工業革命之後開始的。在蒲松齡去世後不到300年的時間裡,人類為了自己一己的利益幾乎將地球上的其他物種掃蕩淨盡,從大象、獅子、老虎到蝴蝶、蜻蜓、螞蟻!

正如世界環保運動的開創者瑞秋‧卡森(Rachel Carson)[39]所慨嘆的:「原本鳥語花香的春天,如今也變得死一般寂靜!」

人對其他物種的傷害也透射到人類之間。湯恩比說:「整個20世紀的100年,成了人類自相殘殺的時代!」

幸好,人們已經開始覺醒,2021年,聯合國《生物多樣性公約》[40]締約方第十五次會議召開。196個締約方的國家與地區一致認為,必須深刻反思人與自然的關係,沒有生物多樣性,就沒有人類的未來,實現「人與自然和諧共生」是全人類的美好願景。

---

[39] 蕾切爾‧卡遜(Rachel Carson,西元1907-1964年)),美國海洋生物學家、科普作家、新聞記者,馬裡蘭大學教授。她的《寂靜的春天》一書引發了公眾對環境問題的關注,被認為是環境保護主義的奠基石,從而促使聯合國「人類環境大會」的召開、《人類環境宣言》的簽署。

[40] 《生物多樣性公約》(*Conventionon Biological Diversity*)是一項保護地球生物資源的國際性公約,於1992年6月1日由聯合國環境規劃署發起的政府間談判委員會通過。這是一項有法律約束力的公約,旨在保護瀕臨滅絕的植物和動物,最大限度地保護地球上的多種多樣的生物資源,以造福於當代和子孫後代。

蒲文指要

大荒堂主

「大荒堂」是路大荒先生的堂號，路大荒是大荒堂的堂主。

「大荒堂」，竟使我聯想起「大荒唐」，曹雪芹《紅樓夢》的自題絕句：「滿紙荒唐言，一把辛酸淚！」

路大荒（西元 1895-1972 年），原名路鴻藻，字笠生，號大荒，以研究蒲松齡為終生志業，孜孜不倦收集蒲松齡的生平事蹟、手稿舊著、遺文遺物，考證真偽，集腋成裘，歷盡千難萬險，終於成為研究蒲松齡及《聊齋志異》的傑出學者，被譽為蒲松齡無可置疑的當代知音。可以說，最初將蒲松齡這個曠世文人以真實、具體、有機、豐滿的形象展現給當代世界的，是路大荒。

我這本小書的寫作，憑依的基本框架是路大荒先生的研究成果。飲水思源，這裡無論如何不能不說一說大荒堂主路大荒。

路大荒是蒲松齡的「同邑人」，他出生在淄川縣北關菜園莊，距離城東滿井莊的蒲家不過八裡地。他的啟蒙老師是蒲氏家族的後裔蒲國政先生。

路大荒與蒲松齡生活在同一藍天下、同一土地上，蒲家莊與菜園莊同在般陽河畔，村民們世代聯姻，青林狐變，秋墳鬼唱，《聊齋志異》中的齊魯人文傳統同樣培育了路大荒的人格與精神。

蒲松齡出生於明清易代的社會大動盪時期，路大荒出生在清王朝與中華民國鼎革的時代變遷之際，蒲生「清之頭」，路生「清之尾」，雖然相隔 200 多年，也算是曾經「共飲清之水」！

路大荒與蒲松齡一樣自幼生活在農村，他們的家庭不屬於達官貴人，

也不是辛勞於田畝間的農夫,而屬於經濟能夠自立的鄉村文化人。路大荒的曾祖父夢園先生是一位篤學之士,藏書頗豐。他上懂天文,下知地理,熟悉歷朝典故;曾祖父與祖父都是當地著名的畫家。路大荒的父親也是一位類似於蒲松齡的「鄉先生」,除了教書課徒,終日以蒔花種竹、品酒吟詩為樂。

路大荒青年時代也曾在淄川縣教小學,也算是一位民國初年的「鄉先生」。

更由於啟蒙老師蒲國政的這層關係,使他自幼便對「蒲聊齋」的逸聞軼事耳濡目染,滋生出諸多興趣,將人生道路導向「蒲聊齋」的探索與研究。

概而言之,路大荒對於「蒲聊齋」的研究與發揚做出了三大貢獻。如影相隨的則是其人生遭際的三大劫數。

先說三大貢獻。

其一,編撰《蒲松齡年譜》。

蒲松齡享年76歲,在他離世200年後,路大荒要將其逐年、逐月的行跡、作為、著述、交際、家庭變化、個人悲歡以及社會背景的更迭一一用最簡潔、最明晰、最貼切的文字表現出來,幾乎每一個字都要多方考據,悉心求證,反覆查核,再三訂補。

這篇《蒲松齡年譜》,初稿於1931年,定稿於1935年,正式發表於1936年,1957年修訂增補,1962年再次出版發行。區區三萬多字的文章竟寫了三十餘年!

大荒先生自謂,編撰蒲松齡的年譜,不是如牛負重,而是「如蚊負山」。還說,素材自信真實,但是由於自己的學養有限,如同「村嫗」下廚,

> 蒲文指要

險些把些「山珍海錯」做成了農家飯。

大荒先生對自己或許有更高的要求。在我看來，鑒於大荒先生當年治學條件的困難，某些考據論斷或有不足，隨著新的資料的發現，將不斷彌補這部年譜的某些欠缺。但是大荒先生畢竟為蒲學研究鋪設了一個堅實的基礎，作為後來者，我對大荒先生充滿感激之情。

這幾年，路大荒的這本《蒲松齡年譜》始終在我的案頭枕邊，成了我探索「蒲聊齋」這座崇山峻嶺的路標與嚮導。

其二，編纂《蒲松齡集》。

大荒先生青年時代便著手收集蒲松齡文章詩詞的舊刻本與散落民間的各類著述。1936年，他將收集的首批成果交付書局出版，書局為了獲利，竟然夾帶許多「私貨」急促出版上市，這讓他很是生氣。

鄉先生蒲松齡少有文名、終生筆耕不輟；身居鄉裡，關注世情民瘼；人緣極好，有求者必有所應，加之長壽，一生著述極多且門類繁雜。更要命的是這些著述在他生前全部沒有刊刻行世，此後佚文大多為親族後裔收藏，為古董商人囤積。為了搜求這些佚文，大荒先生常年輾轉於各大城市。他財力有限，一部分靠節衣縮食購買下來，更多的時候是借出來親手轉錄，青燈黃卷，簡直就是一位書山文海裡的苦行僧。

收集來的每一篇文字，都經過大荒先生的仔細校勘。為了辨識《醒世姻緣傳》是否為蒲松齡的著作，大荒先生不惜對陣權威，據理力爭，否定了胡適先生三萬餘言的考據文章。為了糾正魯迅先生關於蒲松齡生卒年代的錯訛，大荒先生隆冬之夜扒開蒲公墓碑下的積雪，為胡適提供足夠的物證與史料，為此胡適先生還曾特意著文表示感激。

1962年，路大荒67歲，《蒲松齡集》終於出版，其中收錄詩929首，

詞 102 闋，駢文與散文 458 篇，俚曲 13 種，戲曲 3 種，雜著 2 種，共計 123 萬字。對照蒲松齡的祭文、墓表、行狀記載，蒲氏一生除了小說之外的著述十有八九都囊括其中了！

洋洋四卷《蒲松齡集》，與《聊齋志異》珠聯璧合，成為海內外研究蒲聊齋的寶貴文庫。

其三，力促重修重建蒲松齡故居。

蒲松齡的故居早已在戰火中毀壞，所剩僅斷壁殘垣。修復蒲氏故居是路大荒畢生夙願。從 1953 年開始，路大荒號召蒲氏家族的眾多成員，在條件十分困難的情況下，勘察原址佈局，重建房舍院落，徵集相關文物，求購舊時傢俱。歷時三年，不但收集到許多手跡、刻本的原件，竟還收集到蒲翁生前陳設過或使用過的楹聯、匾額、幾案、机凳、文石、硯臺等。

不但重建了蒲氏家院，同時還策劃復原柳泉滿井、重整蒲松齡墓地。故居重建就緒，路大荒在廳堂題寫了「聊齋」匾額。

近乎神蹟，在這次重建蒲氏故居的過程中，竟還發現了久已消失的蒲松齡的寫真畫像，端坐椅中的蒲松齡笑顏逐開地看著這群「孝子賢孫」忙忙碌碌地為他重建家園！

再說說路大荒一生研究蒲聊齋經歷的三次大劫。

第一劫，遭遇日本入侵者洗劫。

1937 年，日本侵略軍攻陷淄川，路大荒參加了抗日遊擊隊，失敗之後日偽政府出示佈告要逮捕他，他隻身一人來到濟南，化名路愛范隱居大明湖畔。

日本人追捕他其實並非只是因為他參加了遊擊隊，而是要他交出收藏

蒲文指要

的蒲聊齋的手跡、文稿等文物資料。路大荒深知其險惡用心，臨行時便把一部分手抄本藏在其學生的岳父老人家中的牆壁裡，將蒲松齡的手稿貼身藏在棉袍裡，一度躲進深山老林。

日軍搜查路大荒家一無所獲，震怒之下縱火燒掉其老宅。

日軍向田明廣老人逼問路大荒的下落遭到拒絕，便開槍把老人打死在家中。

淄川人為守護蒲聊齋的傳世付出了鮮血與生命的代價！

第二劫，被誣「盜竊文物」。

路大荒不但是一位造詣深厚的「蒲學」研究者，同時還是書畫家、古籍收藏家、文物鑑定家，個人收藏頗豐，更是國內收集、儲存蒲松齡手稿最多的學者。

1952年，有人匿名舉報他盜竊圖書館的藏品，遂被隔離審查，勒令其賠償鉅款。多年蒐集的藏品被拉到街上當眾處理，其中有王漁洋手稿、王懿榮的對聯、未及整理的《聊齋》遺稿等珍貴文物一百餘件均被賤賣。

1962年，持續三年的大饑荒尚未完全過去，路大荒將自己多年收藏的蒲松齡的文字資料全部捐獻給了國家。其中包括一冊蒲松齡的親筆手稿，丹鉛塗抹，古趣盎然，共計46頁，是當年大荒先生典衣借貸購買下來的。

此前，曾有日本古董商人高價求購，均被大荒先生嚴詞婉拒。

大荒先生飢腸轆轆的兒子在一旁求告：「爸爸，您只要留下一頁給我，我就不會挨餓了！」

第三劫，蒙受查抄批鬥。

1966年8月，路大荒家被查抄。多年蒐集珍藏的《聊齋》佚文、古籍

善本、秦漢瓦當、名家書畫等，通通被視為封建流毒洗劫一空，堂屋的青磚地面被掀開挖掘三尺！

主要罪名就是為「封建餘孽蒲松齡」樹碑立傳。

接下來的日子裡，身患心臟病、糖尿病的年邁人仍被掛牌示眾、押送會場接受批鬥。當他兩腿浮腫實在難以站穩時，不得不由女兒攙扶著走上批鬥臺。

1972年初夏，路大荒慘死在潮溼陰冷的臥室中。

查抄後的房間裡空空蕩蕩，幽暗的牆角裡遺落一塊小小的石頭，那是早年由王獻唐先生撰文、由名家刻下的一枚篆章「歷劫不滅」。

歷劫不滅的東西，此時也都泯滅了。

「攜盤獨出月荒涼，渭城已遠波聲小。」路大荒，這位「蒲學」研究的墾荒者在辭別人世之際，該是多麼地孤寂與蒼涼！

這一年，為路大荒崇敬的蒲松齡同樣在劫難逃，墳墓被扒開，屍骨被拋灑。

大荒堂主路大荒辭世之前曾留言兒子士湘、士漢：「我經二代興亡事，認識到世亂知忠貞，疾風知勁草」、「歷史是無情的，逃脫不了社會人士公正的判斷」。

路大荒去世四年後被平反昭雪。

八年後，由政府出面舉辦隆重的追悼會。蒲松齡紀念館獻上輓聯：

纂聊齋遺篇，般陽城外，留仙九泉感誠；
理中華古籍，曲水亭畔，大荒銘史千古。

> 蒲文指要

蒲門傳承

　　祖先騎一匹白馬，我騎一匹紅馬。我們縱馬西行，跑得比膠濟鐵路上的電氣列車還要快，一會兒就到了蒲家莊大柳樹下。祖師爺正坐在樹下打瞌睡，我們的到來把他老人家驚醒了。祖先說：「快下跪磕頭！」我慌忙跪下磕了三個頭。祖師爺打量著我，目光銳利，像錐子似的。他甕聲甕氣地問我：「為什麼要幹這行？！」我在他的目光逼視下，囁嚅不能言。他說：「你寫的東西我看了，還行，但比起我來那是差遠了！」「蒲大哥，我把這灰孫子拉來，就是讓您開導開導他。」祖先在我屁股上踢了一腳，大喝：「還不磕頭認師！」於是我又磕了三個頭。祖師爺從懷裡摸出一隻大筆扔給我，說：「回去胡掄吧！」我接住那管黃毛大筆，低聲嘟噥著：「我們已經改用電腦了……」祖先又踢我一腳，罵道：「孽障，還不謝恩！」我又給祖師爺磕了三個頭。

　　這是從一篇題為《學習蒲松齡》的微言小說中摘錄下來的文字，作者是蒲松齡的同鄉人——莫言。

　　莫言在文中說，他家的祖先原本是一位販馬人，當年趕馬路過蒲家莊，在那棵大柳樹下喝了蒲松齡的茶，抽了蒲松齡的菸，按慣例跟蒲松齡講了老家高密縣流傳的一個老鼠成精故事。這位「蒲大哥」後來便把這個故事寫進他的《聊齋志異》中，就是那篇〈阿纖〉。

　　祖先知道自己的一個後人在寫小說，就在夢中帶他來到蒲家莊拜師，於是便出現了上述一幕。

　　微言小說出自莫言亦真亦幻、浪漫戲謔的一貫筆法——接連磕了九

個頭，屁股上捱了兩腳，灰孫子終於成為蒲門弟子。

「蒲門灰孫子」，活靈活現地吐露了莫言對蒲松齡的無限尊崇與愛戴。這讓我想起一首詩：

青藤雪個遠凡胎，老缶衰年別有才。我願九泉為走狗，三家門下轉輪來。

比起「灰孫子」，甘願在九泉之下做他人的「走狗」，顯得還要謙卑。對財富與權力的屈膝臣服，是惡行，將會使一個人丟失自己的人格、淪為權貴的奴才；而對文學、對藝術、對美的心靈、對一切美好事物的頂禮膜拜，是美德，將把一個人的靈魂同化於美的境界，帶進美的天地。

《學習蒲松齡》這篇微言小說固然有諸多渲染，莫言對蒲松齡的認同、尊敬、崇拜，對蒲松齡的學習、領會、效仿，卻是實實在在的，這在他的許多演講、訪談中都有記述。

莫言在演講中多次講到蒲松齡：

「我們山東高密這個地方，雖然離青島很近，但它在幾十年來，一直是比較封閉、落後的。這個地方離寫《聊齋志異》的偉大作家的故鄉，相隔大概兩三百里。

我當年在鄉村的時候，經常聽老人講很多有關鬼神的故事。我就想究竟是蒲松齡聽了祖先說的那些鬼神的故事，把它寫到書裡去，還是我的祖先裡面有文化的人讀了聊齋再把故事轉述給我呢？我搞不清楚。我想這兩種狀況可能都有。

……

像我們的祖先山東的蒲松齡，他寫妖、寫鬼、寫狐狸，看起來是誇

蒲文指要

張、變形、虛幻，但是他對社會的暴露，比那些寫實的小說來得更深刻、集中。」

他在接受訪問時曾經坦言：「馬奎斯也好，福克納也好，這些外國作家，對我來說，他們都是外來的影響、後來的影響。而蒲松齡是根本的影響，是伴隨著我的成長所產生的影響。

一個作家必須回到自己的故鄉。必須從自己的童年、少年記憶裡尋找故事源頭。對我來說，這個源頭是和蒲松齡連在一起的。或者說，從精神上來講，從文化上來講，我跟蒲松齡是一脈相承的，我自然地承接了他的文化脈絡。比起馬奎斯、福克納，我覺得還是蒲松齡對我的影響更大。」

莫言說，要避開馬奎斯和福克納的影響，只有一個辦法──向民間學習。在他的老家已經有一位先行者，就是蒲松齡和他的《聊齋誌異》。他與蒲松齡有著血脈上的聯繫，一拍即合。此前，大家都還以為他的小說寫得這麼富有特色，是因為受到那位南美洲作家馬奎斯的薰染。現在明白了，滋養他的原來是同鄉人蒲松齡的《聊齋志異》。

300年前的蒲松齡是這條道上的前輩，因為地球彼岸的這位魔幻現實主義大師，就曾經對東方的蒲松齡表示過虔誠的尊崇。他曾對人說，他在舊書攤偶然看到的一本東方古書，這本書就是蒲松齡的《聊齋志異》。他說他長時間地沉浸在這本奇書中不能自拔，直到將書頁翻得破爛不堪，正是這本書激起了他當作家的念頭，後來寫下《百年孤獨》。馬奎斯還對記者說：「相對於蒲松齡，我只不過是一隻渺小的小雞，而他才是天空中的蒼鷹！」

我總以為，西方人要讀懂中國比中國人讀懂西方更難，這位老馬哥竟能讀《聊齋》讀得如癡如醉、神魂顛倒，實在難得。

讀莫言小說，不難發現他與祖師爺蒲松齡的傳承關係。他的長篇小說《生死疲勞》，主角死了以後冤魂不散，在閻王面前一次一次地叫苦，閻王一次次地騙他投胎，讓他變豬、變驢、變狗、變成大頭嬰兒。其原型，就來自蒲松齡《聊齋志異》中的名篇〈三生〉，其主角劉孝廉能記前生數世之事，一世為橫行鄉裡的劣紳，六十二歲死後托生為馬，受盡撻楚折磨；由於不安心改過自新，再托生為狗，以糞便做餐；仍然狡詐不馴，再托生為蛇，遭車輛碾壓、被鶴鸛啄食；歷盡數劫方才轉生為人。蒲松齡還特別強調，這是一個真實的故事，是那位劉孝廉親口對他的堂兄蒲兆昌講述的。

喜愛《聊齋》的人多了，得蒲翁真傳者非莫言莫屬，這是緣分。

2011 年，他還特意出了一本書——《學習蒲松齡》。書中寫道：「我的文學經驗，說複雜很複雜，說簡單也很簡單。剛開始是不自覺地走了一條跟蒲松齡同樣的道路，後來自覺地以蒲松齡先生作為自己的榜樣來進行創作。」

綜上所述，莫言再三強調的是，蒲松齡是文學創新的先行者，自己跟蒲松齡有著血脈上的關聯，自然地承接了他的文化脈絡。蒲松齡對自己影響最大，自己的創作是以蒲松齡為榜樣創作的，他以作為蒲松齡的傳人感到自豪。

蒲文指要

名篇賞析

名篇賞析

王六郎

　　我把〈王六郎〉放在本輯的首篇，因為這是我最早讀到的《聊齋》故事。早到什麼時間？如果不是70年前，至少也是68年前。我上學早，小學三年級時8歲，字還認不全，也還不知道《聊齋志異》這本書，更不知道蒲松齡。

　　然而，這卻是影響了我一生的一本書。隨著歲月的流逝，一生中多少往事都已經開始淡去，童年時代在故鄉開封老家那條小街上讀〈王六郎〉的情境，仍然會清晰地閃現在眼前。

　　陳家的擀氈房就在惠濟橋頭路東一側，那房子有一溜寬寬的房簷伸向路邊，鹿老頭的書攤就擺在這房簷下。書，全是小人書，即連環畫。開封人則把它叫做連環圖。

　　鹿老頭那時恐怕已經八十多歲，長得容貌奇特。深眼窩、高顴骨、花白絡腮鬍子，眼珠的顏色卻有些發黃，雖然駝了背，個子仍比平常人高出一個頭。

　　鹿老頭的身世頗有些神祕。聽說是旗人，前清武舉，庚子年間慈禧「西狩」回鑾駐蹕開封時，曾經護駕御前，看見過太后和皇上，現在卻住在十二祖廟街東頭一間破爛昏暗的小屋裡。老伴是一位小腳女人，又低又矮，身邊還有一個叫「小虎」的男孩，是他的孫子，卻從沒人聽說過他兒子。

　　鹿老頭的書攤實在寒酸，一塊比桌面大一點的破帆布，幾十本磨損後又幾經黏補的「連環圖」，幾隻歪歪扭扭的小板凳，一口肥皂箱既是書箱

王六郎

又是他的坐具。不知道這個寒磣的小書攤是怎麼養活這三口之家的。

我在上小學認得一些字後,便迷上了小人書,成了鹿老頭書攤上的常客。租一本書坐在書攤前的小凳子上看,只要一分錢,我與《聊齋志異》、《西遊記》、《水滸傳》、《三國演義》這些文學名著結緣,就是從鹿老頭的書攤開始的。

老人神情嚴肅,少言寡語,脾氣有些古怪,唯獨對我還比較客氣,有時會向我推薦一些他認為有趣的書,有時還會幫我說明一下書中的內容。有時,他看我實在「饞」書而又手頭拮据,手心裡攥緊的一分錢久久定不下擲向哪一本書時,他的臉上會漾起罕見的一絲笑容,對我做出特別的照顧——我的這一分錢可以選兩本稍薄些的書。

我最初讀到〈王六郎〉的故事,便是得之於和這位老人做下的半分錢的生意。

《聊齋志異》中的名篇,多為男女情事,〈王六郎〉卻是一個例外,若論故事情節,也說不上複雜曲折。篇中敘述了一位老漁夫和一個水鬼的友誼。

水鬼王六郎本是一位溺水而亡的少年書生,一個善良的好鬼。每到星月交輝的夜間兩人便在河邊相聚,漁夫請書生飲酒,書生到河的上游為漁夫趕魚。真誠的友誼超越了人鬼之間的界限。

一天夜間,六郎告訴漁夫,他在水下為鬼的苦日子已經到期,明天中午有一位婦人渡河時將落水而死,那就是來替代他的。

明日,敬伺河邊,以覘其異。果有婦人抱嬰兒來,及河而墮。兒拋岸上,揚手擲足而啼。婦沉浮者屢矣,忽淋淋攀岸以出,藉地少息,抱兒徑去。當婦溺時,意良不忍,思欲奔救;轉念是所以代六郎者,故止不救。

名篇賞析

及婦自出,疑其言不驗。抵暮,漁舊處。少年復至,曰:「今又聚首,且不言別矣。」問其故。曰:「女子已相代矣;僕憐其抱中兒,代弟一人,遂殘二命,故舍之。更代不知何期。或吾兩人之緣未盡耶?」許感嘆曰:「此仁人之心,可以通上帝矣。」

第二天,果然有一位婦人過河墜水,將懷抱的嬰兒丟在岸邊。奇怪的是那夫人彷彿被人在水下推著,竟然又回到岸上。到了夜晚,漁夫又見到六郎,問他怎麼回事啊。六郎說他不忍心看著嬰兒失去母親,更不能為了自己脫離苦難而讓兩個人付出性命,因此就放棄了托生做人的機會,繼續待在水下做鬼。漁夫深受感動,兩人的友誼更深厚了。王六郎的義舉也感動了天帝,不久就被任命為山東招遠縣鄔鎮的土地神。漁夫為朋友感到慶幸,並約定要到招遠看望他。

漁夫是一個鄉野粗人,同時又是一位誠懇、率真的好人,只為與鬼魂的一句諾言,不惜跋山涉水數百里赴約,與那位以前是「水鬼」現在成了「土地神」的六郎相會。

「為官一任,造福一方」,鄔鎮在六郎治理下風調雨順、地方安寧、深受民眾景仰。做了神的王六郎並沒有因為地位的改變而冷落這位鄉下來的打魚老漢,反而託夢給整個鎮子的百姓盛情款待他的這位老友。小說最後描繪了長亭惜別的情境——

欻有羊角風起,隨行十餘裡。許再拜曰:「六郎珍重!勿勞遠涉。君心仁愛,自能造福一方,無庸故人囑也。」風盤旋久之乃去。村人亦嗟訝而返。

老朋友雖人神相隔,六郎化為一股小旋風緊緊伴隨在老漢身邊,依依難捨。送至十裡長亭,老漢說:「六郎保重,別再遠送了!你的仁愛之心定

能施惠一方,不用我再祝福您。」旋風才緩緩離去。村民們也都深受感動。

幼時的我讀到這裡,也已經被兩個人物誠摯的友情感動得幾乎掉下眼淚!

我小小年紀之所以能夠讀懂王六郎的故事,並且容易被感動,也與我生存的環境有關。

開封與山東的魯西相鄰,風俗與語言都很接近。我童年時代的那條小街,據開封地方誌記載早在明代就已經存在,兒時的民居民情仍與明清時代並無太大差異。

從我家出門往西走上百步就是宋代那條著名的惠濟河,河邊小木屋裡住的王榮貴伯伯就以打魚為生,門前的柳樹上經常掛有他自己織下的漁網。我們那條街的北邊,是一片方圓數百畝的葦子坑,大人們都說湖水下邊有淹死鬼,每年都要找替身,每年都有淹死的人。我家街後面的那條街就叫「土地廟街」,土地爺住的小廟就在街口上,那是我揹著書包上學必定經過的地方。

還有,在街上走動時如果遇到旋風,老人們就會說那是鬼魂行路,要躲遠些。

由於這些原因,我讀〈王六郎〉就感到特別親切,就像是在身邊發生過的事情。

當我仍在迷戀著「連環圖」時,鹿老頭卻一病不起,陳家擀氈房的房簷下再也看不到老人的身影,顯得空落落的。不久,我從他家門前經過,看到他那矮屋烏黑的門板上貼了蒼白的「燒紙」,我知道,老人已經死去。

老人死後,他的那箱連環圖被老伴拿出來拍賣,我用 5 分錢買下了那本〈王六郎〉,直到 1994 年搬家時,這本小畫書才不知下落。

名篇賞析

　　但是少年書生王六郎與老漁夫的故事已經深入我的心靈之中。

　　蒲松齡的這篇〈王六郎〉在我的精神生長發育中究竟擁有多大的價值，我說不來。但是我清楚，那是我今生今世精神收藏中的瑰寶。從那時起，〈王六郎〉的故事已經融進了我的血脈裡，「善良」、「仁義」、「真誠」、「友愛」這些傳統道德也已經在我心中暗暗萌生。

　　不管後來的學問家們多麼嚴謹地論證：「惡」，也是一種推動歷史前進的力量，「以惡抗惡」又是多麼值得推崇的鬥爭哲學，而「善」有時也會異化、蛻變為一種統治人、剝奪人的負面的力量。我不太相信這一套說法，在我的內心深處始終固守著一塊生命的基石，那就是「善良與友愛」。

　　法蘭西哲人羅曼・羅蘭（Romain Rolland）[41]說：「除了善良，我不承認有任何高人一等的象徵。我始終認為，那些心存善良的人是最先覺醒的人，因為他們憐憫苦難，同情弱者，就會痛恨製造苦難的源頭。而冷漠無情者恰恰相反，他們無視公平正義，愚昧無知。」

---

[41] 羅曼・羅蘭（Romain Rolland，西元 1866-1944 年），思想家，文學家，音樂評論家，社會活動家，1915 年諾貝爾文學獎得主，一生為爭取人類自由、民主與光明進行不屈的鬥爭，對人類進步事業做出了貢獻。

蛇人、義鼠、蠍客

在現代人的觀念裡，人與非人之間的界限是很清楚的，對待野生動物更是如此。至於某些野生動物，還會被人類視為務必「清除」的「敵對勢力」，如蛇與蠍，還有老鼠。「蛇蠍之心」、「過街老鼠」這些成語，常常被人們用來形容最痛恨的敵人。

蒲松齡並沒有這樣的觀念，一部《聊齋》，人與獸的界限並不清晰，他的立場也並不總是站在人類一邊。當然，也並不總是站在動物一邊。用現在的生態學術語，可以稱其為「非人類中心者」。

〈蛇人〉，便是為蛇唱讚歌的一篇。

一位在江湖上耍蛇為生的人，養了兩條青蛇，大青、二青。二青額頭上有個紅點，特別有靈性。

這年，大青死了，養蛇人想再捕一條蛇來補缺，二青突然也不見了。養蛇人在附近山林裡喊叫著尋找半天仍不見下落，他失望極了，一個人背著空箱子往山下走來。正在這時，荒草叢中傳來窸窣之聲，養蛇人回頭一看，果然是二青回來了，他大喜過望就像憑空撿了個寶貝。沒有想到二青後面還跟著一條青色小蛇，是二青招引來的。這條小蛇和二青一樣聰明，就取名叫小青。

一個人與兩條蛇遊蕩四方、賣藝江湖、相依為命，日子過得雖然艱難，倒也不乏樂趣。

幾年後二青已經長到三四尺長，竹箱子已經裝不下牠。養蛇人讓二青美吃一頓後便要將牠放歸山野。二青顯出戀戀不捨的神情，養蛇人好言相

名篇賞析

勸：「二青，快走吧！世上沒有不散的筵席。深潤大穀才是你的安身處所，這小小竹箱哪是你久居之地？」

二青離開一段距離，又爬了回來，趕它也不走，只是用頭扣竹箱。竹箱裡面的小青也在扭動身體。養蛇人忽然領悟二青是要和小青告別。

開啟竹箱，二青、小青兩蛇交頭吐舌，似乎在說些臨別贈言。接著，兩蛇並排往前爬去。養蛇人想著難道小青也要跟隨二青去了，過了一會兒，小青竟然獨自幽幽地爬了回來，自己爬進竹箱子裡，原來牠只是要送二青一程。

數年後，這一帶的山林裡有時會鑽出一條手腕粗的青色大蟒追逐行人，人們只好繞道行走，養蛇人決定前去看一看。當他走進山林深處，伴隨一陣狂風一條大蛇迎面爬來，蛇頭上的紅點證明果然就是二青。二青也認出往昔的主人，一個縱身撲到養蛇人面前，親暱地繞在養蛇人身上，養蛇人直呼太重了，二青才把身體鬆開，又用頭去碰箱子。養蛇人開啟竹箱，放出小青，二蛇相見交纏在一起，親熱了許久才分開。

養蛇人對小青說：「早就想著要和你分開，一直捨不得，如今有二青和你做伴，我也就放心了。」回頭又對二青說：「本來就是你帶小青來我這裡的，如今你就帶牠去吧。」養蛇人又說：「我有一句話囑咐你倆，深山之中，不缺吃的，不要去驚擾行人，免遭天譴。」兩條蛇低下頭，好像是聽進去了。

二蛇起身，二青在前，小青在後，往林木深處遊走而去。養蛇人佇立良久，直到再也看不見牠們的蹤影，才悵惘下山。從此以後，山路上再不見蛇的蹤影。

文章末尾。蒲松齡忍不住加以評說：蛇，看似不通人事的「蠢物」，卻

如此眷戀故人，從善如流。許多人對多年的朋友卻可以反目成仇、落井下石，真是連蛇都不如啊！

這篇小說，免不了有作者的文學渲染。但是動物與人類友好相處中不但可以相互溝通，也可以建立親密的關係，如今已經被許多事實驗證。

澳洲兩位年輕人布林克與蘭道爾買下一隻4個月大的獅子，為牠起名叫克利斯蒂安，二人一獅吃、睡、玩耍都在一起，建立了親密關係。克利斯蒂安漸漸長大，巨大的食量與急遽增長的體重很難再在城市裡繼續待下去，他們又不願意將牠賣給動物園或馬戲團，決定將牠放回牠的非洲老家，費盡周折終於如願以償。

一年多後，克利斯蒂安已經成為肯亞稀樹大草原上一隻野生大獅子，布林克與蘭道爾十分思念克利斯蒂安，一起飛到非洲，在當地野生動物專家的協助下尋找他們的獅子朋友。同時心裡又充滿不安，他們不知道牠還能否記得往昔友情。

讓他們驚喜的是，克利斯蒂安在山坡上與他們相遇了，在端詳了半分鐘後，就飛快地向他們跑來，一下子撲到他們身上，一會兒抱抱布林克，一會抱抱蘭道爾，在他們身上磨蹭、撒嬌、親個不停。更令人驚異的，克利斯蒂安竟然還帶來兩頭年輕的母獅子——牠的兩位小情人。這兩頭雌獅竟也上來打招呼，輕輕摟抱兩位年輕人的腿，像是人類的握手致意！

這是一個真實的故事，讀者如果有興趣，很容易在網路影片中一睹克利斯蒂安的芳容。

已經有更多的報導證實，人不但與獅子，還可以與灰狼、棕熊、大象、河馬，甚至鱷魚建立起親密關係。

〈義鼠〉，是為老鼠寫讚歌的，篇幅短小，情節單純。

名篇賞析

　　兩隻老鼠出洞，其中一隻不幸被蛇吞下，另一隻驚慌而憤怒，瞪著烏黑的小眼睛，遠遠地盯著那條蛇不敢向前。蛇吞下老鼠後就蜿蜒向洞內爬去，剛爬進一半，外邊這隻老鼠就猛撲過來，狠狠咬住蛇的尾部。蛇怒，急忙退出洞來。老鼠機靈敏捷，便飛快地躲閃到一邊，蛇追不上又往洞裡爬去。等到蛇爬進去一半，老鼠又折回來，像上次一樣咬住蛇的尾巴不放。就這樣蛇入鼠咬，蛇出鼠跑，反覆折騰許久。最後，精疲力竭的蛇爬出洞來把吞下的死鼠吐在地上，那隻老鼠才放過了牠。這隻老鼠用鼻子嗅著自己的同伴，悲傷地吱吱叫著，像是哀悼同伴的逝去。最後，用嘴銜著死去的同伴離開了。

　　蒲松齡說這個故事是他的同窗好友張篤慶告訴他的，是一個真實的故事，篤慶還為此寫了一篇文章〈義鼠行〉。

　　這一則見聞之所以引起蒲翁的重視，是因為它再次印證了古時聖哲列子的話：「禽獸之智有自然與人童者，其齊欲攝生，亦不假智於人也。」特別是這隻老鼠的勇敢與智慧還不是為了自己的「攝生」，而是面對強敵不惜以命相搏來解救同伴。這是一種「利他」的行為，屬於較高的道德層面，謂之「見義勇為」「捨生取義」，即使在人類中，也是許多人做不到的。

　　蒲翁的好友張篤慶以〈義鼠行〉表彰這隻老鼠，是很高的評價。

　　「義」的本字，上羊下我，「羊」為慈祥友愛，「我」為手執干戈。出於善心，奮不顧身，路見不平，拔刀相助，這就叫「義」。

　　《易經》曰：「立人之道，曰仁與義」，善心為「仁」，將善心落實到行動為「義」。

　　春秋時代治理國家的高手管仲，率先提出「禮義廉恥」四項基本原

則,取得國富民安的輝煌政績,被譽為「聖人之師」。

孔夫子該算是他的學生,最終也成為聖人。一部《論語》中多半是講「仁」與「義」的:「君子義以為質」、「君子義以為上」、「殺身以成仁」、「君子有勇而無義為亂,小人有勇而無義為盜」、「不義而富且貴,於我如浮雲」。

「義利之辨」,成為傳統道德哲學的核心。「義者,宜也」,義是大道,是公理,是做人的操守,是行為的準則,屬於精神生態的境界;「利」是利潤、利益、功利、名利,是投資生意的利息、股票市場的利好,屬於物質財富的領地。

「義」和「利」對於人類社會與個體人生都是必不可少的,但是註定要有個輕重、高下的順序。

孟子繼承孔子思想,以義為重:「生,亦我所欲也;義,亦我所欲也;二者不可得兼,捨生而取義者也。」

儒學的第二把手董仲舒說得較為全面:「天之生人也,使人生義與利。利以養其體,義以養其心。心不得義不能樂,體不得利不能安。」但他最終強調的仍舊是「正其道不謀其利,修其道不急其功」,將「義」放在了「利」的上面。

「倉廩實而知禮節,衣食足而知榮辱」,這句話也是出自管仲之口,倫理道德首先是建立在基本的物質保障之上的。這話自然不錯,但也不能順著竿子滑下去:經濟越發達、物質越富足,人的倫理道德觀念就越高尚。當前的物質生活比起孔子時代不知好出多少倍,由於金融、物質、經濟被抬高為治國理政的不二法門,重利輕義、利慾薰心,精緻的利己主義者大行其道,世間的道德水準反倒江河日下。從國際關係到官商關係、醫患關係、婚姻關係,見利忘義的例項不勝列舉。

名篇賞析

　　在這篇〈義鼠行〉中，見義勇為、捨生取義，幾乎就是一種天然的生命衝動，連老鼠都能夠無師自通，在現代人這裡倒成了一盆漿糊！

　　孔老夫子提倡「君子喻於義，小人喻於利」，從那時起可能就已經出了偏差。在位者是不可以無原則地以賺錢發財「利誘」廣大百姓的。「君子」、「小人」都應該「見利思義」，有所為有所不為。

　　蒲翁生活的時代，物質生活並不優渥，他個人的生活更是近於貧寒，但一部《聊齋志異》處處講的是「義利之辨」、「重義輕利」、「捨生取義」。鑒於篇幅，這裡只把〈義鼠〉作為引子，就不再舉例了。

　　另一則關於蠍子的故事〈蠍客〉，關乎自然對人類惡行的報復。說的是一位南方商人，每年都到鄉下大批地收購蠍子，這些蠍子一部分賣給藥店做藥材，一部分賣給飯店做了食材。

　　這一年，商人又來收購蠍子，住在客棧隱隱感到心慌意亂、毛骨悚然。他似乎對自己的宿命有所覺察，急忙告訴客棧主人說：「我殺死太多蠍子，現如今蠍子的陰靈很憤怒，要來殺我了，請快救救我吧！」客棧主人環顧室中，見有口大甕，便讓商人蹲到裡面藏身。不一會兒，有位黃頭髮紅眼睛、獰獰醜陋的大漢闖進來，問店主人：「那南方商人哪裡去了？」主人回答：「出門去了。」那人到室內四下裡看了看，抽動了好幾次鼻子，像是聞出了什麼，不動聲色地離開客棧。

　　店主人慶幸地鬆了口氣，說：「沒事了！」開甕一看，那商人卻已經化成一攤血水！

　　蒲松齡筆下的這個故事帶有濃鬱的因果報應的宗教色彩，蠍客殺害太多的蠍子，終於遭到嚴厲的報復，丟掉了性命。

　　鬼怪傳說或不可相信，宗教的哲理並不虛誕。

182

佛教講的「萬法依因緣而生滅」，因果相續，有業必報，亦即人們常說的「種瓜得瓜，種豆得豆」，惡有惡報，善有善報；誰種下仇恨，誰自己遭殃。

　　當代人遭遇的生態災難往往出於「自然的報復」。當代人將牛放在生產生產線上，集約養殖、大批次屠宰，不把牛當牛看，結果引來「瘋牛病」的報復；當代人為了一飽口福，幾乎將穿山甲、果子狸等野生動物趕盡殺絕，很快就遭受到「SARS」的報應。自業自得果，眾生皆如是。

　　在人類與萬物共處的地球上，蛇、蠍不算「最壞的生物」，也不是「最蠢的生物」。英國著名動物學家和人類行為學家德斯蒙德・莫利斯（Desmond Morris）[42] 曾經指出：

　　生活在自然棲息地裡的野生動物，在一般情況下是不會自殺、手淫、傷害後代或者傷害同類的，也不會得胃潰瘍和肥胖症，更不會有諸如戀物癖和同性戀等現象。而在現代人類中，這一切全都發生了。

　　這還不止於證實人類比野生動物的毛病多，甚至還證實了人的生存智慧出了偏差，莫利斯接著指出：

　　這並不是說人類這種動物和其他動物有著根本的區別，而是人類在社會發展過程中逐漸失去了自己的「野性」，即「自然性」，把自己封閉在鋼筋水泥製造的「籠子」裡，人類在「都市」這座籠子裡成了被豢養的動物，病態的動物。

　　這叫做「聰明反被聰明誤」，而動物是不會犯下此類錯誤的。

---

[42] 德斯蒙德・莫里斯（Desmond Morris，西元 1928-），英國著名動物學家和人類行為學家。曾任倫敦動物園哺乳動物館館長、牛津大學特別研究員。1967 年將注意力轉移到研究人這種動物上。主要著作有《人類動物園》、《裸猿》、《親密行為》等，被翻譯成多國語言出版。

名篇賞析

九山王、遵化署狐

《聊齋志異》中〈九山王〉、〈遵化署狐〉這兩篇故事都是寫狐狸與人之間的恩怨情仇的，我認為也折射出人類與生物圈中其他生物之間矛盾複雜的關係。如果把狐狸這種野生動物作為「自然」一方，這兩個狐狸報復人類的故事也生動地演繹了弗裡德里希‧恩格斯（Friedrich Engels）在《自然辯證法》（*Dialectics of Nature*）中指出的可怕景象：

我們不要過分陶醉於我們人類對自然界的勝利。對於每一次這樣的勝利，自然界都對我們進行報復。每一次勝利，在第一步都確實取得了我們預期的結果，但是在第二步和第三步卻有了完全不同的、出乎預料的影響，它常常把第一個結果重新消除。

先看第一個故事：〈九山王〉。

曹州府有一個李秀才，家裡很富有，宅子後面有一個幾畝地大的園子，一直荒廢著。有一天，一個老者來租他的園子，並誠心誠意奉上一百兩銀子作租金。李生心想院子裡並沒有多餘的房子，暫且收下租金，看他怎麼辦。

過了一天，村裡的人看見有不少車馬、家眷進了李家的大門，四周鄰人都好奇地出來觀看。又過了幾天，租房子的老者來拜訪，恭敬地對李秀才說：「來貴府已經好幾天了，支鍋做飯，打鋪就寢，事事都得從頭安排，一直沒能過來拜訪您。今天叫兒女們做了頓家常飯，請你一定賞光過來坐坐。」李秀才當即跟著老頭去赴宴。

走進後園，便看見一片新建的房屋，非常華麗。房裡陳設很高雅。剛

落座就端上了酒菜，盡是山珍海味。能看見門外人群熙熙、男女青年歡聲笑語，感覺總有上百口家人。

李秀才這時心裡已經明白，這家人是狐。

李秀才喝完了酒回到自己家裡，心裡容不得這些「異類」，便暗起殺心。

此後的日子他每次去趕集，就買下一些硫黃、芒硝、木炭，漸漸累積下幾百斤黑火藥，然後將火藥偷偷埋伏在後園各個地方。準備完畢後趁老者一家不備便驟然點燃，頓時滿園烈火沖天，濃煙滾滾，群狐哀嚎聲驚天動地，大火燒了多個時辰才熄滅。老者從外邊辦事回來，只見滿園都是焦頭爛額、屍首不全的狐狸，李秀才正在檢查有無未被燒死的狐狸。

老者悲慟已極，責怪李秀才說：「我與你遠日無仇，近日無恨，租你的荒園付了你租金，你怎麼忍心滅我全家！」說完，憤然而去。

李秀才擔心狐狸報復，從此加強防範，卻不見動靜。

時值明末清初，社會動亂。有一天，村中來了位算命先生，自稱「南山翁」，掐算人的生死禍福無不應驗。李秀才也請他來家中算卦，這算命先生一進屋就肅然起敬，驚呼：「李先生您可是當今的真龍天子啊！」李秀才剛開始半信半疑，這算命先生說做皇帝也不可白手起家，鼓動他聯繫周邊眾多山林中的地方武裝人士，打造盔甲兵器，廣做造反的宣傳，就一定可以成功。李秀才下定決心，委派算命先生為軍師，自立名號「九山王」，投入全部家產準備黃袍加身實現他的帝王夢。

事情越鬧越大，驚動了剛剛入主中原的順治皇帝，遂派大軍前來圍剿「九山王」，能說會算的「軍師」卻不見了蹤影。結果，李秀才被擒拿歸案，妻子老小全被誅殺。這時李秀才才醒悟過來，那個算命先生就是當年那隻逃生的老狐狸，如今借官兵之手來報復當年的滅門之仇。

名篇賞析

在這場復仇大戰中，蒲松齡是站在狐狸一家的立場上的。他在小說的結尾敘述道：「壞無其種者，雖溉不生。」萬事總是有因有果，若不是李秀才自己殘忍地殺害了狐狸一家，在心田埋下罪惡的種子，就壓根不會有這場悲劇。

當代環境保護主義的先驅、傑出的女性作家瑞秋‧卡森（Rachel Carson）[43]在二十世紀中期出版了一本震撼世界的書——《寂靜的春天》（*Silent Spring*）。全書的敘事也可以視作一個自然向人類復仇的故事，人們為了保證玉米、小麥等糧食的豐收、保證牧草的生長及牛羊肉的供應，使用一種叫做DDT的殺蟲劑，高效地殺死了農田與牧場裡被人類稱作「害蟲」的所有昆蟲與小動物，繼而以這些昆蟲、小動物為食物的鳥類也接連死去，春天的田野裡再也聽不到鳥的叫聲。事情還不止於此，DDT殺傷力威猛，分解很難，土壤裡的DDT滲透進糧食與蔬菜裡，隨著雨水流入河流、湖泊等水源裡，並在魚蝦的身體內高濃度地積貯下來。人類在消殺「害蟲」的同時，也毒化了土壤、毒化了水源、毒化了食品、毒化了自身生存的環境，最終毒化了自己的身體與心靈，危及人類生存。卡遜說：自然反擊、報復人類的力量是如此強大，自然誘導人類為自己製造了一個意想不到的魔鬼！

問題的根源或許還在於人類的自私與貪慾，總以為自己可以充任主宰地球的「萬物之王」，就像蒲松齡筆下的這位李秀才，一心想當什麼「九山王」！卡森的書教導我們，一定要學會與其他生物共用地球，哪怕是我們不待見的那些「害蟲」。否則的話，就要小心自然的報復。

---

[43] 蕾切爾‧卡遜（Rachel Carson，西元1907-1964年），蜚聲世界的自然文學作家，海洋生物學家，當代環境保護主義的先驅。主要作品有：《寂靜的春天》、《自然的見證人》、《幫助孩子想像》以及《變換無窮的海岸》。其中《寂靜的春天》引發了全球對於環境保護的重視，從而成為生態史上里程碑式的作品。

九山王、遵化署狐

老狐狸對李秀才的報復就是一個先例。

蒲松齡是真正維護了儒家精神的，他沒有把人類之外的其他物種認作勢不兩立的「異類」，而仍然是從源頭上將其視為「同胞」，這就是中華民族優良的生態文化傳統。

《聊齋志異》中緊接著〈九山王〉還有一篇〈遵化署狐〉，也是講述狐狸向人類復仇的故事。

正如人世間一樣，在蒲松齡塑造的狐狸世界裡，有品行出眾、道德高潔的狐，也有品格低下、行為卑劣的狐。〈九山王〉裡的老狐狸是一位謙謙君子，對李秀才的反殺是逼上梁山。〈遵化署狐〉裡的狐狸卻有些市儈氣、無賴相，但也無有大惡。

小說寫道，直隸省遵化州行署後院有一座廢樓，長年無人居住，竟住進一窩狐狸，這家狐狸整天吵吵鬧鬧不得安生，還不時出來惹是生非，攆又攆不走牠們。以往來這裡做官的人委曲求全，對牠們敬而遠之，以求息事寧人。

山東人丘志充來這裡上任後，聽說狐狸們這麼鬧騰很是生氣。這家狐狸也知道這位丘大人脾氣火爆，是個厲害的角色，於是當家的老狐狸就變成一個老婆婆，請衙內管家稟告丘大人：「我們知道丘大人不喜歡我們，但我們也不要相互仇恨。給我三天時間，我帶領全家老小立刻搬走，不為他老人家添麻煩。」

丘大人聽了狐狸傳來的話後默不作聲。

到了第二天，丘大人在校場閱兵完畢，命令軍士們不要解散，把各營的大砲都抬到衙門裡，包圍行署後院那座廢樓。丘大人一聲令下群砲齊發，頃刻之間大樓摧為平地，群狐的毛皮、骨骼、血肉，像下雨一樣從天而降。

名篇賞析

　　只見滾滾濃煙中，有一縷白氣沖天而去，人們知道有一隻狐狸逃了出去！自此以後，署中太平無事了。

　　兩年後，丘大人為了進一步高升，蒐羅一大筆銀兩讓親信帶往京城，計劃賄賂上司。一時未能得手，就將銀子藏在一位班役家。正在這時，有一個老者到朝廷告御狀，說自己老婆、孩子被人殺害，地方官丘志充草菅人命，剋扣軍餉，行賄高官，贓銀就藏在某某人家裡。皇帝下旨讓捕快押著老者查出贓銀，銀錠上清清楚楚印著「遵化郡解」的字樣。罪證坐實，丘大人因此被處死，同時查抄了全部家產。

　　這時人們方才想到，這個告御狀的老者可能就是當年逃逸的那隻狐狸。

　　蒲松齡對於事件的評議是：「狐狸作祟，罪在可誅」。然而，既然狐狸已經意識到自己的錯，並且表示了悔改之意，人們不妨心懷慈悲放其一馬。操之過激，除惡務盡，反而會傷及自身。如果這位丘大人能夠遠離貪腐、修德自守，也不至於遭殺身之禍。

　　這篇故事的啟示在於，人類與其他物種都不是完美的，都應該「克己復禮」，嚴格要求自己，寬厚對待他人，協調好萬物之間的關係，以求共生共存而不至於兩敗俱傷。

柳秀才

　　明季，蝗生青兗間，漸集於沂。沂令憂之。退臥署幕，夢一秀才來謁，峨冠綠衣，狀貌修偉。自言禦蝗有策。詢之，答雲：「明日西南道上，有婦跨碩腹牝驢子，蝗神也。哀之，可免。」

　　令異之，治具出邑南。伺良久，果有婦高髻褐帔，獨控老蒼衛，緩蹇北度。即蓺香，捧卮酒，迎拜道左，捉驢不令去。婦問：「大夫將何為？」令便哀懇：「區區小治，幸憫脫蝗口。」婦曰：「可恨柳秀才饒舌，洩我密機！當即以其身受，不損禾稼可耳。」乃盡三卮，瞥不復見。

　　後蝗來，飛蔽天日，然不落禾田，但集楊柳，過處柳葉都盡。方悟秀才柳神也。或雲：「是宰官憂民所感。」誠然哉！

　　這是一個二百來字的短篇，寫了三個人物，個個形象鮮明、栩栩如生，你不能不佩服蒲翁古奧、妙曼的文筆，你還不得不認可文言文的海涵與精粹。

　　明朝末年，突發的蝗災橫掃青、兗二州，漸有蔓延到沂縣的勢頭。沂縣縣令憂心忡忡，退堂回到邸舍，夢見一位秀才拜見。秀才頭戴高冠，身穿綠衫，長得修長魁梧，自稱有抵禦蝗蟲的方策。請教辦法如何，秀才回答：「明日西南方向大路上，有個婦人騎一頭大肚子草驢，她就是蝗神，您求告她，或許可以免災。」

　　縣令覺得這個夢很奇怪，第二天就準備了美酒佳餚來到城南。

　　等了許久，果然有個梳著高髻、身披褐色斗篷的婆娘，獨自騎著一頭老毛驢，緩緩往北走來。縣令立刻燃香、捧著酒杯迎上拜見，並捉住驢子

名篇賞析

不讓她走。

婦人問：「當官的，您想幹什麼？」

縣令便苦苦哀求道：「區區小縣，百姓苦寒，希望能得到您的憐憫，逃脫蝗口！」

婦人說：「可恨柳秀才多嘴，洩漏我的機密！我馬上讓他自作自受！你去吧，不損害你們的莊稼就是了。」於是飲酒三杯，轉眼間不見了。

稍後蝗蟲飛來，遮天蔽日。但就是不落在莊稼地，只集中在柳樹上。蝗蟲過處，柳葉被吃得一乾二淨，全縣的柳樹只剩下光禿禿的枝杈。

縣令這時才明白夢中的秀才就是柳神。

有人說：「這是縣官憐惜百姓、憂民之所憂、感動神仙的結果。」這話說得也對。

故事改為白話，文字已經多出將近一倍，仍遠不及原文流韻傳神。故事的核心是人類與自然的矛盾，國計民生與自然災難的衝突。

縣令，作為管理一方民眾生計的責任人，即舊時所謂「父母官」，能夠夜不成寐、憂民所憂，親臨災難前沿，防禍於未然，救民於水火，即使以今日「為人民服務」的標準衡量，也是一位難得的好官了！

故事同時涉及地球生物圈內「柳樹」、「蝗蟲」、「田間禾苗」三個不同物種之間的普通關聯與複雜關係。結果是柳樹犧牲了自己，引開了蝗蟲，保護了莊稼，從而惠及人類。故事中的「柳秀才」應是當代道德楷模。

當然，這不過是蒲翁杜撰的一個神話。

關於草木有情、人與草木之間的互動，《聊齋》中還有〈黃英〉、〈絳妃〉、〈橘樹〉、〈葛巾〉、〈鹿啣草〉諸多篇章。

草木真的「有情」「有知」，可以與人互動感應嗎？

《文心雕龍》裡講,「男子樹蘭而不芳,無其情也」,要讓蘭花綻蕊吐芳,光是由「君子」種養還不行,君子還必須懷著對蘭花的情誼友愛!

　　蒲翁筆下這位仗義執言、捨生取義、對抗蝗蟲、援助人類的柳秀才,當然是出自文學家天馬行空的想像,但柳樹在大家心目中的形象始終是美好的。在古代精神文化中,柳樹的意象僅次於松、竹、梅。詠柳的詩句在唐詩中比比皆是——

〈詠柳〉

賀知章

　　碧玉妝成一樹高,萬條垂下綠絲絛。
　　不知細葉誰裁出,二月春風似剪刀。

〈青門柳〉

白居易

　　青青一樹傷心色,曾入幾人離恨中。
　　為近都門多送別,長條折盡減春風。

〈柳〉

李商隱

　　……
　　清明帶雨臨官道,晚日含風拂野橋。
　　如線如絲正牽恨,王孫歸路一何遙。

　　柳樹如此招人愛戴,是因為它纖細而柔韌,纏綿也灑脫,它是春天的精靈,它又是季節變更的象徵。蒲翁把高風亮節送給這位柳秀才,是再恰當不過了!

　　草木有情,此言或許果真不虛。

名篇賞析

石清虛

　　石清虛是一塊石頭的名字，它的主人是一位老者，叫邢雲飛。這位邢老漢愛石成癖，家裡雖不特別富裕，見了喜歡的石頭，哪怕省吃儉用也要買下來。但石清虛卻不是花錢買下的，而是有一天他到河裡打魚時意外掛在網上的。

　　這塊石頭尺把長，四面玲瓏，峰巒疊秀，很是罕見。邢老漢專為它雕刻了一個紫檀底座，供在堂屋的幾案上。說來稀奇，每逢天陰欲雨，這石頭的孔洞裡就會升起雲煙，遠遠望去，裊裊如絮，恰恰應了他「雲飛」的名字。邢老漢因此對這石頭愈加愛惜，視為珍寶。

　　邢老漢得了一塊奇石的事情很快傳遍四方，一個鄉間土豪上門要求看一看，不料拿過石頭便轉手交給手下的僕從策馬而去。邢老漢無可奈何，捶胸頓足悲憤不已。土豪一行來到一座橋上歇息，那僕人好奇地拿出石頭觀看，不料失手掉入橋下河裡。土豪大怒，狠狠抽了僕人幾鞭子。隨後，出重金僱人下河打撈，竟一無所獲。土豪仍不甘心，貼出懸賞的告示，於是打撈石頭的人塞滿了河道，百般搜尋，仍不見蹤影。

　　多日後，邢老漢一個人孤零零來到橋上石頭掉下的地方，暗自流淚。往橋下望去，河水清澈，而那石頭竟幽幽地臥在水下。老漢喜出望外，急忙下到河水裡，將石頭撈起抱回家去，卻再也不敢放在客廳，而是小心地將它供奉於內室。

　　有一天，有人敲門，一位老先生來訪說是要看看他那塊石頭。邢老漢對他說，石頭早已經丟失了。老先生說：「哪裡丟了，不就在你家客廳放

著嗎！」邢老漢為了讓老先生死了這份心，就領他進了廳堂。不料那石頭竟然端坐在客廳的幾案上，像是自己從內室跑出來的。一時間邢老漢嚇得張口結舌。

老先生上前撫摸著石頭說：「這本是我家的故物，丟失已久，今天既然找到了，還請你交還給我吧。」

邢老漢很尷尬，但並不捨得放手，就強辯是自己的家藏，在老先生的追問下又拿不出實質的證據。

老先生說，那你就聽我說：「我家這塊石頭前後總共有九十二個孔洞，一個較大的孔裡刻有『清虛天石供』五字。」邢老漢仔細檢視，果如其言，再也無話可說，卻仍然不願歸還石頭。

老先生笑著說：「人家的東西能由你做主嗎？」說罷拱手告別。邢老漢送至大門外，回到房間卻不見了石頭！

老漢氣急敗壞，緊跑慢跑追上老先生，求他把石頭還給他。老先生說：「我這裡哪有石頭，一尺多長的石頭我能藏在身上嗎？」

這時，邢老漢方才領悟到老先生不是凡人，於是跪地求他。老先生問他：「這石頭究竟是你家的，還是我家的？」

老漢連聲說：「是您家的、您家的！還請您割愛賞賜給我吧。」老先生跟隨邢老漢回到家裡，只見那石頭仍在老地方待著。

老先生說：「天下的寶貝，只應該給予愛惜它的人。這塊石頭是能夠自己選擇主人的，它如今選擇了你，我很高興。只是它出世早了些，魔障未除，待我暫時取回，三年後歸還給你可好？」

邢老漢愛石心切，一刻不願石頭離去。

名篇賞析

老先生說：「你如果執意留下你將會減壽三年。」邢老漢表示心甘情願。

老先生乃用兩根手指將石頭上的三個孔洞捏閉，那石頭在老先生手裡竟柔軟如泥一般。臨別，老先生告訴邢老漢：「本來你是可以活到九十二歲的，現在石上還餘八十九個孔，那就是你的壽數。」

多年後，邢老漢外出，家中被盜，一切完好，唯獨丟了那塊石頭。老漢回來後心痛欲死，明察暗訪許多年，終於在報國寺的一家店裡見到這塊石頭。店主說這石頭是他用二十兩銀子買下的。

老漢與店主相執不下，便帶了石頭到官府。有司讓他們各自拿證據出來，店主說石頭上有八十九個孔洞，細數果然不差，可是再拿不出別的證據。邢老漢說其中一個洞裡刻有「清虛天石供」五個字，另有三處有手指捏下的印痕。有司查驗清楚，便將石頭歸還給了邢老漢。

邢老漢回家後精心把石頭用錦緞包裹起來，小心地收藏在木箱裡，再不敢輕易示人。每次欣賞時，都要先淨手、焚香、禮拜，才將石頭取出。

一位官居尚書的要人知道邢老漢家藏有這塊奇石，情願出一百兩銀子買下。老漢卻回話：「就是一萬兩銀子也不賣！」尚書懷恨在心，找來別的藉口將邢老漢逮捕收監，同時暗示老漢妻子、兒子以石贖人。

邢老漢出獄後知道石頭已經落入尚書之手，痛不欲生，將妻子兒子責罵、痛打一頓，自覺此生無趣，幾次要上吊自盡，被家人救下。

一天夜間，邢老漢夢見一位相貌偉岸的男子對他說，自己就是石清虛，並勸他不要難過，這次分手只是暫別，明年八月二十日清晨到城裡海岱門，花上兩貫錢就可以贖回石頭了。

話說那石頭在尚書家，從不顯示孔竅出雲的奇異景象。不久，尚書以罪削職，鬱鬱而死。家人不把石頭當回事，石頭便被奴僕拿到海岱橋古玩

市場出售，邢老漢恰恰此時趕到，遂以兩貫錢買下，從此又與石頭朝夕相處。

邢老漢到了八十九歲那年，自己準備了棺木、壽衣，交代兒子自己死後一定要將石頭與自己埋在一起。

老漢下葬半年後，兩個盜墓賊把墳墓挖開盜走了石頭。邢家兒子知道了，也無計可施。過了幾天，邢老漢的兒子攜帶著僕人走在路上，忽然看到那兩個人跌跌撞撞、滿頭大汗地對著天空磕頭如搗蒜，口裡還連聲禱告：「邢先生，不要逼我倆了，偷您的那塊石頭才賣了四兩銀子。」兒子與僕人一道捉了兩個盜墓賊送到官府，兩個賊人說已將石頭賣給一位姓宮的人家。縣官把石頭追回後，把玩再三，竟想私自霸佔這塊石頭，於是命令把石頭存放到府庫中。然而，當差役把石頭捧起，石頭突然掉在地上，碎成幾十塊，眾人無不失色。縣官惱羞成怒就用重刑處死了兩個盜墓賊。邢家兒子將石頭的碎片收拾起來，仍埋回邢雲飛的墳墓裡，石頭與老漢從此得以永世相伴。

講完這個故事，蒲松齡抒發了自己的一番感慨，一個人不惜以身殉石，已經夠癡了，發展到後來石頭與人竟然相始終，誰還能說石頭無情呢！古話說：「士為知己者死，不算為過。」連石頭都可以做到這一點，何況人呢！

我們看完這個故事，也可以想一想，說是「萬物有靈」，人有靈，鳥獸有靈，草木有靈，難道沒有生命的石頭也有靈嗎？甚至比人還「靈」嗎？

這的確是一個問題。

〈石清虛〉中這塊神出鬼沒、奇幻奇妙的石頭固然是出於蒲翁一支如椽大筆的文學想像與藝術渲染，現實生活中並不存在。

關於「石頭的靈性」，我們可以從另一個角度加以研討。

名篇賞析

卡爾·馬克思（Karl Marx）在《1844年經濟學哲學手稿》（*Economic and Philosophic Manuscripts of 1844* 年）中說：「從理論領域說來，植物、動物、石頭、空氣、光等，一方面作為自然科學的對象，一方面作為藝術的對象，都是人的意識的一部分，是人的精神的無機界，是人必須事先進行加工以便於享用和消化的精神食糧。」

英國哲學家路德維希·維根斯坦（Ludwig Wittgenstein）[44]說過：「人的身體，乃是世界的一部分，是世界的其他部分如動物、植物、石頭等中間的一部分。凡是意識到這一點的人都會非常質樸地把人和其他動物、植物、石頭看作類似的和同屬的事物。」

前面我們曾經提及的美國當代詩人史耐德甚至還說過：「我獲得了一種動態的、深切的感覺，那就是所有的事物都是有生命的，而且生命的品質在同一層面上並沒有等級之分，一塊石頭或一棵小草的生命都十分美麗而真實，像愛因斯坦的生命一樣有智慧、有價值。」

許多年前，我的朋友出版了一本有趣的書——《靈石不言》，寫的是他故鄉的那些聞名世界的石頭，漢代畫像石。我讀後很是感慨，曾寫下這樣一段文字：

石頭肯定比人類的存在更久遠。人類在一個悠遠漫長的歲月裡，與石頭建立了如此親善的關係。人類棲居在石洞裡，以石頭做工具、做武器，用一些別緻的石頭做髮飾、做服飾，用另一些石頭做法器、做祭器、做葬器、做禮器，甚至還把石頭做成樂器，讓石頭裡流出節拍與旋律。那是一些數以萬計的年頭，那時的人們除了石頭幾乎一無所有。在那數不清的日

---

[44] 維特根斯坦（L. J. Wittgenstein，西元1889-1951年），猶太人，哲學家，出生于奧地利的書香世家，曾在劍橋大學任教，研究領域主要在數學哲學、精神哲學和語言哲學方面，著作不多，卻是20世紀最有影響力的哲學家之一。

石清虛

日夜夜裡，人與石頭朝夕共處，生死相依。

石頭，作為一種原始混沌的知覺和體驗、意象和情緒、關係和模式已經深深積儲在人類的記憶裡，而石頭，在人的軀體的溫暖、體貼、交感、孕育中則獲得了生機和生氣。頑石變成了靈石。這是一些被人們心靈刻意點化過的石頭，這是一些歌唱著的石頭，一些舞蹈著的石頭，一些咿呀著、呻噎著、祈禱著、詢問著、呼喊著、咆哮著的石頭。然而，這又是一些沉默著、靜寂著、凝結著的石頭，期待著能夠與它們對話的人。」

朋友出版的書和我的這段話，大約可以證實馬克思所說的：「石頭作為藝術的對象，是人的精神的無機界，是人必須事先進行加工以便於享用和消化的精神食糧。」也可以證實維根斯坦說過的：「人不過是動物、植物、石頭等中間的一部分。」這段話過多地強調了人的精神對作為對象物的石頭的生氣灌注、精神灌注。我在我的書中曾經提及石頭作為一種精神性的存在、靈性的存在對於作為人類一員的我的生命的滋潤與養護：

案上一塊大石頭，竟有三十多斤重，是我不久前進行生態考察時，從一個農民手中買下的。那農民說，石頭是從他家門前的澗河裡撿來的。這石頭絲毫未經雕鑿，也並非在冊在譜的名貴家族，只是渾然的一塊。石質凝重而溫潤，妃紫的底色中生長出赭黃、鴉青、黛綠的紋理，像山、像樹、像澗、像瀑、像雲、像霧，我曾懷疑這石頭把那龍江山野的風情全吸納在了自己體內。但仔細再看，卻又什麼都不是，它只是一塊石頭，一個「自自然然」的存在，一個在亙古洪荒中神祕生成，在風櫛雨沐中歷盡萬劫，至今仍舊怡然自得的「自然」。我恍惚覺察，這石頭之所以能夠給我以審美感受，不僅僅因為它的色彩、紋路、如山、似樹，甚至也不僅僅因為它那神祕的歷史，還因為它本身就是「自然」，就是天地造物。我和它之間的溝通幾乎是無條件的。而且，當我寫作勞累面對這塊石頭稍事休息

名篇賞析

時，我的心頓時也會變得安定踏實、凝重沉靜起來，這時我只覺得我不但沒有向石頭裡面灌注什麼，石頭的「靈魂」反而潛入我的內心，使我變得「心如磐石」。與黑格爾的美學理論不同，我沒有將石頭「人化」，反而被石頭「石化」了、「自然化」了。這時我只是覺得，在這塊石頭之中的確是包孕著一些神祕因素的。

這段文字並非矯情的渲染，而是對自己真實感受的記述。這段文字大約也是可以作為史耐德對於石頭唱出的讚歌：「一塊石頭或一棵小草的生命都十分美麗而真實，像愛因斯坦的生命一樣有智慧、有價值」、「當一塊石頭陪伴我們的家園，日久也會變為神，有精靈棲居」。

說到底，還要歸結到懷特黑德（Whitehead）、德日進（Pierre Teilhard de Chardin）的理論當中：石頭、空氣、土壤、植物、動物、人類都處於一個共同體中，處於同一個生生不息的演化過程中，我們之間的聯繫是有機聯繫。

說到這裡，我們對蒲松齡言說的「石頭記」——邢雲飛與石清虛的故事也許就會多了幾分感悟。

雷曹

　　世界大國在太空領域的競爭越來越熱鬧了：俄羅斯將一個備有三個床位、兩個洗手間的國際太空站安置在太空，如同豪華飯店一般常年接待地球來的客人；在美國，一位71歲的公司老闆自己掏腰包、花了25萬美金乘坐太空飛機到天上看地球，待了240秒。

　　上天，看來已經不太稀罕。

　　300年前，上天還只能是神仙的特權，蒲松齡在《聊齋志異》中就已經杜撰了一個凡人遨遊太空的故事──〈雷曹〉。

　　這原本是一個報恩的故事。

　　樂雲鶴與夏平子兩個「髮小」，長大以後又是同學，關係比親兄弟還要親密。夏平子很聰明，十歲的時候就能寫詩作文，在當地小有名氣，在學習方面他全力幫助樂雲鶴，而樂雲鶴運氣不好，考試總是不及格。

　　成人後，夏平子不幸患重病死去，樂雲鶴就放棄讀書改行經商，賺錢養活兩個家庭。

　　有一天，樂雲鶴在金陵城一家旅店裡休息時，看到一位身材高大、瘦骨嶙峋、失魂落魄的壯士呆呆地坐在一邊，似乎要吃飯又沒有錢。於是，樂雲鶴就買了些飯食送到他面前。這個人顯然餓壞了，不一會兒便吃得精光。雲鶴看他食猶未飽，隨即又點了兩碗炸醬麵、一副豬腳、一盤燒餅，他又一掃而光。這位壯士說自己已經三年沒有吃過飽飯了，很感謝他，提出要陪他一道經商。

　　某天，在長江上夜航運貨時，雷電交加、風雨大作，商船翻到江底，

名篇賞析

多虧壯士全力營救,終於化險為夷,兩人的友情更加深厚。

樂雲鶴聽見滾滾雷聲,又仰頭看看烏雲滾滾的天空,自言自語道:「雲彩上邊不知是什麼樣子?雷又是什麼東西?要是能到天上轉轉看個究竟,那就太好了!」

壯士說:「你真的想到天上看看嗎?」這壯士原來是天宮裡雷電風雨司的作業班長,由於工作失誤,被貶下凡塵三年,如今期限已滿,即將返回天庭。於是便由此引出一個樂雲鶴太空遊的橋段。

開目,則在雲氣中,周身如絮。驚而起,暈如舟上,踏之,耎無地。仰視星斗,在眉目間。遂疑是夢。細視,星嵌天上,如老蓮實之在蓬也,大者如甕,次如瓿,小如盎盂。以手撼之,大者堅不可動,小星動搖,似可摘而下者。遂摘其一,藏袖中。撥雲下視,則銀海蒼茫,見城郭如豆。

樂雲鶴睜開眼,發現自己已經在雲氣繚繞的空中,周圍的雲朵像一團團白絮,踩上去非常柔軟,有些暈暈乎乎。抬頭仰望,那些亮晶晶的星星近在眼前。為了弄清楚到底是夢境還是實境,他睜大了眼睛仔細觀察,發現這些星星嵌在天上就像成熟的蓮子嵌在蓮蓬裡一樣,大的像罈子,小的像杯子,用手去搖,大的十分牢固,小的卻可以搖動,甚至可以摘下來。於是樂雲鶴用勁摘下一顆小星星藏在衣袖裡。他撥開雲層向下一看,只見銀河茫茫,城市如豆粒,嚇出一身冷汗。

對照今天科學技術的發現,蒲松齡的這段關於「太空」的描寫實在是「漏洞百出」。

首先,樂雲鶴去到的並不是真正的太空,至多不過是對流層,距離地面一萬米,也就是十公里的樣子,是現在的民航飛機能飛到的高度。只有在這一層,才會發生風雨雷電現象。真正到了太空,空氣都沒有了,哪裡

來的颱風下雨？

其次，寫樂雲鶴偷摘了天上的星星。且不說太空裡最小的星球吊車也吊不動，樂雲鶴所在的高度，恐怕只能撿一粒冰雹。

早先的李白也犯過同樣的錯，才登上海拔 3,100 米的峨眉山，就說「捫參歷井仰脅息，以手撫膺坐長嘆」，似乎已經摸到天上的星星了。現代科學證實，離我們最近的行星金星尚有 4,050 萬公里，即使騎上天鵝（李白詩中的「黃鶴」）晝夜不停地飛，也還要飛上 405 年！

且慢嘲笑蒲先生，幾十年前，我們不也是像他這樣看待天空與星星嗎？

我小時候也曾坐在院子裡發呆，想不透藍天的上頭還有什麼。我女兒小時候還曾問過我：「能不能建個滑梯上到月亮上？」

直到現在，我坐在飛機上看雲海，總覺那雲彩就像地毯，像絨氈，扔下個硬幣也不會掉下地面。

科學技術的實證並不能取代文學想像的存在；科學技術的發展，也不應削弱文學藝術的價值。

如今，科學技術已經發展到了這一步，人們真的可以到天上「摘月亮」、「摘星星」了。

美國自 1969 年「阿波羅」號載人登上月球以來，一共採回 380 多公斤月岩、月壤，大多為輝石、橄欖石、斜長石、玄武岩、角礫岩等。蘇聯在解體前多次透過無人登陸器登月，曾在月球採集了 300 多克月壤。

火星，古代叫做「熒惑」，被視為「災星」。目前，火星上有三臺機車、一架直升機在忙著「摘星星」。其中美國的一臺車已經挖到一塊比鉛筆粗一些的「巖芯」。但是由於火星離地球最近距離為 5,500 萬公里，要把它帶

名篇賞析

回地面,還需要等到好幾年之後。這可不像蒲松齡小說裡寫的,用手摳掉一個裝在口袋裡就帶回家了。

文學中的幻想與想像,屬於神話思維,也就是人類童年所擁有的思考方式。這是人類內心世界的需要,人類情感生活、精神生活的需要,無須客觀印證。它沒有實用價值,它本身的存在就是價值,一種精神價值。這種價值與人俱在,一萬年前並不弱小,一萬年後也並不衰老。

如果因為宇宙飛船登上火星挖回來一塊石頭,我們就丟棄了蒲松齡筆下關於天庭與星空的想像,人類的生活世界就將塌陷一半。遺憾的是這種可悲的景象已經發生,而且在日益蔓延。

在〈雷曹〉一文中,被樂雲鶴帶回家的那顆星星還有後續的故事:這一粒星星,竟然是好友夏平子死後的在天之靈。

歸探袖中,摘星仍在。出置案上,黯黝如石。入夜,則光明煥發,映照四壁。益寶之,什襲而藏。每有佳客,出以照飲。正視之,則條條射目。一夜,妻坐對握髮,忽見星光漸小如螢,流動橫飛。妻方怪吒,已入口中,咯之不出,竟已下嚥。愕奔告樂,樂亦奇之。既寢,夢夏平子來,曰:「我少微星也。因先君失一德,促餘壽齡。君之惠好,在中不忘。又蒙自天上攜歸,可雲有緣。今為君嗣,以報大德。」樂三十無子,得夢甚喜。自是妻果娠;及臨蓐,光耀滿室,如星在幾上時,因名「星兒」。機警非常。十六歲及進士第。

雲鶴回到家往袖子裡一摸,從天上摘下的那顆星星還在。這是一塊黑色的小石頭,每到夜裡,它就光芒四射。樂雲鶴視為珍寶,只有貴客來訪時才肯拿出來炫耀一番。有天夜間,妻子對著這顆小星星梳頭,忽見星光漸漸變小,一不留意那光亮竟然飛進她的嘴裡,咳也咳不出來,竟吞了下

去。晚上，樂雲鶴夢見夏平子對他說：「我是少微星，就是你從天上摘下來的那顆星星。感謝你早先對我家的恩惠，承蒙這次你又從天上把我帶回人間，說明你我緣分未盡。現在我將投胎做你家的孩子，以報答你的大恩大德。」

地上的生靈對應著天上的星宿，死後的魂靈能夠輪迴轉世，這些也都是原始思維或神話思維的精義。雲鶴的妻子果真由此懷孕並生下一個兒子，取名就叫「星兒」。這星兒機靈聰慧，16歲就考中了進士。

小說的結局是皆大歡喜，「星兒」進士及第，也代我們的小說家完成了一輩子未能實現的夙願。

名篇賞析

阿纖

　　阿纖，是一位「老鼠精」，當然也可以說得好聽一點：「鼠仙」。無論叫什麼，在人們的成見裡，「老鼠」給人的印象都很糟糕。

　　以往，蒲翁讚美的女性中曾經有幻化了人形的狐狸、香獐、江豚、鸚鵡、烏鴉；這次竟然選取了鼠類作為一部悲喜劇的女一號、傾心謳歌的女主角，感情上讓人一下子難以接受。

　　想一想，偉大教育家孔聖人說過「有教無類」，那麼我們偉大的文學家也可以做到「大愛無偏」，包括愛狐狸、愛江豚、愛烏鴉，也愛老鼠。

　　蘇東坡對老鼠是比較友好的，少年時代曾寫下一篇〈黠鼠賦〉，為老鼠的高智商讚嘆不已：「吾聞有生莫智於人，擾龍、伐蛟、登龜、狩麟，役萬物而君之，卒見使於一鼠。」由於他佩服老鼠的能耐，同時也為了取得與老鼠的和解，平時總要替周邊的老鼠們留一點吃的，於是流傳下一段「為鼠常留飯，憐蛾不點燈」的佳話。

　　魯迅是一位少有的對老鼠存有偏愛的文學家，童年時床頭貼著的一幅〈老鼠成親〉的年畫極其令他神往，夢裡盼著那些「尖腮細腿」的新郎、新娘下請帖給他。他曾養過一隻小老鼠，寵著牠上飯桌、上書案、順著褲管往身上爬。此鼠不久身罹橫禍，他懷疑兇手是貓，一輩子與貓結為冤家。

　　相對於上面二位，蒲松齡的〈阿纖〉中的這位「老鼠精」幾乎就是一位完人，一位那個時代女性的道德楷模。

　　有人會說，這哪裡是寫老鼠，明明是借鼠喻人，是寫人嘛！

　　寫人就直接寫人吧，何必借鼠喻人？即使非「借」不可，為何非要借多

數人都不待見的「老鼠」？想來還是「萬物有靈」、「善待萬物」的自然哲學在蒲翁的意識裡早就紮下根來。

還是魯迅的眼光銳利，他就一眼看出蒲翁筆下的這些「花妖狐魅」，當然也包括這位「鼠仙」阿纖，多具人情，和易可親，看似與常人無異，讓人忘了牠們並非人類；但在細節描寫處，偶爾疏忽便露出馬腳——狐腳或鼠腳，讓人知道牠們仍然不是人類。

魯迅這話是明明白白寫在他的《中國小說史略》中的。讓我們先看看蒲翁的這篇小說。

故事發生在山東高密，有一位叫奚山的大哥，以行商為業，來往於蒙山沂水間。

這天，途中遇上大雨，等他趕到經常住宿的客棧時夜已經很深了，客棧大門緊閉，他只好縮在一戶人家的房簷下。忽然門開了，一位老漢請他進來，說：「我不是開店的，看你深更半夜無處落身，就在我家遷就一下吧。」

進到家來，老漢又對他說：「家中沒有別人，只有老妻弱女，已經睡了。我為你溫點剩飯菜，您別嫌棄。」說完了就進入裡間，搬矮凳，擺茶几，跑來跑去，忙個不停。奚山看了心裡很是不安。就在這時，一位女郎出來替他們斟酒。老漢說：「我家阿纖起來了。」

奚山一看這姑娘，十六七歲，身材苗條，容顏秀麗，舉止優雅，嫣然一笑楚楚動人。奚山有一個小弟弟還未結婚，他暗暗相中了這姑娘，就有一搭沒一搭地和老漢攀談起來，知道這姑娘尚待字閨中。

飯後，趁著酒勁兒奚山對老漢說：「萍水相逢，受到你熱情的款待，終生不敢忘記。看您老人家德高望重，請允許我冒昧提件事，我有一個小

名篇賞析

　　弟弟叫三郎，十七歲了，還在攻讀學問，人不算愚笨，我想高攀老先生結一門親事，您不會嫌棄吧！」老翁很高興：「老夫住在這裡，也是寄居。倘若能全家搬去，相互有個照應最好。」一樁喜事就這樣定了下來。

　　奚山在外地經商一個多月，再次路過這個村子時，在村外遇見一位老太太領著一位姑娘，身穿孝服。他覺得姑娘有些面熟，原來是阿纖。老太太停下腳步神色悽慘地對奚山說：「纖兒她爹不幸被倒坍的牆壓死了，我們這是去上墳，請你在路邊稍等一會兒，我們馬上就回來。」

　　上墳回來，天已黃昏。

　　老太太說：「這個地方的人很勢利，我們孤兒寡婦度日艱難。阿纖既已經說去你家做媳婦，這次就和你一起回老家吧。」

　　阿纖家也是做生意的，經銷糧食。奚山與她們一起將地窖裡儲存的二十多石糧食連夜賣給鄰村一位姓談的貨主，收回一大筆錢，三人便僱了牲口向高密縣趕去。回到家裡以後，雙方老人相見都很高興。奚家為老太太收拾了另一處房子住下，選吉日為三郎、阿纖完了婚。

　　阿纖寡言少語，性情溫和，有人和她說話，她也只是微笑，一天到晚紡線織布忙個不停，全家上下都很疼愛她。阿纖、三郎琴瑟和合，感情很好。過了三四年，奚家越發富裕了，三郎也考中了秀才。

　　阿纖曾囑咐三郎：「你對大哥說，他從我們家原先住過的那個村子經過時，不要向外人提起我們母女。」

　　有一天，奚山住在那家熟識的客棧，無意間與店主人說起三年前在隔壁老漢家寄宿的事，主人說：「客人錯了，我家東鄰是我伯父家的別墅，已經荒廢許多年了，哪會有什麼老頭老太太？」奚山很感到驚訝，主人又說：「這座荒宅有些怪異，一向沒有人敢進去住。三年前院子後牆倒坍，

石板底下壓著一頭大老鼠,有貓那麼大,尾巴還在外邊搖晃。待人們都過來觀看時,大老鼠已經消失了,大夥懷疑那是個妖物。」

奚山越想越疑惑,回來後私下和家裡人談論,懷疑新媳婦是個異類,暗地為三郎擔心。時間久了,家中不免有人暗地裡議論這件事,阿纖多少有些覺察。半夜失眠,她對三郎說:「我嫁給你好幾年了,一心一意為我們這個家操持,現在卻把我不當人看。請您把我休了再娶一個好媳婦吧。」說著忍不住就哭了起來。

三郎說:「我的心意你應該明白,自從你進入我家門,我家日益富裕,都認為這是你的功勞,怎麼會有壞話?」阿纖說:「我知道郎君沒有二心,但是眾人紛紛議論,恐怕早晚有拋棄我的時候,不如我早點退出。」經三郎再三解釋、撫慰,阿纖才不再提離去的事。

奚山心裡始終放不下這件事,就弄了一隻兇猛的狸貓抱回家來,偷偷觀察阿纖的態度。阿纖雖然並不懼怕,卻顯出厭煩的神情。這天晚上,她對三郎說母親身體不舒服,要過去陪陪母親。天明後,三郎到岳母房間問候,只見屋子裡已經空了,母女皆不知下落。

三郎嚇壞了,派人四處尋訪她們的蹤跡,都沒有消息。三郎思念阿纖,吃不下飯睡不著覺。而三郎的父親和哥哥卻感到慶幸,不停地安慰他,打算讓他續婚再娶,三郎堅決不同意,思念阿纖的心思始終不減。又過了幾年,奚家的日子由於不善經營,一天天貧困了,於是大家又都思念起阿纖來。

三郎有一個叔伯弟弟阿嵐,有事到膠州去,途中拐了個彎去看望表親陸生,晚上聽見鄰居家有人哭得很哀痛,就詢問陸生。陸生回答說:「數年以前有寡母孤女二人,賃屋居住在這裡。上個月老太太死了,姑娘再沒

有一個親人。」阿嵐懷疑是阿纖，於是就去敲鄰居家的門。有人一邊哭一邊出來，隔著門問道：「你找誰呀？我家沒有男人。」阿嵐從門縫裡窺視，果然是阿纖，便說：「嫂嫂開門，我是你堂弟阿嵐。」

兩人開門相見，阿嵐說：「我三哥終日思念你，夫妻之間即使有點不和，也不至於遠遠地躲到這裡來！」阿嵐當時就要賃車帶她一起回去。阿纖面色悽苦地說：「是因為人家不把我當人看，才跟母親一塊隱居到這裡。現在回去又難免遭人白眼。」堂弟執意相勸，阿纖說：「如果真想要我回去，那就與哥哥們分開過日子，不然的話，我就是服毒自盡也不能聽命！」

阿嵐回去之後，把這件事告訴了三郎，三郎連夜就跑了過來。夫妻相見，傷心落淚，悲喜交加。第二天，三郎告辭房東，準備接阿纖回家。

不料房東謝監生見阿纖長得美貌，早已暗中打算把阿纖納為偏室，所以幾年來故意不收她們母女的房租，多次故意向阿纖的母親暗示，都被老太太斷然拒絕了。老太太一死，謝監生私下慶幸可以得手了，不料突然冒出個三郎。於是就惱羞成怒，把幾年的房租一起加價計算刁難他們。

三郎家這些年經濟狀況越來越差，聽說要這麼多銀子，顯出一籌莫展的神色。阿纖說：「不要緊。」領著三郎去看自家的糧倉，大約還有三十石糧食，償還租金綽綽有餘。

三郎興沖沖地找謝監生交涉，謝監生仍不甘心，一再刁難，說他只要現金不要糧食。阿纖嘆氣說：「這都是因為我惹的麻煩啊！」於是就把謝監生圖謀納她為妾的事告訴了三郎。三郎大怒，要到縣裡去告他，阿纖認為不可，表親陸生也來勸阻，結果把糧食賣給了鄉鄰，將錢還給了謝監生。

兩人回家後，三郎如實把情況告訴了父母、哥哥，便和阿纖獨立門戶過起自己的日子。

阿纖拿出她自己多年累積的錢，建造倉房，仍然經營買賣糧食的生意。一年多過去，只見倉庫裡的糧食已堆積滿滿。過了幾年，三郎家日子過得越來越富足，而大哥奚山家卻越來越貧困。阿纖就把公公、婆婆接過來與自己同住，盡心奉養。

　　看到大哥家生活困難，阿纖便經常拿出銀子和糧食賙濟他們，日子久了漸漸成了習慣。三郎想起當年大哥曾經抱貓來試探阿纖，就欣慰地說：「阿纖不念舊惡啊。」阿纖說：「大哥那樣做也是出於對弟弟的一片愛心啊！況且當初如果不是大哥牽線搭橋，我哪有機會結識我的三郎呢？」

　　以後的歲月，這家人過得平平安安，從沒有出現過什麼怪異的事情。

　　蒲松齡筆下的阿纖，姿容秀麗不用說了；她勤勞節儉，不但紡花織布操持家務，還善於經商理財累積財富；她孝敬父母公婆，友愛兄弟姐妹，憐苦惜貧，慷慨助人；她不念舊惡，以德報怨，嚴於律己，寬以待人；同時她又自尊自愛，不惜付出嚴酷的代價以維護自己的尊嚴；她柔中寓剛，不屈服於壞人的威逼利誘，維護自己的獨立人格。

　　酷愛《聊齋》的清代翰林但明倫評價：「阿纖身為鼠類，實乃人中菁英；而那個乘人之危的謝監生，卻是一個不如鼠類的人。」

　　這話說得中肯。

　　在看待其他生物的問題上，人類往往被自己的盲目自大矇住了雙眼。從生命進化的大視角看，鼠類的歷史比人類還要更悠久、更壯觀。鼠類在地球上生存的歷史已經超過 6,000 萬年，那時青藏高原尚未成為陸地，恐龍剛剛滅絕不久，哺乳動物尚未在陸地上取得控制權，更沒有人類。數千萬年裡，鼠類經受過隕石撞擊地球的浩劫，熬過了漫漫冰期，歷經火山爆發、洪水氾濫，何止九劫八十一難！至今現存的鼠類還有 500 多種，家

名篇賞析

鼠、田鼠、倉鼠、松鼠、竹鼠、麝鼠、鼴鼠、豚鼠、旱獺、海狸……家居的、樹棲的、地下的、水中的，善於跳躍的、善於攀援的、善於游泳的、善於挖掘的、善於滑翔的，各逞其能，遍佈世界各地。

鼠類善於以頑強的生命力適應各種生態環境。上得了高山，下得了雨林，蹚得過沙漠，逛得了海島，其生態幅度特別寬廣。從40攝氏度高溫到零下23攝氏度低溫依然可以照常吃喝、生孩子，甚至可以在原子彈爆炸的廢墟中討生活。鼠類的飲食具有超人類的廣譜性，凡人類吃的東西它都吃，人類不吃的它也吃。

據生物學家猜測，如果全球性突發災難致使生物大量滅絕，人類在劫難逃，而鼠類將會是最後存續下來的生物。

鼠類始終保持自己生存方式的多樣化，不像現代人類做什麼都要相互比較、整齊劃一。有的鼠類是地下工作者，喜歡洞穴裡寧靜溫馨的生活；有的喜歡群居熱鬧的大家庭，有的喜歡做單身貴族。鼴鼠是出色的建築師，它們的洞穴一般是三層別墅：倉庫、廁所、育嬰房。密西西比河流域的河狸是水利專家，擅長在河道裡修建堤壩，構造水下宮殿。被譽為「美國鄉村聖人」的約翰·巴勒斯（John Burroughs）在他的《河上漂流記》一書中記錄下：「皮派克頓流域的麝鼠先天具備氣象學家的氣質，在春天就能夠準確地預測到夏季的天氣，並及時做好防汛準備。瓜地馬拉的林鼠是『珠寶』收藏家，喜歡用一些閃光的、鮮豔的小物件如碎玻璃、汽水瓶蓋裝飾自己的巢穴，向異性炫耀自己的審美情趣。」美國女作家瑪麗安·米切爾（Maria Mitchell）甚至從自己家附近的一座林鼠洞穴中撿回一隻銀手鍊，那應該是「小東西」從女鄰居家「順」來的。

科學家的最新研究得出結論，老鼠基因密碼鏈的長度與人類相差無

幾，80% 的基因與人類完全相同，99% 的基因與人類非常相似，比起與人類在外形上更相似的猿猴，老鼠該是與人類關係更密切的近親。1920年代世界經濟大蕭條時，在美國堪薩斯市，由於一位名叫華特·迪士尼（Walt Disney）的窮小子在窮困無聊時偶爾「結識」一隻小老鼠，最終讓世界人民對老鼠的印象發生翻轉。

那年華特 21 歲，與蒲翁小說裡的三郎年紀相仿，是一家卡通公司的畫家，由於收不到薪資，只能半飢半飽住在一間破爛的出租屋裡。

這天，當華特伏案畫畫的時候，有一隻瘦弱的小鼠羞怯地爬到桌子上偷食麵包屑，看華特沒有趕牠走的意思，竟爬上書桌看他畫畫。

在孤獨和貧苦中，小鼠成為華特忠實的朋友，牠淘氣，也溫馴，會耍賴，會撒嬌，會對著鏡子皺鼻子、努嘴巴，有時甚至蜷伏在華特的手掌心裡睡大覺。華特很疼愛這隻小鼠，牠的一舉一動、一笑一顰都令他留下深刻印象。[45]

後來，這隻小老鼠就被華特塑造成卡通片中的一位角色──米奇老鼠，一位出身卑微，常被欺負，但是天真善良、勇敢頑強，總是在幫助別人的老鼠精靈。

卡通片《米老鼠與唐老鴨》連續推出 104 集，受到世界各國觀眾的熱烈歡迎，當年那位出租屋裡共患難的小鼠、如今全人類的寵兒米奇，為華特帶來無限的聲譽與財富。

米奇也是阿纖，是華特的阿纖。

---

[45] 此處參考並摘引了邵宇峰 2007 年 11 月 19 日發表的文章《米老鼠是怎樣來的》。

名篇賞析

罵鴨

　　這又是一篇 200 字的短文，敘述卻跌宕有致，兩個主角雖不具姓名，卻形象生動、個性鮮明。以小見大，蒲松齡不愧為文學大師。

　　蒲松齡家在淄川縣東，他坐館的畢府在縣西，故事發生在縣西的白家莊，看上去像是一個真實的故事。

　　白家莊有一個漢子，好吃懶做，還有手腳不乾淨的毛病。這天偷了鄰居老翁家的一隻鴨煮來吃了。到了夜間他感到渾身皮膚發癢，天明一看，身上竟長出一層細細的鴨毛，碰一下就疼痛難忍，醫生也不知道這是什麼病，他心裡害怕極了。

　　這天夜裡他做了一個夢，夢裡有人告訴他，這是上天對你的懲罰，必須得到丟失鴨子的主人家的辱罵，你身上的「鴨毛」才會脫落下來。這個懶漢怕丟人，找到鄰居老翁騙他說：「某某人偷了你家的鴨子，您把他大罵一頓吧，以後他就不敢再偷別人的東西了。」

　　而老翁是個心胸寬廣、性格溫和的人，平時丟失些小東小西並不怎麼計較。他笑了笑對這個鄰人說：「誰有那個閒氣罵人。請您罵吧！」

　　就是不罵。

　　這個懶漢非常尷尬，身上的鴨毛仍刺撓不已。於是，他只好把實話告訴老翁。

　　老翁這時才明白，罵他就是幫他，於是就朝著他大罵了幾聲。懶漢身上的鴨毛就全脫落了。

在這篇故事中，懶漢的人品比較低下，偷了別人的東西，冥冥中受到懲罰，還把錯推諉給別人。

老翁是一位很有涵養的人，有一顆與人為善的心，處處善待他人，體諒他人。不罵，是善待他人；罵，也是善待他人。

懶漢，當然也不是個罪大惡極的人，偷吃了鄰人的鴨子，夜晚做夢知道是遭受了上天的懲罰，畢竟內心有愧。不能一下子坦白交代，說明仍然存有羞恥之心。老翁的感化，或許要勝過將他在拘留所關上三天。

故事的內容是傳統鄉村生活中常見的現象，屬於鄰裡間磕磕碰碰的小摩擦。在今日大城市裡，由於人口密集，生活節奏快、心理壓力大，此類衝突、摩擦甚至更多。往往因為一件小事，當忍不忍，當讓不讓，寸土必爭、睚眥必報，最終釀成血案的也屢見不鮮。

如果人們都能夠像這位鄉下老漢一樣，以善心待人，多些寬容、多些同情、多些諒解，讓世界多一點愛，少一點暴戾之氣，世界就會和諧得多、穩定得多。

北宋大書法家米芾當年遊太湖時留下的兩句詩，讓我留下深刻印象：「路不拾遺知政肅，野多滯穗是時和。」

「野多滯穗」是什麼意思？「滯穗」是丟置在田間的穀穗，在這裡是田主在收割莊稼時故意不收割那麼乾淨，有意在地裡丟落一些穀穗，留給貧苦人來撿拾的。這樣，既救濟了窮人，又不讓受惠者失去尊嚴。比起當代某些富豪，敲鑼打鼓當眾撒鈔票做慈善，這是一種更真誠、更無私的大善。

只有當普通百姓心中都保有這種發自天性的善良，時代才會和順，社會才會和諧。

記得我十四五歲的時候也曾跟著母親到鄉下拾過麥穗，卻沒有趕上

名篇賞析

「野多滯穗」的時運。忙碌大半天撿到的半籃子麥穗，竟又被農民伯伯奪下倒回生產隊的牛車上。當時母親就哭了，這件事在我心中留下至今仍然隱隱作痛的創傷。

想一想，倒也不必，因為那時節農民們自己也吃不飽飯，他們的孩子也還處在飢餓中。

陸判

　　這又是一篇人與鬼交流的故事，兩位主角都是男性，寫的是男人之間的友情，折射出人與人交往的良好社會生態、精神生態。

　　故事頗為離奇，高度魔幻。兩個主要人物，一是個人世間的書生，一個是地獄裡的判官。書生叫朱爾旦，是個沒心機的「二桿子」；判官姓陸，是個直性子的「人來瘋」，說是傳奇人物，又非常的市井化、世俗化，無論是人是鬼，對於讀者來說都是「熟悉的陌生人」。

　　這篇故事的情節蜿蜒曲折，描述細緻入微，屬於《聊齋》中的優秀長篇，我們這裡只能複述個梗概。

　　朱爾旦性情豪放，生性遲鈍，讀書雖然很勤苦，卻一直沒讀出名堂。一天夜晚與幾位文友閒來喝酒，朋友們知道他沒什麼心機，就激他說：「你如果敢把城隍廟裡的判官背過來，我們請你喝酒！」

　　城隍廟閻羅殿裡的那座木雕判官綠臉膛，紅鬍鬚，相貌猙獰可怖，令人毛骨悚然，眾人都料其不敢。朱爾旦聽了逕自離席而去。不大一會兒，只聽門外有人大叫：「我把大鬍子宗師請來了！」朱爾旦將判官雕像安置在桌子上，端起酒杯來先敬判官三杯。

　　眾人看見判官個個驚恐不安，忙請朱爾旦再背回去。朱舉起酒杯，把酒祭奠在地上，禱告說：「學生粗魯無禮，諒大宗師不要見怪！我家距此不遠，改日到寒舍喝兩杯，千萬別見外啊！」說完，仍將判官背了回去。

　　這二桿子，說他沒心機吧，他倒是彬彬有禮；說他魯莽吧，將一座神像背來背去倒是很隨和。

名篇賞析

　　第二天天黑，朱爾旦在外面喝了酒，回到家又接著自斟自飲。忽然，有個人一掀門簾走了進來。朱爾旦抬頭一看，竟是那個判官！心頭一驚，自知昨晚失禮便脫口說道：「咦！昨晚冒犯了您，這是來要我命的吧？」

　　判官撅起鬍子笑了：「哪裡哪裡，昨晚承蒙你慷慨相邀，今晚剛好有空，特來赴你這位通達之人的約會。」朱爾旦大喜，拉著判官的袖子請他快坐下，讓媳婦重置酒菜，兩個人你一杯、我一杯對飲起來。媳婦卻嚇得戰戰兢兢不敢上前。

　　朱爾旦詢問判官姓名。判官說：「我姓陸，沒有名字。」朱爾旦跟他談古論今，判官口若懸河。朱爾旦問他：「懂八股文嗎？」判官說：「好壞還能分得出來。」

　　陸判酒量極大，一連喝了十大杯。朱爾旦因為已喝過大半天，此時已大醉，趴在桌子上沉沉睡去。一覺醒來，只見殘燭昏黃，鬼客已逕自離去。

　　從此後，陸判兩三天就來一次，夜深就同榻而眠，兩人關係十分融洽。

　　朱爾旦把自己的文章習作拿給陸判看，陸判拿起紅筆批改一番。爾旦問：「我寫得怎麼樣？」

　　陸判說：「不怎麼樣。」

　　「全都不怎麼樣嗎？」

　　「都不怎麼樣。」

　　一天夜裡，兩人喝過酒後，朱爾旦醉了，自己先去睡下了。朱爾旦睡夢中，忽然覺得臟腑有點疼痛，睜眼一看，只見陸判端坐床前，已經將他的肚子剖開，掏出腸子來，正在一根一根地整理。

朱爾旦驚愕地說：「老哥哥要殺我嗎？」

陸判笑了：「別害怕，我要為你換顆聰明的心。」說完，不緊不慢地把腸子理好，放進朱爾旦的肚子裡，把刀口合上，用裹腳布把腰纏起來，一切完畢，床上一點血跡也沒有，爾旦只覺得肚皮上稍微有些發麻。

陸判指著桌子上的一團肉說：「這是你原來的那顆心。你文思不敏，就是因為你心被堵塞了，總不開竅。剛才我在陰間裡，為你選了顆最好的心換上了。」

天亮前陸判離去，朱爾旦看看傷口已經癒合，只在肚子上留下了一條紅線。從此後文思大進，文章過目不忘，下筆遊刃有餘。過了幾天，他再拿作文給陸判看，陸判官說：「可以了。中個舉人沒問題。不過你福淺命薄，做不了大官。」

朱爾旦中舉後，他的文友們過來祝賀，但是都有些想不通，這個爾旦怎麼會有如此好運？爾旦如實相告，文友們一個個躍躍欲試，都巴望能夠結識陸判。

這位陸判倒是個愛熱鬧的人，有請即到。

待到爾旦將陸判請來，眾人看到陸判紅鬚倒豎、目光如電，未等他掏出刀子，一個個嚇得面無人色、牙齒打顫，一個跟著一個溜了出去。

過了段時間，二人又在家中喝酒，喝得醉醺醺的時候，朱爾旦對陸判說：「你替我洗腸換心，我已經受惠太多，但有件事還想麻煩你，不知該不該說。」陸判請他說出來看看。

爾旦說：「心腸既然能換，想來面目也可以換了。我的結髮妻子身材倒還不賴，只是五官不夠漂亮，想麻煩你再動動手如何？」

名篇賞析

陸判笑了，說：「好吧，讓我想想看。」

沒過幾天，陸判半夜來敲門，衣襟裡鼓鼓囊囊包著個東西。朱爾旦問是什麼，陸判說：「你上次囑咐我的事，一直不好物色。剛才恰巧得到一個美人頭！」

陸判信守諾言，助友心切，出發點不錯；但是這次卻做了件荒唐事，惹下大麻煩！原來他將剛剛死去的達官貴人吳侍禦家的女兒的頭換給了爾旦媳婦！

吳家女兒死於一樁凶殺案，女兒被賊人所殺，身首分離，案子尚未破獲，女兒的人頭卻又不見了，其痛何如哉！

朱家媳婦換了人頭的事漸漸風傳起來，吳侍禦起了疑心，暗地派了一個老女僕藉故去朱家探看。老媽子一見朱夫人的面容正是她家小姐，立刻跑回來告訴了吳公。吳公看看女兒屍身還在，頭卻跑到別人家，一時鬧不清究竟發生了什麼事情。

官司鬧到郡府衙門，朱爾旦與其家人一口咬定，他的妻子是在睡夢中被換了腦袋，自己絕沒有殺害侍禦的女兒。

案子僵持下來。爾旦問陸判怎麼辦，陸判說：「這不難，我讓他女兒自己說清楚。」

到了夜晚，吳侍禦夢見女兒跟自己說：「女兒是被蘇溪村一個叫楊大年的無賴殺害的，與朱舉人沒有關係。只是朱舉人嫌妻子長得醜，城隍廟的陸判官幫忙朱妻換上了女兒的頭。現在女兒雖然死了，但是腦袋還活著，願我們家不要把朱舉人當仇人。」

吳侍禦醒來後，忙把夢告訴了夫人，夫人說剛剛也做了個同樣的夢。郡守派人下到蘇溪村偵查，果然有個楊大年，經審訊楊大年認罪伏法。

案子了結後，侍禦夫婦來到朱爾旦家，請求見一見朱夫人。當他們看到一個活生生的女兒出現在面前時，悲喜交加，遂認下朱夫人為女兒，和朱爾旦便自然成了翁婿關係。

被陸判換下來的朱夫人的腦袋，安放在吳家閨女的屍身上隆重下葬。

樂於助人的陸判歪打正著，無意間促使好事成雙。當然，這全憑蒲翁的一支生花妙筆！

故事到此仍未結束。

有一天晚上，陸判過來告訴爾旦說：「你的壽命就要到頭了。」爾旦問死期在哪一天，陸判說五天後。

「還有救嗎？」

「不能，生死全由天定，怎能隨意改變呢？」

在這個生死大事上，陸判堅持原則。但是又勸導他，對於通達的人來說，生也好，死也好，並沒有絕對的好與壞。

爾旦點頭稱是，趕忙置辦起壽衣棺材，五天後，穿著盛裝悠然去世。在陰間爾旦成了陸判的同事，幫助掌管文書資料。他仍然不放心家裡的老婆孩子，時常在夜間回家幫助太太處理家務、輔導兒子朱瑋的功課。有時，陸判也一起回來，兩人熱熱鬧鬧喝上一場小酒，幾乎和他在世時一樣。

兒子漸漸長大成人，一天夜間爾旦回家後與妻子鄭重告別，說他被提拔將到外省赴任，今後不能再回家了。妻子兒子聽了與他抱頭痛哭，他倒是一個勁兒地安慰他們：「世上哪有百年不散的夫妻？」又囑咐朱瑋努力攻讀，說十年後還有機會再見。說完便直接出門，從此再也沒有回來。

朱瑋二十五歲時考中進士，在禮賓司做官。一天奉皇帝命祭祀西嶽華

名篇賞析

山，路經華陰時，忽然一支儀仗森然的車馬迎面過來，朱瑋看到車中坐著的竟是自己父親，就慌忙跳下馬來，跪在路邊痛哭。父親停下車子說：「孩子，你做官聲譽很好，我可以放心了。」

兒子長跪不起，父親解下身上的佩刀交給兒子。三分鐘熱風吹過，車馬儀仗瞬間消失。兒子抽出父親的佩刀，只見刀上刻了一行字：

「膽欲大而心欲細，智欲圓而行欲方。」故事到此基本結束。

這篇小說並沒有纏綿悱惻的愛情故事，也沒有飄洋過海的異域風光，更沒有砍砍殺殺的江湖恩怨，那麼它好在什麼地方呢？

人物。一位陰府小吏，一位陽間書生，他們不是英雄，不是聖賢，不是菁英，不是楷模，只不過是市井常人，他們身上表現出的都是常人的道德行為，常人的優良品性，以及常人的缺點毛病。正因為如此，他們才顯得真實可信，即使那位地獄裡的鬼判，也顯得如此可愛。蒲松齡在這篇小說的末尾忍不住站出來發表議論：「這位陸先生如果還在，我願意跟隨他為他駕車執鞭！」

這兩人身上具有蒲翁最看重的道德特質：純樸、率真、誠摯、厚道。在他們身上仍然保有人之初的本心、真心、童心、赤子之心，這比智慧之心重要，比機巧之心美好，這也是蒲松齡自己一生持守的道德宗旨──抱樸守拙。「生無逢世才，一拙心所安」，是他對自己人生做出的評價。

一種良好的社會生態，一個穩定、和諧的太平盛世，總是以每一個個體正常的、健全的人格為根基的，這個根基不牢，貪腐之風、諂媚之習、暴戾之氣就會通行無阻、氾濫成災。

翩翩

《聊齋志異》中，蒲松齡對待女性的態度並不始終一致。我發現，凡是寫到現實家庭，他持守的觀念基本上是守舊的、傳統的：三從四德、男尊女卑、嫡貴庶賤、傳宗接代、大男子主義。待到進入花妖鬼狐、神仙魔幻的境域，在天地自然中，他的女性觀就會開放許多：戀愛自由、女性獨立、女性優越、女性至上，尊重讚美起女性來，簡直就像一位現代女權主義者！

〈妾擊賊〉，寫的是現實家庭的夫婦關係、妻妾關係。富商家的那位溫柔美麗的小妾嚴守婦德，雖終日受到正妻的凌辱、折磨和鞭撻，卻逆來順受、毫無怨言。一天夜裡，幾個強盜破門而入，丈夫和正妻嚇得躲在牆角瑟瑟發抖，小妾卻拿起一根扁擔左掃右劈、虎虎生威，瞬間把幾條大漢打翻在地下跪求饒。原來她出身武術世家，自幼隨父練就一身武藝。事後女鄰居問她：「小嫂子打起那些強盜如同打一群豬狗，為何恭恭敬敬挨你家大老婆的鞭撻？」小妾回答說：「這是名分規定的，我必須遵守規矩。」於是大家都讚美她的賢德，對她更加敬佩。對此，蒲翁當然也是讚美、敬佩的。

〈翩翩〉的女主角可就不是這樣了，翩翩是一位生活在荒山曠野中的仙女，一位融入大自然的女性，一位獨立自主的女性，現實社會中的三從四德對她完全不發揮作用。

翩翩的精神世界是在與一位男性的交往中顯現出來的。

男子叫羅子浮，是一位十足的「渣男」。父母早年去世，他在官宦叔

名篇賞析

叔的嬌生慣養下長大，十四歲受人引誘學會嫖妓宿娼，在金陵妓院花光了錢財得了一身梅毒大瘡，皮肉潰爛發臭，膿血沾染床鋪。他被妓院趕出來後一路乞討，只盼著能活著回到陝西老家。

有一天傍晚，羅子浮在山路上遇到一個美貌女子，女子看他失魂落魄的樣子，問他要到哪裡去，他照實說了。

女子說：「我叫翩翩，在這山裡修行，你不妨到我那裡養息幾天，以免喪身虎口。」子浮喜出望外，便跟隨翩翩而去。

進入深山，見有一座洞府，門前林木茂盛，橫淌著一條小溪，溪上架著根長條石作橋。過橋幾步，有兩間石室。翩翩讓羅子浮脫下身上的破衣爛衫到溪水中洗個澡，說：「洗洗，瘡就好了。」

待到子浮洗澡回來，翩翩取過一些芭蕉葉，剪剪縫縫做成衣服的樣子放到床頭，對子浮說：「明早穿上！」

子浮洗完澡後，覺得身上的瘡已經不疼了，醒過來一摸，已結了厚厚的痂。第二天早晨，他發現那些芭蕉葉做的衣服全是綠色錦緞，柔軟滑爽。早飯時，翩翩摘下洞外一些樹葉剪成雞鴨魚肉的形狀加以烹調，味道鮮美可口。

過了幾天，羅子浮身上的瘡痂脫落，一身清爽。入夜，他就湊到翩翩的床上要求同眠。

翩翩說：「輕薄東西！剛好了瘡疤就又想入非非！」

羅子浮靦笑著說：「你錯怪我了，我不是要占你便宜，是要報答您的大恩大德！」

翩翩聽了很高興，於是二人同床共寢，歡如魚水。

222

有一天，一位少婦笑著闖進來，說：「翩翩小鬼頭春夢好美啊，快活死了吧！」翩翩迎上去笑著說：「原來是花城娘子！貴足很久不踏賤地了，哪陣風把你吹來了？」於是三人一齊落座，翩翩設宴款待。

　　這位叫花城的少婦看著羅子浮說：「小郎君得遇翩翩，真是燒高香了！」

　　羅子浮見她二十三四歲年紀，依然風姿綽約，便犯了老毛病。他假裝果子誤落到桌底下，俯身撿拾時暗地裡捏了捏花城的腳，正神魂顛倒時，低頭一看，衣服全變成了樹葉。他急忙收回邪念，衣服才又變回原來樣子。過了會兒，對花城勸酒時他又用手指搔她的掌心，衣服一下子又變成樹葉。子浮嚇得心驚膽顫，暗自慶幸兩個女子都沒看見，再也不敢胡作非為。

　　其實，兩個女子全都心知肚明。

　　花城笑著對翩翩說：「你家小郎君太不正經，若不是遇上你這個醋葫蘆，恐怕早就張狂到天上了！」

　　翩翩說：「輕薄成性的東西！就該活活凍死！」兩人拍掌大笑起來。

　　花城離去後，羅子浮害怕翩翩責罵，但是翩翩仍和平常一樣待他，似乎什麼事也沒有發生過。

　　節令已到深秋，寒風陣陣，霜葉蕭蕭。翩翩見羅子浮凍得瑟縮發抖，便拿個包袱，到洞口抓幾團白雲，絮成棉衣，羅子浮穿上感覺格外輕柔溫暖，賽過一般棉衣。

　　過了一年，翩翩生了個兒子，聰明漂亮。

　　兒子漸漸長大了，羅子浮常常想起家鄉，懇求翩翩一同回去。

　　翩翩說：「我不能跟你回去，要不你自己走吧。」子浮捨不下翩翩，就留了下來。

名篇賞析

又過了些年，兒子十四歲了，和花城家的閨女訂了婚，兩家結成親家。婚宴上張燈結綵，笑語滿堂。翩翩敲著金釵，唱了一曲：「我有佳兒，不羨貴官。我有佳婦，不羨綺紈。今夕聚首，皆當喜歡。為君行酒，勸君加餐。」

新媳婦很孝敬，依戀在翩翩膝前就像親生女兒一樣。過了不久，羅子浮又動了回老家的念頭。

翩翩說：「你有俗骨，兒子也是富貴中人，我不耽誤你們，你帶了他們倆一起去吧。」

花城也趕來送行，兒女戀戀不捨哭成了淚人兒。翩翩把樹葉剪成毛驢，讓子浮與兒子、兒媳三人騎上朝陝西方向走去。

子浮的叔叔此時已告老還鄉，以為姪子早已死了。忽見子浮帶著帥氣的兒子和漂亮兒媳回來，歡喜得像得到上天恩賜的寶貝。

羅子浮三人進入家門，看看身上的衣服，都變回了芭蕉葉，扯破一看，裡面的棉絮也像白雲一樣消散了。

羅子浮思念翩翩，多年後帶著兒子回去探望，只見黃葉滿山，白雲悽迷，再找不到當年洞府的蹤跡，只得流著眼淚返回老家。

這是一篇蒲松齡式的《綠野仙蹤》。

白雲鄉也是溫柔鄉，深山洞府是蒲松齡的田園詩、桃花源。

翩翩是山野中的精靈，大自然中的山石、溪水、草木、白雲是她生命的依傍。翩翩、花城那和諧溫馨的洞府，是人類幻想中的生態烏托邦。

中國人崇尚神仙。神仙是什麼？照莊子的說法，「大澤焚而不能熱，河漢冱而不能寒，疾雷破山，風振海而不能驚」。為什麼？因為他就是大

澤,就是河漢,就是高山,就是大海,就是與大自然融為一體的人,這樣的人就是神仙。

翩翩,也是這樣的神仙。

著名生態女性主義者卡洛琳・麥茜特(Carolyn Merchant)[46]指出:「大地孕育萬物,自然讓萬物繁衍,人類的本性是其自然性,女性比起男人更接近自然;女性是自然與社會完美結合的理想化身,田園詩傳統在古代就成為人類罪孽的解毒劑。」

翩翩活得如此本真、自然,並以她的本真自然洗滌了那個曾經淪為「人渣」的男人,不但洗滌了他滿身的瘡痍,還淨化了他那被汙染、毒化的靈魂。

另一位生態女性主義者凱倫・J・華倫(Karen J. Warren)[47]曾經指出:「自然原本就是個女性主義話題(Nature is a feminist issue),男性對於女性的掌控與奴役,是從人類對於自然的掌控與奴役開始的。在第三波中,女人們變得聰明起來,她們開始尋找到自己的『法身』,與自己在宇宙間的最大的夥伴『自然』結為生死同盟。女性的真正的解放,在於恢復女性長久以來被壓抑、被扭曲的天性,恢復大地崇拜的女性精神,恢復充滿寬容與溫情的女性情懷。到那時,也是人類對自然的回歸,也是人類歷史上生態時代的開始。」

翩翩是獨立的,她不「掌控與奴役」任何人,也不接受任何人的「掌

---

[46] 卡洛琳・麥茜特(Carolyn Merchant,西元 1936-),美國加州大學伯克利分校自然保護與資源研究系環境史、環境哲學和環境倫理學教授,著名的生態女性主義者,代表作為《自然之死——婦女、生態和科學革命》。

[47] 凱倫・J・沃倫(Karen J. Warren,西元 1947-),美國當代生態女性主義哲學家,著有《生態女性主義哲學》(*Ecofeminist Philosophy*),並編輯了相關文集《生態女性主義》(*Ecological Feminism*)。

名篇賞析

控與奴役」。為了獨立自由，她不羨貴官，不羨綺紈，甚至也不把丈夫兒子圈起來視為私有，而是尊重他們自己的選擇。

小說的結尾，羅子浮帶兒子重走當年路，只見秋山蒼茫、白雲繚繞，卻未能尋到翩翩的蹤影。

翩翩到哪裡去了？她並沒有逝去，她已經與自然融為一體，融入秋山蒼茫、白雲繚繞的天地間，用華倫的話說便是與自然結為生死同盟。

蒲松齡先生或許沒有當代的生態意識，但這些當代生態意識在古代精神文化傳統中是早已存在著的。對於〈翩翩〉一文來說，便是那些集體無意識、個人潛意識在蒲翁文學創作過程中的隱約再現。

小翠

　　《螢窗異草》是清代仿效《聊齋志異》描寫鬼怪仙妖、異人奇事的一部小說，在社會上產生一定影響。其中有一篇〈癡狐〉，按照晚清翰林院編修、文史大家平步青（西元 1832-1896 年）的說法，乃「仿留仙〈小翠〉為之」。

　　比較一下〈小翠〉與〈癡狐〉應該是很有意思的事。讓我們先看看蒲松齡的〈小翠〉。

　　王太常，童年時有一天午睡，忽然天色變暗，陰雲密佈、電閃雷鳴，一隻比貓大一點的動物跳到他的床上，偎依在他身邊瑟瑟發抖。雨過天晴，那動物離去，他才發現那隻動物並不是貓，而是一隻修煉多年的狐狸，在他身邊躲過雷劫。雖然他並非有意保護狐狸，狐狸仍然很感激他，保佑他考中進士，官至監察御史。

　　讓王太常苦悶的是，他唯一的兒子元豐是個弱智兒，俗謂傻子，十六歲了還分不清雌雄。因為傻，誰也不肯把女兒嫁給他，這讓王太常夫婦很犯愁。

　　有一天，有個老婦人領著一個女孩兒找上門來，說女孩叫小翠，十六歲了，願把她嫁給王家做媳婦。那女孩兒面帶笑意，漂亮得像天仙。王太常問老婦人想要多少聘金，老婦人說：「我不是賣孩子，這孩子跟著我尚不得一飽，跟了您這大戶人家，只要她舒心如意，我也就放心了。」王太常夫婦喜出望外，老婦人吩咐小翠：「這就是你的公公婆婆，你好生侍奉他們，我過幾天再來看你。」小翠倒也沒有顯出依戀不捨的樣子，就在帶

名篇賞析

來的小箱子裡翻尋花樣，準備做工作了。

過了幾天，不見老婦人過來。王夫人問小翠家住哪裡，她憨笑說自己也不清楚。王夫人便收拾了另外一個院子，讓小夫婦完婚。親戚們聽說王禦史家娶了個窮人家的女兒，都暗地嘲笑，可後來見小翠如此漂亮伶俐，全都驚呆了。

小翠很聰明，老夫婦也疼愛她，唯恐她嫌棄兒子傻。小翠卻毫不在意，只知道想著法和元豐瘋玩。她用布縫成個球，一踢好幾十步遠，讓元豐跑去拾。元豐和丫鬟們跑來跑去不亦樂乎，累得滿身大汗。

王大人偶然經過，球「啪」的一聲，正好打在臉上。小翠和丫鬟們連忙溜走，元豐還傻乎乎地跑過去拾球。這當爹的大發脾氣，夫人也趕過來斥責小翠，小翠卻低頭微笑，全不在意。

大人們走後，她又和元豐胡鬧起來，用胭脂、香粉為元豐抹了個大花臉。元豐玩得興高采烈，夫人一見氣急敗壞，把小翠叫來怒罵一頓。小翠靠著桌子擺弄衣帶，不害怕，也不吭聲。夫人無可奈何，只得拿兒子出氣，把元豐打得哭爹叫娘，小翠一下子慌了手腳，連忙跪在地上求饒。

小翠把元豐扶到臥室裡，替他揮掉衣裳上的塵土，用手絹幫他擦乾臉上的淚痕，又拿些紅棗、栗子給他吃，元豐不哭了，又傻笑起來。小翠玩興未盡，關上房門仍舊和元豐想著法子胡鬧，一會兒把元豐扮作楚霸王，自己扮成虞姬；一會兒把元豐裝扮成沙漠國王，自己懷抱琵琶又唱又跳。公公婆婆因為自己的兒子傻，也就不忍心過於責備小翠。

與王太常家同一巷子還住著一位官員王給諫，兩家向來不和。這王給諫為人奸詐，嫉妒王太常接連升官，總想找機會暗算他。王太常心知肚明，有些惶恐不安，不知道這個政敵將從何處下手。

這一年，朝中首相出事被查辦，手下人寫了封私信給王太常，卻誤送到王給諫家。王給諫大喜，便託人找到王太常趁機要挾，向他借一萬兩銀子，被王太常拒絕了。王給諫便親自上門來談，在客廳等候時，忽見王太常的兒子元豐穿戴皇帝的龍袍冠冕，被一個女子從門內推了出來。王給諫一見嚇了一跳，接著便哄騙元豐把衣冠脫下來，交給隨從馬上帶走。等到王太常趕出來，客人已經走了。

王太常得知事情經過，立時嚇得面如土色，哭喪著臉大罵小翠：「真是禍水啊！闖下這滔天大禍，眼看就要被滿門抄斬！」說著和夫人拿根棍子去打小翠。小翠關緊房門，聽憑他們叫罵，全不理睬。王太常見此情景，更是火上澆油，拿起斧子要劈門。這時，小翠在門裡笑著勸公公：「爹爹要劈死我，這是想殺人滅口嗎？二老不要生氣，上頭追查下來要殺要剮全由我承擔。」

王太常一聽有道理，這才把斧頭扔下。

王給諫回去立刻上奏皇帝，揭發王太常謀反篡位，有龍袍皇冠為證。皇帝大驚，當面開啟驗看，所謂皇冠不過是高粱秸子編的玩具，龍袍乃是個破爛的黃布包袱皮。皇帝大怒，責怪王給諫誣告同僚。接著皇帝又把元豐叫來，一看，原來是個癡呆兒。四鄰八舍也都出來做證，說王太常家除了這個傻兒，還有一個瘋妞，整天瘋玩傻樂，哪裡會篡位造反？皇帝認為受了王給諫的戲弄，一怒之下將其發配雲南充軍。

經過這件事，王太常覺得小翠很了不得，又因為她來路不明，就懷疑她不是凡人。讓王夫人去問，小翠只是抿著嘴笑，沒說一句話。夫人再三追問，小翠笑道：「我是玉皇大帝的親閨女，娘不知道嗎？」

小翠過門已經三年了，每夜都和公子分床睡。

名篇賞析

　　王太常已經五十多歲了，急著抱孫子，夫人就派人把元豐的床搬走，囑咐他睡小翠床上。過了幾天，元豐不開心了，找夫人告狀：「為什麼還不把搬走的床還我？小翠每夜都把腳擱在我肚皮上，壓得我都喘不過氣，還掐我的屁股！」丫鬟僕婦們聽了都捂著嘴吃吃地笑，夫人連喝帶打地把他趕了回去。

　　有一天小翠在房裡洗澡，元豐見了就要和她同浴。小翠笑著叫他等一下。小翠洗完出來，把熱水倒在大甕裡，然後幫元豐脫去衣裳，扶他下了甕。元豐喊叫水太熱了，小翠不聽，又用被子將他嚴嚴實實蒙在甕裡。過了一會兒，沒有聲響了，打開一看元豐已經死去。小翠不慌不忙，把元豐抬出來放在床上，慢慢為他擦乾身子，又加蓋兩床被子。

　　夫人聽到兒子洗澡給悶死了，哭著跑了過來，衝著小翠大罵：「瘋丫頭，怎麼把我兒子給弄死了！」

　　小翠微微一笑，說：「這樣的傻兒子，還不如沒有哩！」

　　夫人一聽這話，氣得用頭去撞小翠。正鬧得不可開交，丫鬟跑來報告：「哎喲喂！公子起來啦！」夫人收住眼淚急忙跑過去，只見元豐睜開兩眼，四下張望說：「這是我們家嗎？回想過往之事真像做夢一樣呀！」夫人聽了這話覺得不像出自傻兒之口，便領了去見老爺。王太常多方試探，發現兒子一如常人，果然不傻了。

　　一家都高興得不得了，從那以後元豐的癡病再也沒有復發，夫妻二人同進同出，形影不離，恩愛無限。

　　又過了一年多，王太常因派系鬥爭被彈劾罷官，心情壞極了。正在這時，小翠不慎將家裡一件珍貴的玉瓶打碎，她趕忙跑去告訴公婆，說自己失手了。

老兩口正為丟官而煩惱，一聽玉瓶摔碎，火冒三丈，齊聲責罵小翠。小翠氣憤地走出房門，對元豐說：「我在你家幾年，替你家保全的何止一隻花瓶，怎麼就不能給我點面子？實話對你說，我並非凡間女子，只因當年我老媽遭逢雷劫時，受了你父親的庇護，又因為我們有五年的緣分，這才來到你家。沒想到你父母如此絕情，看來我在你家待不住了！」說罷，小翠氣沖沖地走了出去。

　　待元豐追到門外，小翠已不知去向。

　　王太常夫婦也覺得自己做得太過分，但是後悔已來不及了。

　　元豐走進房裡，看見小翠用過的脂粉、留下的首飾，睹物思人，不禁嚎啕大哭。他白天吃不下飯，晚上睡不著覺，一天天消瘦下去。王太常很著急，想為他趕快再續娶個媳婦，可是元豐就是不答應，反而找來一位名畫師，畫了一張小翠的肖像供奉起來，每天焚香禱告。

　　這樣差不多過了兩年。一天夜晚，皓月當空，元豐路過村外他們家的那座花園，聽到牆裡有歡笑聲，便隔著花牆朝裡望去，見有兩個女孩兒在園中戲耍。月色朦朧、花影斑駁，只聽得一個穿綠裙的姑娘說：「不害臊，不會做媳婦，讓人家休出來了吧！」那穿紅衣的女孩兒說：「那也比你這沒人要的老姑娘強得多！」

　　元豐聽話音很像小翠，便連忙喊她。綠衣姑娘一邊走一邊說：「我不跟你較勁兒了，你漢子來了！」紅衣姑娘走過來，果然是小翠。元豐高興極了，連忙翻牆過去握著小翠的手，頓時淚流滿面。

　　小翠說：「兩年不見，你竟瘦成一把骨頭了。」元豐向她述說思念之情，小翠說：「這些我都知道，只是沒臉再進你家大門。今天跟大姐在這裡遊玩，不料想就碰上了你。」

名篇賞析

　　元豐請她一同回家，小翠不肯；請她暫留在園中，她答應了。

　　元豐叫僕人回家稟告夫人。夫人又驚又喜，急忙坐轎趕了過來。小翠見了婆母下跪請安，夫人拉著小翠的手臂，老淚縱橫，說：「真不該錯怪了你，你要是不記恨我，就請跟我回家吧！」小翠還是說沒臉回去，夫人覺得花園太荒涼，就多派些丫鬟僕人來侍奉。

　　兩人在花園裡過了一年多，小翠的面孔和聲音漸漸和從前不一樣了，把畫像取出來一對照，簡直判若兩人。元豐非常奇怪。

　　小翠說：「你說我還好看嗎？」

　　元豐說：「好看是好看，但跟從前大不一樣了。」小翠說；「你這意思是說我老了？」

　　元豐說：「你才二十幾歲，怎麼會老呢？」

　　小翠笑了笑不再接腔，隨手把畫像燒了，元豐伸手去搶，畫像已經變成了灰燼。

　　這天，小翠對元豐說：「現在雙親都年老了，你又孤零零連個弟兄也沒有，我不會生育，怕要耽誤你們王家傳宗接代。你還是另娶一房妻子，早晚可以侍奉公婆，你就兩邊跑跑多辛苦些。」

　　元豐勉強答應了，娶了鐘太史家的小姐。

　　迎親的日子臨近，小翠日夜趕著替新婦做衣服鞋襪，然後讓人送到鍾家。

　　新娘進門，她的容貌、言談和舉止竟然和小翠別無二致。元豐和王太常夫婦十分驚訝，趕忙派人到花園去找小翠，小翠已不知去向。

　　丫鬟拿出一塊紅紗巾對元豐說：「娘子回娘家去了，留下這條紗巾讓

交給公子。」元豐接過紗巾,上面繫著塊玉玦,表示永遠與他分別了。

新婚的元豐雖然仍然時時想念小翠,幸而新娘子活脫脫一個小翠,心裡就感到溫暖和安慰。

元豐這才明白,和鍾家女兒成親的事,是小翠早已安排好的。小翠擔心元豐放不下對她的牽掛,就事先將自己化作鍾家姑娘的模樣!

我們再來看看《螢窗異草》中的〈癡狐〉。

有一位名叫吳畹的退休官員,一向以聲色自娛,家中妻妾成群仍不滿足,六十歲了還到處尋花問柳,卻始終沒有得到讓他完全滿意的女人。

有一天,他帶了僕從在郊外遊逛,忽然看見籬笆牆裡有一位妙齡絕色女子探出半個身子看他。這吳公喜出望外,假裝口渴討水喝與這女子搭訕。

問:「姓什麼?」

女子說:「我不知道有沒有姓,問我媽吧。」

老婦人出來說:「我家姓王,老頭子種地為生,日子過得很艱難。姑娘17歲了,癡癡呆呆不懂事,由於長得出眾,村裡人就喊她『傻狐狸妞』。」

吳公聽後覺得不難把這女孩兒弄到手,就對老婦人說:「我是郡中的吳太僕,我們是同鄉,不忍心看你們貧苦度日,以後有困難找我,我來資助你們。」

臨別,吳公還一再回頭看那姑娘。姑娘又說起癡話:「這老頭鬍子全白了,還直勾勾地看我呢!」

此後,王家不時到吳公府上求助,三個月裡吳公已賙濟了他們五六十兩銀子,王家夫婦對吳公感恩戴德。這時吳公派媒人到王家求婚,要納王

名篇賞析

家姑娘為妾，又送上五百兩銀子作聘金，王家很暢快地答應了。

臨上轎時，這姑娘又對她媽說：「媽媽跟我一塊嫁過去吧，吃香喝辣！」她媽尷尬得無地自容。

來到吳府，眾妻妾見是一個長得漂亮卻傻頭傻腦的閨女，也就不把她當回事。

夜間入洞房，這女孩並不羞怯，上前捋著吳公的鬍子說：「比我爸爸的鬍子還白呢，喊你伯伯吧！」

吳公上來為她脫衣服，脫到褻衣，她呼爹叫娘無論如何不讓脫，吳公不忍強迫，就與她和衣而眠，睡到半夜偷偷將她的褻衣解下，甜言蜜語連哄帶騙方才成就好事。

第二天清早，她見到吳公的妻妾們就訴說夜間的痛楚，惹得人們捧腹大笑。

幾天下來，與吳公同房漸入佳境，她又和妻妾們說起枕蓆之樂，妻妾們開始妒忌她。吳公認為她沒心機，也就不和她計較。

從此後，這女子似乎變了一個人，越來越姣好嫵媚，對吳公也越來越盡心盡意下功夫。

吳公鬍子多，起床後亂蓬蓬的，她就口含溫水為吳公細心梳理鬍鬚。吳公瘦骨伶仃，她怕床板硬硌著他，就以自己的「柔肌轉而瞩就之」。她留的長指甲在被窩裡抓傷了吳公的身體，立刻就將指甲剪掉。

吳公不留心將痰吐到她的衣服上，她為了表示珍惜，就不再洗這件衣服。

吳公不時求歡，她一再規勸，說自己年輕沒問題，而您上了年紀，為

了您的身體健康不能不節制。

吳公七十歲壽誕，眾人都來祝酒慶賀，唯獨她吃素一個月為吳公在佛前祈福。

吳公的飲食她先嚐，吳公走動她來攙扶，吳公高興她陪笑臉，吳公發火她仍然陪笑臉。由於無所不用其媚，她遂得以「獨寵專房」，成為眾妻妾既嫉妒又效仿的對象。

吳公看透了她，又十分欣賞她，對她說：「你才不傻呢，你可比誰都聰明，你不過是人前裝傻賣憨！」

這女子騙來騙去，最終把自己騙到坑裡，吳公病危懷疑她有「異志」，她為向主子表忠心竟飲鴆而亡。臨死之際，還對吳公說：「我先走一步，到陰間地府為您驅趕那些勾引你的狐狸精！」

吳公聽她這番話，感慨良久，繼而又哈哈大笑，說：「你果然絕對忠於我，我應該高興才對啊！」

兩人死後合葬。至今問起吳公的墳墓在哪裡，人們都會說：「癡狐墓」。女子與吳公都已名垂不朽！

〈小翠〉與〈癡狐〉，其高下優劣立時可見。

且不說寫作技巧上一是入情入理、絲絲入扣；一是胡編亂造、矛盾百出，天地之差還在人物形象的塑造以及作者的情懷與觀念上。

〈小翠〉描繪了一隻幻化為女人的狐狸；〈癡狐〉譜寫了一位假冒狐狸的女人。

小翠，是窮人家的孩子，她天真爛漫、稚氣憨厚、心地善良、嫉惡如仇、豁達大度、自尊自愛，冰清玉潔如剛剛出水的尖尖小荷，天然無矯飾。

名篇賞析

　　她與元豐的感情，起初是「傻小子」與「瘋丫頭」的兩小無猜、無憂無慮、活潑頑皮；後來是夫妻情深、相敬如賓、生死不渝。在不得不分離時，竟為她深愛的丈夫安排得如此周到細緻，更顯現出她愛得純粹、愛得無私！

　　她嫁到王家，始於母親的報恩，後來卻成為這個官宦家庭的重要成員。王太常心胸狹隘、懦弱自私、狂躁易怒，雖然不是壞人，也只能算是一位人品中下的大家長。婆婆就是一位缺少主見、隨波逐流的老太太。家庭矛盾起伏跌宕，鬧來鬧去依然是家庭矛盾，與現實生活中的一般家庭別無兩樣。

　　小翠在家庭中雖說處於弱勢，卻又處處維護著女性的自尊、自立、自主、自由。

　　小翠一旦涉入官場惡鬥，便立刻現出她的「狐仙尾巴」，她會預測，有計謀，能掐會算，膽大心細，出險棋乾坤大挪移，把皇上及貪官耍得團團轉。

　　少女的天真、少婦的賢良、俠女的義勇、仙女的神奇，在小翠身上化出化入，竟表現得如此渾然一體、如此酣暢淋漓！

　　蒲松齡寫〈小翠〉，運用的是文學大師的才藝，守護的是一顆質樸、率真的心。

　　「癡狐」也是一位貧窮的農家女，卻又是一位假借狐狸之名的「心機女」，從小說的情節發展看，她的傻，她的癡，似乎都經過精心的設計。

　　她來到吳太僕家，屬於變相的被「賣閨女」，一筆五百多兩銀子的交易。

　　吳太僕是一位年近花甲的「油膩老爺」，他財大氣粗，相信金錢萬能；他妻妾成群，好色成性；他貪婪自私，作威作福。

假狐女在吳太僕家中的角色是一個喪失了自我、附屬於男人的性工具，一位無限忠於主子的「性奴隸」，一位坐穩了奴隸地位的女奴隸，一位眾多女奴隸中的模範、模範。

　　即使從寫作技巧上看，這位「癡狐」由癡兒變熟女，由純情女變心機女，很是生硬牽強，令常人難以接受。唯一可以做出的解釋，這些情節描寫不過是出於男性作家的意淫，出於流行作家對於讀者低階趣味的迎合，充滿了極端自私的男人中心的酸腐氣息。

　　〈小翠〉堪稱文學精品，〈癡狐〉實屬文化垃圾。

名篇賞析

阿繡

　　〈阿繡〉是《聊齋志異》中的名篇，其中寫了兩個阿繡——一位是喚作阿繡的雜貨店店主的女兒，一位是冒名少女阿繡的狐狸精，男主角是書生劉子固。三位年輕人，二女一男，故事在三人之間展開。

　　江蘇少年劉子固到山東舅舅家做客，看見雜貨店裡有一個女孩子，長得嬌美豔麗，一下子便迷上了她。他來到店中說要買扇子，女子趕忙喊她爹爹，見她爹爹出來，劉子固很是沮喪，便故意壓低價錢未能成交。劉子固退出店外，遠遠看女子的爹爹離開，就又趕忙折回店裡：「別喊你爹爹，你說個價，我不計較。」女子聽了他的話，故意翻高一倍價錢，劉子固當即就如數把錢給了她。

　　第二天，劉子固又來了，還像昨天一樣。付了錢剛走出幾步，女子追出叫住他：「回來！沒有這麼高的價錢，我故意騙你的！」便把一半錢退還給他，劉子固覺得這女孩心地老實。

　　此後，劉子固趁她的父親不在時，便常來店裡，慢慢跟她熟了。

　　女子問劉子固：「你住在什麼地方？」劉子固如實告訴她，又問她姓什麼，女子說：「姓姚。」

　　每次，女子把他所買的東西都要用紙包好，然後用舌尖舔一下紙邊，黏上。劉子固回去後捨不得開啟，小心翼翼將這些紙包放在一個箱子裡，生怕把女子的舌痕弄沒了。

　　劉子固的行徑讓僕人發現了，並私下告訴了他舅舅，舅舅怕他鬧出什麼事來，就讓他回家去了。

阿繡

子固回到自己家裡，沒人時就關起門把那些紙包拿出，一邊看著紙上的舌痕，一邊想著姚家女子的模樣，想得面紅耳熱、魂不守舍。

隔年，劉子固又到山東舅舅家來，放下行李，就到雜貨店裡去看那女子，不料店門卻關得死死的。第二天又去，店門仍然緊閉。向鄰居打聽，才知道因為生意不好，姚家已經暫時回肇慶老家了。

什麼時候回來？誰也不知道。

劉子固神情沮喪，回到自己家後整天像是丟了魂似的。母親託人為他說親，他總是拒絕。母親很生氣，僕人偷偷把以前的事告訴母親，母親就再也不讓他去山東舅舅那裡了。

子固整日神思恍惚，吃不下飯，睡不著覺。母親看了發愁，心想不如滿足了兒子的心願。於是，讓子固到山東請舅舅向姚家提親。舅舅去後回來說：「不好辦了，阿繡已經許配肇慶老家那邊的人了。」

劉子固心灰意冷。回家後時常捧著那只箱子掉淚，想著這輩子不知何時還能夠見到阿繡。

這天，劉子固乘車到臨近的復縣，太陽正要落山時進了縣城西門，朝北一家兩扇門半開著，門裡有一個姑娘很像阿繡。那姑娘也看見了子固，用手指了指身後，又將手掌放在額頭上。

劉子固喜出望外，揣摩姑娘是什麼意思。沉思了好一會兒，就信步來到她家的房後，只見一座荒園，空曠寂靜。一堵矮牆，只有齊肩高。劉子固豁然明白了姑娘的意思，於是就藏身草叢中。日落月升，夜色昏黃，有人從牆上露出頭來，小聲說：「來了嗎？」劉子固循著聲音仔細一看，果真是阿繡。

他走上前去，悲痛萬分，淚落如雨。姑娘隔著牆，探身用手帕為他擦

名篇賞析

淚。劉子固說：「我原以為今生沒有希望再見到你了，沒想到還有今天！你怎麼到了這裡？」阿繡說：「西鄰住的是我表叔，姓李。」又說：「你先回去，把僕人差遣到別的地方住，我到你那裡。」

劉子固回到自己房間，不一會兒，阿繡悄悄來了。沒有濃妝豔抹，衣裙還是以前穿的那些。子固挽她坐下，傾訴自己的相思之苦。又問：

「你不是已經許配給人家了嗎？」

阿繡說：「那是我父親因為你家太遠，不願跟你們結親，搪塞你舅舅，以打消你的念頭。」

說著說著，兩人上床躺下，宛轉萬態，款接之歡，不可言喻。四更剛過，阿繡便急忙起來，翻牆回去了。

劉子固樂不思蜀，在這家客棧一住竟過了一個月。

這天夜裡，僕人起來餵馬，見劉子固房裡還亮著燈，隔窗偷偷一看，竟是阿繡，頓時嚇得毛骨悚然。第二天一早起來，僕人到集市上訪查了一番，回店裡問劉子固：「夜裡跟您交往的那人是誰呀？」劉子固不願回答。

僕人說：「這座房子太冷清了，是鬼狐聚集的地方，公子不妨想一想他姚家姑娘怎麼會到這裡來？」

劉子固不好意思地解釋：「西鄰是她表叔，這有什麼好懷疑的？」僕人說：「我已訪查過了，東鄰住的是一個孤老太太，西鄰那家只有一個不大點的小男孩，沒有什麼親戚住在家裡。」又說：「哪有穿了幾年的衣服不換洗的？況且她面色太白，兩頰略瘦，笑起來沒有酒窩，比起阿繡要差一點。」

劉子固反覆想了想，覺得僕人說的有道理，頓時害怕起來，問該怎麼辦。

240

僕人為他出謀劃策，說等她再過來時我們就拿東西打她！

天黑後，姑娘來了，開口就說：「我知道你懷疑我了，但我沒別的意思，不過是想了卻過去的緣分罷了。」

話還沒說完，僕人便推門進來，姑娘大聲喝斥他：「把你手上的東西扔了！快擺上酒來，我與你主人告別！」

話音未落，僕人手中的兵器就掉在地下。

姑娘卻像往常一樣有說有笑，舉手指著劉子固說：「我正打算盡我的微力為你效勞，你卻想暗中害我！我雖然不是阿繡，但長得也不比阿繡差，你說呢？」

劉子固嚇得毛髮倒豎，一句話也說不出來。

姑娘看看夜深，拿起酒杯喝了一口，站起來說：「我走了，等你洞房花燭之後，我再來和你的新媳婦比比誰更漂亮！」轉身便不見了蹤影。

經過這件事後，劉子固更加思念阿繡，就直接跑到山東阿繡家，託了媒人到姚家說親。姚家老闆娘對他說：「我家小叔子為阿繡在肇慶選了個女婿，這可是真的，阿繡跟她爹爹一塊到廣東去了，至於親事成不成，還不知道。」

劉子固聽了無可奈何，好在還有一線希望，就堅持等著阿繡父女回來再說。

不料，人沒有等到，這一帶發生戰事，烽火四起，人馬雜遝，劉子固主僕二人失散，子固被擒。士兵看他是個文弱書生，疏忽了對他的防備，他便偷了一匹馬逃了出來。

快到家鄉海州地界時，他看見逃難人群中一位蓬頭垢面的女子，步履

名篇賞析

艱難，已經走不動了。女子也在看他，忽然朝他大聲呼喊：「馬上的人不是劉郎嗎？」劉子固停下馬仔細看她，原來是阿繡！

他心中仍然害怕是狐狸扮成阿繡騙他：「你真是阿繡嗎？」女子問：「你怎麼說這種話？」

劉子固把他遭遇狐女的事說了一遍。

女子說：「我真是阿繡。父親帶我從廣寧回來的路上，我被亂兵抓住。危難之際，忽然過來一位女子，拉著我的手腕便跑。那女子跑得像飛鷹一樣快，跑了很久，遠離了亂兵與難民後，那姑娘才鬆開手說：『告辭了，你慢慢走吧，愛你的人就要到了，你可以和他一塊回家了。』」

劉子固此時已經明白，那女子便是狐女，內心對她充滿感激。

阿繡說她叔叔在廣寧倒是真的為她提了一門親事，但還沒等下聘禮，戰亂就起來了。劉子固這才知道舅舅說的不是假話。

兩人回到家中，子固向母親講述了事情的前後經過，母親也非常高興，急忙為阿繡梳洗打扮。妝飾一新的阿繡容光煥發，母親拍著手說：「怪不得我那傻兒子在夢中都撇不下你，魂都讓你勾去了！」

母親讓阿繡跟自己一起睡，又派人送書信給姚家。日子平穩後，姚家夫婦一塊過來了，為他們小倆口辦了喜事。

新婚之夜，劉子固拿出他珍藏的那只箱子，裡面的東西原封沒動。有一盒脂粉，開啟一看卻是紅土。劉子固很奇怪，阿繡掩口笑著說：「那是我有意騙你的，看你來買東西從來都不問價錢也不查驗，就跟你開了個玩笑。」

兩人正在嬉笑時，一個人掀開門簾進來：「好快活啊，還不該謝謝媒

人嗎？」

劉子固一看，又是一個阿繡，急忙喊母親。母親和家裡人都來了，沒有一個人能辨出真假的。

劉子固看著也迷糊了，突然想起僕人說過的話：「她面色太白，兩頰略瘦，笑起來沒有酒窩」，才朝其中一個「阿繡」連連作揖表示感謝。這位「阿繡」要了鏡子自己看了一下，害羞地扭身跑掉了。眾人回過神來，那女子已經不見蹤影。

劉子固夫婦非常感激狐女的恩情，特地在房間裡為她安設了一個靈位，晨昏都要拜上一拜。

一天晚上，劉子固喝醉酒回到家中，屋裡黑黑的空無一人。他剛要點燈，阿繡進來了。

子固拉著她問：「你去哪兒了？」

阿繡笑著說：「看你醉成這樣，臭氣熏人，討厭！我上哪兒去了，難道跟男人幽會去了不成？」

劉子固笑著捧起她的臉說：「親親。」阿繡說：「你看我與狐狸姐姐誰更美？」劉子固說：「光看外表也看不出來。」說罷關上門，兩人親熱起來。

一會兒有人叫門，阿繡起身笑著說：「你也是個只看外表的人。」劉子固沒有聽明白，走去開門，進來的卻是阿繡。

他十分驚愕，才明白剛才床上那個阿繡是狐狸。

黑暗裡又聽見狐女的笑聲。子固夫妻望空中頂禮，祈求狐狸姐姐現身。

狐女說：「我不願見阿繡。」

子固問：「那你為什麼不變成另一副相貌？」

名篇賞析

狐女說:「我不能。」

子固問:「為什麼呢?」

狐女說;「阿繡前世是我妹妹,不幸早夭。活著時,她和我一塊隨母親到崑崙山朝見西王母,我們心裡都愛慕西王母,回家後就精心模仿她的模樣修煉,妹妹比我聰慧,學得神似;我始終趕不上妹妹。如今又隔一世,妹妹已經托生為人,我自以為超過她了,沒料到還是趕不上妹妹。」

狐女又說:「感謝你二人的誠意,此後還會過來看望你們。」遂無聲息。

此後,狐女隔三差五會過來一次,家裡有了難題,她都會幫忙解決。阿繡如果回娘家,她就會多住幾天,三年之後,狐女就再沒有來過。大家心裡反而覺得空落落的,像是少了些什麼。

據學術界專家們考據,〈阿繡〉的故事源遠流長,最初可以追溯到一千五百多年前南北朝劉義慶的《幽明錄·胡粉》,接下來是宋人《綠窗新話》中的〈郭華買脂慕粉郎〉、明代馮夢龍的《情史·扇肆女》。

以上古籍講述的故事情節都很簡單。比如劉義慶的《胡粉》:

富人家的一位貴公子在街市上遇見一位漂亮姑娘賣胡粉(脂粉),心生愛意。天天來店裡名為買粉,實則為了看姑娘。姑娘產生了懷疑,問他:「君買這麼多的脂粉,給誰用啊?」公子回答:「我很喜歡你,不敢向你表達,天天買粉只是為了看看你啊。」姑娘非常感動,約他明天晚上相會。

這天夜間,姑娘果然如約來到男子的房間,男子不勝其悅,握著她的手說:「今晚可以一償夙願了!」不幸的是,男子在交歡時過度興奮,竟死在床上。女子嚇壞了,暗自潛回粉店。

第二天,男子的父母發現兒子暴死,同時發現他房間的一隻箱子裡堆

積了一百多包脂粉,懷疑「殺吾兒者,必此粉也!」對照這些脂粉的包裝樣式,很快就追查到賣脂粉的這位姑娘。

在縣衙大堂,該女以實相供,男子父母不信。女子說:「事到如今我哪裡還會吝惜自己一死?只請允許我到公子靈前表達一下心意。」經縣令允許,女子來到男子靈前撫屍哭訴:「您在天有靈,還會恨我嗎?」

不料男子竟豁然復生,並向眾人複述了事情的原委。官府不再追究,雙方家長同意就此結為親家。此後夫婦和合,子孫繁茂。

馮夢龍的《扇肆女》把「胡粉店」改為「扇子店」,故事情節略有變化,仍不外乎多情男子驚豔,借購物撩妹,男女私約偷歡,男子不幸喪命;「胡粉」或「扇子」成為揭示謎團的物證,不論死活,結局終歸「子孫繁茂」。

以往的故事都比較簡單,故事情節發生在一男子、一女子之間,兩點成一線,單線條發展。

這個傳播了一千多年的故事,到了蒲翁這裡,為之大變。其中的關鍵,是多了一個人物,況且不是凡人,是一位狐狸姐姐。三點成一面,內涵大大擴容,獨奏變成交響曲。按照米哈伊爾·米哈伊洛維奇·巴赫京(Mikhail Bakhtin)[48]的說法,單調變成了復調,單聲部變成多聲部。兩個女子雖然都叫「阿繡」,性情卻截然不同,各有各的內心世界,各有各的主體意識,各有各的話語方式。尤其是那位狐女,性子起時,蒲翁也控制不了她,只有憑她的心情宛轉,隨她的腳步起舞。巴赫京創立小說的「復調理論」,面對的是費奧多爾·杜斯妥也夫斯基(Fyodor Dostoevsky)這樣

---

[48] 米哈伊爾·巴赫金(Бахтин,МихаилМихаЙлович,西元 1895-1975 年),生於沒落貴族之家,畢業於聖彼德堡國立大學文史系,曾在中學任教。1929 年因宣講康得哲學被蘇聯政府逮捕並流放北哈薩克。在文藝學、民俗學、人類學、心理學領域產生世界影響,被譽為「二十世紀最重要的思想家」。

名篇賞析

的文學大師的鴻篇鉅製，我們的蒲翁在文言短篇中能達到這樣的效果更加可貴。

兩個「阿繡」，一位小家碧玉乖乖女，性格溫順，循規蹈矩，父母之命，媒妁之言，一切聽從命運安排；一位野性未馴、半人半妖的狐女，我行我素，敢作敢當，所有成規慣例全不放在心上。

這篇小說再次印證，我們的蒲翁對於狐狸是如此鍾愛。流傳千年的故事本來就沒有狐狸，是蒲翁特意加上的。不但加上，而且成為主角、女一號。

不但成為主角，而且是如此一位形象生動、光彩照人的文學典型。狐女阿繡多愁善感，為子固的癡情所感動，不惜毛遂自薦、代人施愛；同時，她又自尊自愛，眼裡容不得沙子，一旦發現被人猜疑，立刻直言相告、守護自己的一身清白。

狐女阿繡雖然殺伐果斷，卻又俠骨柔腸，集劍氣簫心於一身。她不計前嫌，與人為善，成人之美，救姚家阿繡於水火，甘為他人做嫁衣，讓世間有情人終成眷屬。

狐女阿繡也有七情六慾，更有一般女孩兒慣常的缺點，虛榮心。她嫉妒人間阿繡的美麗，一再較勁比試，終不肯服輸。

狐女阿繡有理家才能，卻又來去由我，不甘於家庭約束。經過一番折騰，看到人家過上好日子，功成不授爵，便抽身而退，遠走林野，從此逝去。

論容貌，狐女阿繡略輸人間阿繡；論個性，狐女阿繡的豪爽、俠義、剛強、灑脫、自由、自主、自尊、自立遠非人間一般女子可比。

家庭倫理，是蒲松齡看重的創作主題，雖然難免受到他所處的那個時

代的局限，不可拿到今天加以比附，但是其中宣示的善良、寬容、真誠、友愛，還應該是做人的底線。遺憾的是，社會的發展進步，反而讓這些底線一再沉淪。

　　現代社會的人們，不要一味迷信於社會的進步。空閒時間還是不妨讀一讀蒲松齡三百年前寫下的這部《聊齋》。

名篇賞析

後記

　　蒲學研究的規模雖然遠不及紅學，但也已經碩果纍纍、蔚為大觀。這些研究成果並不僅僅是以往時代精神、政治氛圍催生的產物；即使今天看來仍然擁有不可小覷的現實意義。

　　一部偉大的文學作品不是一道數學題，最好的答案並非只有一個，而總是擁有與生俱來的難以窮盡的可闡釋性。

　　我在這本小書中希望做一下嘗試，能否換一種觀念、換一個視野、換一套知識體系，在大自然的視野內、運用生態文化的目光，對這部古代文學經典做出再闡釋。

　　我曾經說過，我在孩提時代讀到《聊齋志異》中的〈王六郎〉，影響了我的一生。從那時起，「善良」、「友愛」、「真誠」這些傳統道德在我心中紮下了根，為我的精神生長發育提供了滋養。

　　基於上述原委，當出版社總編輯約我寫一本關於《聊齋志異》的書時，我才勇於承擔下來。

　　本書在寫作過程中參考了許多學者的研究成果（見附錄）；出版社的總編輯與責任編輯為此書的出版傾注了大量心血，為本書增添許多光彩，一併致以衷心感謝！

魯樞元

後記

參考文獻

- 蒲松齡著、路大荒編：《蒲松齡集》，上海古籍出版社，1986 年版。

- 蒲松齡著：《聊齋志異》（鑄雪齋抄本），上海古籍出版社，1979 年版。蒲松齡著：《聊齋志異》（二十四卷本），齊魯書社，1981 年版。

- 蒲松齡著、趙伯陶注評：《聊齋志異詳註新評》，人民文學出版社，2016 年版。蒲松齡著、於天池等注釋：《聊齋志異》，中華書局，2015 年版。

- 蒲松齡著、韓欣編：《名家評點聊齋志異》，天津古籍出版社，2008 年版。袁健、絃聲校點：《但明倫批評聊齋志異》，齊魯書社，1994 年版。

- 蒲松齡著：《馮鎮巒批評本聊齋志異》，嶽麓書社，2011 年版。路大荒著、李士釗編輯：《蒲松齡年譜》，齊魯書社，1980 年版。任訪秋：《聊齋的思想和藝術》，河南大學出版社，2013 年版。何滿子著：《蒲松齡與聊齋志異》，上海出版公司，1955 年版。

- 朱一玄編：《〈聊齋志異〉數據彙編》，中州古籍出版社，1985 年版。馬振方著：《〈聊齋志異〉面面觀》，北京出版社，2019 年版。

- 袁世碩主編：《齊魯諸子名家志：蒲松齡志》，山東人民出版社，2009 年版。袁世碩、徐仲偉著：《蒲松齡評傳》，南京大學出版社，2000 年版。

參考文獻

- 馬瑞芳著：《蒲松齡評傳》，人民文學出版社，1986 年版。
- 馬瑞芳著：《狐鬼與人間：解讀奇書〈聊齋志異〉》，當代中國出版社，2007 年版。王枝忠著：《蒲松齡論集》，文化藝術出版社，1990 年版。
- 於天池著：《蒲松齡與〈聊齋志異〉》，北京師範大學出版社，1993 年版。汪玢玲著：《蒲松齡與〈聊齋志異〉研究》，中華書局，2016 年版。
- 蔣玉斌著：《〈聊齋志異〉的清代衍生作品研究》，中國社會科學出版社，2012 年版。尚繼武著：《〈聊齋志異〉敘事藝術研究》，南京大學出版社，2018 年版。
- 盛源、北嬰選編：《名家解讀〈聊齋志異〉》，山東人民出版社，1999 年版。董均倫、江源整理：《聊齋汊子》（上下卷），北京聯合出版公司，2020 年版。莫言：《學習蒲松齡》，中國青年出版社，2012 年版。
- 汪曾祺著：《聊齋新義》，廣東人民出版社，2020 年版。路方紅著：《路大荒傳》，齊魯書社，2017 年版。
- 郭建華：《荒野中的精靈——〈聊齋志異〉的生態學解讀》，蘇州大學文學院 2007 屆碩士學位論文。

天地之中說聊齋：

生靈萬物 × 女性獨立 × 鄉土之美，成就文學與自然的跨時代對話

作　　　者：	魯樞元
發　行　人：	黃振庭
出　版　者：	崧燁文化事業有限公司
發　行　者：	崧燁文化事業有限公司
E-mail：	sonbookservice@gmail.com
粉　絲　頁：	https://www.facebook.com/sonbookss/
網　　　址：	https://sonbook.net/
地　　　址：	台北市中正區重慶南路一段61號8樓 8F., No.61, Sec. 1, Chongqing S. Rd., Zhongzheng Dist., Taipei City 100, Taiwan

電　　　話：	(02)2370-3310
傳　　　真：	(02)2388-1990
印　　　刷：	京峯數位服務有限公司
律師顧問：	廣華律師事務所 張珮琦律師

─版權聲明─

本書版權為中州古籍出版社所有授權崧燁文化事業有限公司獨家發行繁體字版電子書及紙本書。若有其他相關權利及授權需求請與本公司聯繫。
未經書面許可，不得複製、發行。

定　　　價：350元
發行日期：2025年01月第一版
◎本書以POD印製

國家圖書館出版品預行編目資料

天地之中說聊齋：生靈萬物 × 女性獨立 × 鄉土之美，成就文學與自然的跨時代對話 / 魯樞元 著 . -- 第一版 . -- 臺北市：崧燁文化事業有限公司, 2025.01
面；　公分
POD 版
ISBN 978-626-416-215-9(平裝)
857.27　　　　　113020273

電子書購買

爽讀 APP　　臉書